打開文學的方式

練習當個「細讀者」，
你也是世界文學業餘分析師

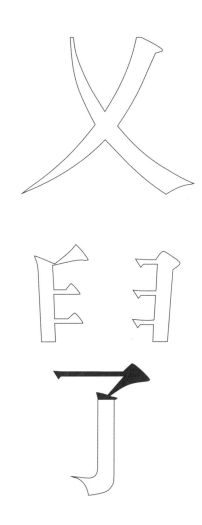

—— 王敦

雖然，每至於族，吾見其難為，怵然為戒，

視為止，行為遲，動刀甚微。謋然已解，如土委地。

提刀而立，為之而四顧，為之躊躇滿志。

《莊子，養生主》

—— 題記

本書緣起

　　本書原稿於二○一四年九月開始，以專欄形式，在閱讀平台「豆瓣閱讀」（www.read.douban.com）定期刊出。生動活潑的文風，吸引大量文學愛好者持續關注專欄，敲碗求更新。在這些讀者的支持與催促下，作者與編輯進行大幅度的增補與修訂後，《打開文學的方式》簡體中文版於二○一七年一月出版，與廣大讀者見面。

　　以下摘錄專欄時期，熱心讀者的評論，以供初次閱讀本書的朋友了解本書特點。

・還想多看一些例子！這幾節裡，最喜歡對《新石頭記》的細讀。收斂了「不正經」的口語風格，也不會有欠扁的晦澀。

・作者陳述的方式喚起了我曾經享用過的狄波頓和艾可，平易近人的筆觸內涵深刻。

・一口氣看完了正文，覺得非常好，好的不僅是文本細讀的實踐部分，還有其中蘊含的觀點。

第三講　聚焦於解讀敘事
我們為什麼非要故事不可？

導言　如何「打開」？
　　　怎樣「解讀」？

學會「打開文學的方式」，是一件正經事。

壹 「文學名著看不進去，一定是我打開的方式不對」

「文學名著看不進去，一定是我打開的方式不對」——相信很多人都感同身受。希望這本書能對你有所幫助。

這是一本什麼書？通俗地講，可以理解為關於文學的「打開方式」的書，由文學研究專業人士，寫給社會上對文學有不同程度的愛好、好奇和鑽研的讀者。如同本書原本的副標題「文學解讀講義」——它是建立在筆者多年來先後在中山大學、中國人民大學授課的基礎上的。

對文學作品的感受力，是有「時限」的，一般來說，青春期最敏感，印象最深，受用終身；錯過這個階段，就永遠錯過了。此年齡階段不「打開」文學，還待何時？學會「打開」文學，是一件正經事。

這本書，就是從我們普通讀者的角度，來告訴你——你本人，一個普通人，如何打開文學，與文學發生關係，從文學中獲取收益。放下了專業面孔的我，腦子裡更多地想要考慮非專業讀者及本科低年級的中文專業讀者的感受。同時，這本書也是寫給有一定中文專業基礎的朋友們的——你們會敏感地看出這書和一般專業書的差別來。我儘量努力想去做的是，不論面對專業的還是非專業的讀者，都不在

已有的理論套話裡面打轉，而是掰開了揉碎了，深入淺出地把解讀之事，說得全面且清楚。我認為，文學專業話語如果與日常語言脫節，拒人於千里之外，是一種失敗。不管有多少困難，也不應該逃避。

本書標題中的「打開」兩字，何解？通俗地講，就是剽悍地「搞定」、「玩轉」、「得以享用」之意。

打個比方：當一隻獅子撲倒一隻羚羊後，它該如何「打開」──「搞定」、「玩轉」、「得以享用」──之？曰：「工欲善其事，必先利其器」──它應該剽悍果斷地咬斷羚羊的頸動脈，然後從後腿內側咬開表皮，盡情享用之，才是正經事。除此之外，都是瞎忙活，都是添亂。

「打開」文學當果斷如此，並盡情享用。

這是一個技巧活兒，實踐活兒。本書就是教你這個技巧活兒、實踐活兒，不是「專家」、「學者」的坐而論道，不是教你「屠龍之術」。──屠龍在我們現實世界裡是派不上用場的。

一隻雞都屠不了，談何屠龍？「打開」一本小說，「打開」一首詩，就如同「屠」一隻雞，一頭豬。

實踐是檢驗真理的唯一標準。無以見龍的屠龍之術則無異於「耍流氓」。與空談屠龍比起來，坐而解剖一隻麻雀才是正經事。唯此，才有可能切實觸摸文學的「任督二脈」。

可見，這本書不是把文學捧在胸口放在心尖兒，來頂禮膜拜的。──我們是務實的人。我們要的，不是「自己陶醉於文學的樣子」，或自己虔誠地匍匐於文學大神教父的腳趾前的幻影。我們要的，是用自己的腦力，為自己「打開」文

學，自己真正地享用之。

所以，我們要用柳葉刀、顯微鏡、核磁共振等各種方法和手段，來洞悉文藝作品之魅力所在。

是的，這本書裡不會出現「只可意會不可言傳」那樣的話。對於這本書的作者來說，「只可意會不可言傳」，如同自閉模式下的櫻桃小丸子一般，太私人化，「腦波」並無交流。再比如，無論金庸大俠把玄妙的武功描繪得多麼五迷三道讓你心有戚戚，但其實無法教會你武功，哪怕是最基礎的。同理，若想親手真正打開文學，就要真正去學打開文學的路數、技巧，而不是去「想像」。

這樣一本教人打開文學的書，就是要「言傳」、「身教」、操練。它的公式是：言傳+打開方式的實際操練=學會打開文學。說到底，我們是要用理性認知加上實踐操練，來打開文學裡面的堂奧。

當然，我們不是不需要私下的腦波體驗。文藝自然需要情感和生活體驗的帶入。你的感性，是你打開文學的思維底層。我們只是不專門跑題去說它罷了——眾口難調，感動你的不一定能感動他或她，若去追究和討論「什麼」讓我感動，勢必會忽略我是「怎樣」被感動，以及「為什麼」我被感動了——對這後兩者的分析，才是「解讀」，才能有助於打開我們所遭受的感動，看看它到底是怎麼回事兒。

所以說，煽情和感動，不等於文學「解讀」本身。

否則，設想一下，如果只是確認或想像自己被文學作品感動了，卻不會打開之，無能力去解讀之，那將會是個什麼狀況？……那將會是這樣的一段對話：

你：天哪，這小說寫得太好了，太讓我感動了，你們也都去看看吧！

別人：是嗎，寫得怎麼好？

你：就是好，我也說不出來，就是 really good, really really good, really really really good, really really really really……

別人：感動你的是哪兒？

你：就是被感動了，我也說不出來是哪兒，太感動了！我 really 被感動了，really really really really……

你，肯定也不想這樣，或者說，早已厭倦了這樣的沒有存在感的被動尷尬了吧？——千百遍的「really」，也比不上一句話言傳出「how」（怎樣好）和「why」（為什麼好）的問題，更給你帶來成就感的乾貨[1]。而且，在別人的眼裡，並不是你的情迷「意會」，而是你的清晰「言傳」，印證了你的思維素養和深度。

你的感動，需要「言說」。你的「言說」，就是你的「解讀」，就是你對文學的「打開」。

別人根據你的「解讀」，來鑒定你的思考深度、感受程度，以及人文素養。

1　編注：網路用語，有意義的東西、可作為方法論的知識、經驗等都稱為乾貨。

所以在這本書的解讀路數裡，我們不是來亂感動的。我們是來分析，「為什麼」我們被感動了，以及我們是「怎樣」被感動的。

至於「What」——是「什麼」感動了你，是你的私人事務，是我們每個人的私人事務，比如說因人而異的「三觀」培養、精神寄託、人生的「避難所」、精神上的「希臘小廟」、「民國範兒」[2] 等等，這些，都各有其符號化的來由，各有當下的針對性。但對於我們培養打開文學的能力的「解讀」操練來說，這些，都是你自己的事。不必強求一致，也不必灌輸任何一種。

這本書，不會推銷任何一種「風範」，而是尊重你自己的選擇。蘿蔔白菜，各有所愛。喜歡渡邊淳一或喜歡林徽因，都無對錯，都無所謂誰更有「風範」。這就不再贅述了。讓我們直奔主題，再次強調：打開文學的方式為何？

答曰：「意會」之處，努力「言傳」，即解讀出「why」和「how」。

若無清晰「言傳」，從邏輯上講，別人無法推知，你是否真的已經「意會」了。實現這一點，需要一件解讀的利器——「文本細讀」，或曰「close reading」。

這本書，從頭到尾都在示範和言傳此物。無此物，則「打開」文學的努力，大打折扣。

你想瞭解並嘗試一下嗎？那就放馬過來吧。

2　編注：指獨立、開放的精神。

貳　學會「打開文學的方式」，是一件正經事

　　我是文學專業裡面的一位研究者，之前在廣州的中山大學中文系任教，現在是北京的中國人民大學文學院的教師。這本書，自然是將專業的含金量，服務於課堂之外的眾人了。但首先，需要讓讀者明白，這本講文學的「講義」書，具體提供的，主要是在「文學理論」方面的服務。

　　這意思是說，這本「文學解讀講義」，不是具體去講唐詩宋詞魯迅，也不是具體去講托爾斯泰卡夫卡。——講唐詩、宋詞，是古代文學教研室教師的事。講魯迅、沈從文、莫言，是當代文學教研室的事。講托爾斯泰、卡夫卡，是外國文學教研室的事。那你可能會問了：您這也不講，那也不講，那您具體都講些什麼呢？

　　答曰：「文學理論」。文學理論，是對文學本身的認識的一門學問，歸「文藝學」或「文學理論」（兩個詞的意思在中國基本上是一回事兒）教研室來講。如果對文學本身是怎麼一回事懂得比較多了，當你面對唐詩宋詞、魯迅沈從文、托爾斯泰卡夫卡的時候，就能更加靠譜地「打開」。這就如同，當你對「男人」、「女人」整體上有所瞭解之後，談戀愛時，面對具體的一個男人或女人，會更能夠成功地「打開」

一樣。事實上，當您試圖打開一個具體男人或女人的心扉時，您必然也會想到「男人是什麼」或「女人是什麼」的問題，對不對？——尋求方法論上對普遍性問題的指導，是我們思維活動中內在的一部分。這，就是理論性思維。它在我們的生活中，無處不在，很有用。

前面還說了，這本書講的是文學「解讀」——以「文本細讀」為主要特徵的文學「解讀」。

本書的原題即為「文學解讀講義」。意思是說，解讀不是為了學習文學理論自身，而是落實於更好地打開具體的作品。如同「瞭解男人」或「瞭解女人」，是為了「打開」具體的男人或女人的，對不對？

所以說，這是一本文學理論書，但十分獨特，因為它裡面的理論總是緊緊扣在解讀實踐經驗和問題上的。

如果不用男人和女人的比方，也可以用一個比較老套的比方——樹木和森林的關係。從唐詩或宋詞這一兩棵「樹木」上，滿足不了你看清「文苑」整座大森林的願望，而關於森林的地形圖和導遊手冊（好比理論）也不能讓你對森林有深入的瞭解，怎麼辦？就要既見樹木，又見森林。就如同本書，既讓你去深入的「文本細讀」，又讓深入的文本分析，來說明文學當中的一些大問題——超越了具體作品，而直達文學本身的大問題。

你自然會問：作者您說的這一套「解讀」的道理，在學理上靠譜嗎？在有關文學理論的學術話語中，這到底是處於一個怎樣的大致座標上呢？

好，下面我就來簡要說說這事。首先要強調，我們在這

裡所說的「解讀」或「打開」文學，不是在追尋作者的「原意」。打個比方：作者寫完作品，擺在了我們的面前，可以說對於作者來說，就如同在港劇裡面，賭家在賭場下了賭注後，發牌員會說：「莊家離手！」有一句話說「一千個讀者心目中有一千個哈姆雷特」——這意思是說，讀者很重要，在心目中「再創造」出了一千個人物形象，比作者心目中的人物形象，還要豐富多啦，不是嗎？

「解讀」之事，說到底，絕不是去「還原」作者的「聖旨」，也不是選擇一位權威的「批評家」，然後站到他的身後，成為一個無關緊要的「零」，而是充分發揮讀者的「主體」作用，為作品有效地生成新的意義。解讀出來的新的意義，是解讀者的私有財產，並參與到與作者、與其他讀者的交流之中，成為讀者自己對文學這件事的貢獻。

在中文系或文學院學過一點文學理論（或「文學概論」，或「文學原理」，端看各院校的具體課程名稱了）的學生都知道美國文學理論家 M. H. 艾布拉姆斯（M. H. Abrams）在他的《鏡與燈——浪漫主義文論及批評傳統》（*The Mirror and the Lamp: Romantic Theory and the Critical Tradition*）一書中提出的「文學四要素」。簡而言之，這「四要素」，就是「作者」、「作品」、「世界」、「讀者」。它們的互動，構成了作為「文學活動」的整體的文學系統。圍繞著這四個要素，森羅萬象，涵蓋並得以闡述文學問題的理論話語的方方面面。

本書作者認同艾布拉姆斯的這個理論話語框架。

這本書裡面鎖定的「解讀」問題，與四要素裡面的「讀

者」方面，最為相關。

「四要素」很深奧嗎？並不。下面先把四個要素各自所起的重要作用，都通俗地串講一下：

「作者」，好理解，是生育出作品的母親，是文學生產的法人代表、責任人。圍繞作者是怎樣的人、產生了怎樣的作用，所產生的龐雜的理論思考，大致可以叫作「創作論」——就是關於作者如何創作的研究。比如說，文學作品是如何從一個人的腦子裡面產生出來，並變成文字的？這裡面的步驟和機制，能否說得清楚？作者的心理成長、三觀、成長經歷，以及外在世界的存在——社會、歷史、政治、經濟、文化、出版消費等，如何作用於他的腦子，變成了他寫出的，與別人不一樣的文字風格？而「讀者接受」這一客觀存在，是否制約著作者的創造過程？就好比，網路讀者的回帖，是不是影響著網路作家下一次的「更新」？

「作品」，就是行之於文之後的那個文本產品。從「作品」角度考慮問題的時候，就不要老想著「作者本來要告訴我們什麼」。作品就是作品，從某種意義上說，已經擺脫作者的管轄權，傳遞到讀者手裡了。相關的文學思考，大致可以叫作「作品形式論」，包括：作品裡面有怎樣的結構、層次？體裁如何？如何對一部作品的風格進行分類定位？作者、讀者，和外部世界（社會、歷史、政治、經濟、文化等），如何影響和制約著作品的面貌？

「世界」（本來就是中古翻譯佛經所進入漢語的雙音節外來詞），簡直如同佛教裡面所說的「大千世界」，包括作品（文本）所展現出來的寫實、虛構或想像的世界，以及其

他與客觀外部世界的政治、經濟、文化等各方面的關係如「意識形態」等，以及作者創造作品時和讀者打開作品、評判作者時所調用的外部體驗、認識。

最後說到「讀者」。讀者，是「打開」文學作品的當事人、責任人，正如同作者是生育文學作品的當事人、責任人一樣。在這個「打開」機制中，讀者又會與作品、作者甚至世界發生多方的複雜關係。

顯然，在這個意義上，對本書所探討的「解讀」之事，你可以理解為「有關以讀者為主體的一切」，或「當讀者與作品遭遇時，發生了什麼」。

這事的重要意義在於：我們這些活生生的讀者，在文學活動中的作用不可或缺。文學活動的四要素中有兩個「人」——作者和讀者，平起平坐，缺了後者，作品無法被打開、被解讀，也就生成不了文學意義、文學價值。

甭把自己的讀者和解讀者的主體身份不當回事。在文學活動中，我們這些普通人，基本上都不是以作者身份來出書，主要是以讀者身份出現的，對不對？

「文學解讀講義」所講的就是讀者如何發揮主體性進行「二度創造」。這個解讀問題，必然也與作品／文本後面的作者，以及從方方面面所折射的「世界」相關。

這本書，也並沒有把解讀之事，放進西方的「接受理論」（Reception theory）和「讀者反應批評」（Reader-response criticism）等偏重讀者角度的一些理論體系的條條框框來講述。竊以為，對於理論的條條框框，您可以閱讀坊間的一些理論書自學即可。這本書不是用來幹這個的。

如同前面所說，這本書所說的解讀問題，更偏重於技巧活兒，實踐活兒，對理論話語採取實用的態度。總之，不會犧牲文本分析，來「成全」理論，一切都要在「文本細讀」的示範中，用實踐來檢驗。所以，您也不要一聽到我說「文本細讀」，就把這個做法和英美二十世紀四五十年代的「新批評」理論，給直接匹配、對應起來。

「文本細讀」的具體嘗試，人人隨時隨地皆可為，不需要鑽進半個多世紀前提出「文本細讀」的「新批評」理論的殉葬墓穴裡去才能開展之。這不禁也讓我想起前一陣子，在微博上看到社科院外文所前輩大師盛寧所說的話：「現在流行一種很深的誤解，似乎批評一強調『文本』，便以為是摒棄了理論，又來新批評那一套了。殊不知無論哪種理論取向的批評，對所論作品文本本身的細讀，其實是不可或缺的一項基本功。即以新歷史主義批評為例，諸位去讀一讀格林布拉特（S. J. Greenblatt）等大家的文章，有誰在那裡整天的甩理論術語，全都需要到字裡行間去討生活的喲！」幾年來，我也一直在說著類似的話。

您願意的話，可以把我看作一個「對理論話語時常保持警惕性的理論研究中人」。

歌德說：「理論是灰色的。生命之樹常青。」理論固然自有其不可替代的價值，告誡我們不要「只見樹木不見森林」，但若過於信賴理論其實也很不值──會陷入森林看不真切，樹木也見不到一棵的窘況。過於信賴理論，就如同以森林的「導遊圖」取代了森林本身，讓你熟練背誦其海拔，溫度，面積，本質，意義，或者用「屠龍之術」，來取代實

際的哪怕是解剖一隻麻雀的刀法⋯⋯

但理論也絕非無用！其實理論有多種用法，既可觀林，也可觀木，還可林木皆觀。對理論的學習，當然是一種艱苦的有價值的學習。其中的艱苦，不在於「理解」理論，而在於「習得」理論。「習得」離不開實踐，即在解讀的過程中，體驗自己的理論傾向，發現自己在操作哪種理論論述時比較得心應手。也就是說，獲取個人版本的理論「私有財產」。對此有所在意的「理論型」讀者，可以體會之。

對於本書的那些「實用型」讀者來說，我們可能並沒有對於理論的自發的或功利的興趣、需要。我們在意的是如何具體打開文學作品，讀出收穫來。這本書的作者，最在意的就是滿足你的這個需要。讓我們用理論的望遠鏡、顯微鏡，來仔細觀察一棵樹，或曰，用理論的柳葉刀、核磁共振，來解剖一隻麻雀。

另外，本書作者想特意再對你說一個觀點：從文學「解讀」中獲得的，也應該算是你的「私有財產」。

我幫助你擺脫面對文學作品時無法打開而茫然不知所措的窘境，讓你自己從文學中獲取屬於你自己的私有財產──「一千個讀者眼中有一千個哈姆雷特」，沒有所謂對錯，沒有「標準答案」的私有財產。你所獲得的私有財產，很可能和別人的不一樣。

因為前面已經說了，「文學解讀講義」所講的，就是讀者如何發揮主體性進行「二度創造」。

第一次創造，是作者創造出作品。第二次創造，是不同時代、性別、階級、社群、趣味的讀者，通過解讀而打開作

品，創造出各自不同的「私有財產」。

所以我們要強調文本細讀（close reading）。這樣一種「解讀」之道，不僅可以用來打開文學文本，也可用來打開哲學、歷史學、社會學等等各種學科論述領域的作者所創造的各種文本。大學生們在文科各個院系經常要寫的課程作業和論文，常常要面對不同學科領域的「作品」，來「解讀」之。這本書也會間接地啟發和幫助你。

把「解讀」問題，上升到一個方法論的層面，看看這個東西，還有哪些意義？

有一種說法，說「學術為天下之公器」。對文學的研究、思考，當然也屬於「治學」的一部分。我則要說，這個「公器」的動態傳承，離不開治學者私人的「解讀」。舉例說，在朱熹對漢唐儒學注疏的顛覆性解讀中，儒學得到了再創造，煥發了空前的活力。學問的歷史，如一條長河，需要一個個的活人來再創造，從而保持活力。從每個細部看，都是私人的「解讀」性活動。

治學，固然是一個需要積累別人的話語，需要「厚積薄發」的力氣活兒，也是一個時刻需要解讀文本，審視自身、作者，和世界的力氣活兒。

下面看看，在文學和學術之外，以讀者為主體的解讀活動，對個人和社會生活，還有怎樣的意義？

盧梭說：「人生而自由，但無時無刻不在枷鎖中。」這個「枷鎖」，如同豬八戒的「珍珠衫」，孫悟空的「緊箍咒」，其實可以被理解為兩層意思。其一是那些由國家機器作為後盾的有形的社會限制，其二則可以引申為不間斷地不知不覺

地塑造著你的言語行為的無形的「論述之網」，小者如教你瘦身、時尚消費的商業廣告，大者如指導你「三觀」的集團、身份、性別，乃至「意識形態」。這後者的威力，更是天網恢恢疏而不漏。你想：《祝福》裡的祥林嫂，不是被某個具體有形的枷鎖所害死，而主要是被精神上的無形枷鎖摧殘致死。在魯迅的短篇小說裡面，充滿所謂「近乎無事的悲劇」。為反抗封建文化的「天羅地網」，魯迅等新文化運動的奠基者，也編織出「啟蒙」、「革命」、「救亡」等新的文化構想。可見，文學文化領域是一個戰場，不同的文化「編碼」相互廝殺，爭著佔據我們心靈裡面的一個個節點。

　　想一想美國電影《駭客任務》和《楚門的世界》吧。我們被別人精心炮製的說辭和字元矩陣所包圍，如果不去「close reading」，多分析分析「為什麼」（why）和「如何」（how）的問題，被其裡面的「什麼」（what）所裹挾、呼攏、催眠，我們被騙的概率就是 99.9％ 了。在社會上，往往是整整一代代的人集體被騙。在比較糟糕的時代，比如希特勒時代的德國，你個人幸福追求的迴旋餘地就變得近乎為零了。

　　這時，本書中所訓練你的「解讀」技巧和能力，就能起到拯救性的作用了。比如說，當大家都認為一個東西不好的時候，其實它可能是好的而沒有被發現。或者當大家都說一個東西好的時候，強大的解讀者能發現它有可能是不好的。

　　這樣的人，強大的解讀者，擁有強大的心靈和智慧。一言以蔽之，不擁有強大的解讀能力，就無法擁有陳寅恪所說的「獨立之人格，自由之思想」。

　　你不信？「問題有這麼嚴重嗎？」

　　就不用我多說什麼了。讓我們看看二十世紀六十年代一位「高大上」的加拿大文學理論家諾斯羅普‧弗萊（Northrop Frye）是怎麼說的。他是生活在冷戰時期高度發達資本主義國家的學者，在政治上也絲毫不與激進的反叛性沾邊，是個恪守本分的學術權威，在文學理論界之外，很少有人知道他。但我覺得他下面這段話，是說給我們所有普通人聽的。我很佩服他能把深刻的人文情懷，用通俗曉暢的句子說給我們聽。他對「文學的學習」的期望，差不多等同於我對於「解讀」的效力的期望。他所說的那些當時被西方意識形態所洗腦，患上可笑的反共歇斯底里症的「烏合之眾」，相當於我眼中的人云亦云，不會發揮解讀者主體性的人：

　　文學的學習，乃至語言的學習，往往被視為一項高雅的造詣——關於談論好的文法抑或跟上自己的閱讀。我想說明的是問題要比這個稍嚴重。我不知道語言和文學的學習如何能與言論自由的問題分離開來——我們都知道它對我們的社會至關重要。在我看來，日常論述的領域是兩種社會論述（一群烏合之眾的和一個自由社會的論述）之間的戰場。一個代表了陳詞濫調、陳舊的觀念和無意識的胡言亂語，而且導致我們不可避免地從幻覺轉入歇斯底里。一群烏合之眾中是不可能有言論自由的：烏合之眾無法容忍言論自由。你會注意到那些把自己對共產主義的畏懼之情發展成歇斯底里的人們最終會尖聲驚叫：他們所見到的每一個神志清醒的人都是共產主義

分子。此外，言論自由與埋怨或說社會是一團糟、所有的政治家全都是撒謊精和大騙子等等諸如此類是無關的。埋怨絕不比這類陳詞濫調更前進一步，他們所表達的那種含混不清的犬儒主義是針對一些人的態度——一些尋求一群烏合之眾然後加入其中的人。（王敦譯。Northrop Frye, *The Educated Imagination*, Indiana University Press, 164.）

把原文也提供出來，以饗比較執著的讀者：

【原文】Too often the study of literature, or even the study of language, is thought of as a kind of elegant accomplishment, a matter of talking good grammar or keeping up with one's reading. I'm trying to show that the subject is a little more serious than that. I don't see how the study of language and literature can be separated from the question of free speech, which we all know is fundamental to our society. The area of ordinary speech, as I see it, is a battleground between two forms of social speech, the speech of a mob and the speech of a free society. One stands for cliché, ready-made idea and automatic babble, andit leads us inevitably from illusion into hysteria. There can be no free speech in a mob: free speech is onething a mob can't stand. You notice that the people who allow their fear of Communism to become hystericaleventually get to screaming that every sane man they see is a Communist. Free speech, again, has nothing to do with grousing or saying that the country's in a mess and that all politicians are liars and cheats, and so on and so on. Grousing never gets any further than clichés of this kind, and the sort of vague cynicism they express is the attitude of somebody who's looking for a mob to join.

參
三個系列講座，幫你初步打開文學

我之前在中山大學講授「文學／文化解讀」課程的那幾年，不斷有學生說：「老師，您應該把講義編成一本書，我們就可以隨時翻翻呀。」當時覺得還有很多需要完善的地方，覺得還需要進一步提煉，覺得世界上的書已經太多，讀者的時間又很寶貴，所以遲遲沒有動筆。時間證明，「解讀」課（私下叫「解毒」課）確實是我特別「有話要說」的一門課。話說一九三七年「八一三淞滬會戰」，蔣介石把黃埔精英全都投入進去了，不計工本——那是他唯一的一次不計工本吧。我對這門課的私人感情，也庶幾類似。

經過多年的掂量，我覺得還是把講義形之於文吧。在作者之於讀者的倫理關係中，我覺得我不是在謀殺諸位的時間。

本書作為一本「文學解讀講義」，其主體部分，分為三講。這「三講」，有理論闡述，也有解讀實踐操練。

也就是說，所有的講述，都是基於對具體的文本的解讀而展開進行的，所以「仰望星空」的時候，總會腳踏在堅實的文本的土地上——理論的文本，或者是文學作品文本。當然，對這些文本的選擇和解讀，都是服務於作者所設定的一個個專

門的話題。

每一個解讀示範，都是技術含金量足夠扎實的「乾貨」，是「樹木」。每一個專門話題，在「樹木」的基礎上，可看到規律性的理論性的闡述，是「森林」。

在「有所為」的同時，也意味著「有所不為」。這本書，不會脫離對文學創作文本和對理論創作文本的具體細讀。是的，書寫理論，對我來說，不是「扶乩請仙」去請來理論「特派員」。

這本書，不會去談「藝術‧人生」式的非「乾貨」感悟，或者去談作者本人的「境界」——因為這些無法在文本解讀中求證，與如何打開文學的技術宗旨無關。

這本書，也不是在全面闡述我這個作者的文學觀。我的文學觀對你來說不重要。你自己的文學解讀能力對你來說才重要。

如同《聖經》中所述，施洗者約翰需要先為耶穌施以洗禮，但同時施洗者約翰指著耶穌對眾人說：他必興旺，我必衰微。

你是獨立的解讀者。我這個作者，只為此項事業，提供技術性的援助工具箱。

下面分別說說這「三講」都講了些什麼。

第一講〈解讀啥？——符號或「老天創造了人，人創造了符號」〉，從介紹文化的「符號」之特性入手，把構成文學書寫的語言文字，和構成視覺、聽覺等的表意符號（線條、圖形、音符等）的編織，統稱為人類「文化」這一符號表意之網。

　　「符號」這個詞兒，近年來在大眾論述中也變得越來越火了。其實關於「符號」的文化思考，如果從恩斯特・卡西爾（Cassirer Ernst）的《人論》（*Essay on Man*）算起，經過二十世紀的「語言學轉向」、「符號學轉向」、「結構主義轉向」、「文化人類學轉向」等一波波的人文學科方法論的聚焦，已經在學界火了一百多年了。著名的文化人類學者克利福德・格爾茨（Clifford Geertz）說：「人是懸浮於自身所編織的意義之網路中的動物。我用文化一詞，來稱呼那些網路。」（原文：Man is an animal suspended in webs of significance he himself has spun. I take culture to be those webs.）你可以把這張「文化之網」，想像為豬八戒不慎穿上的那件珍珠衫，真是環環相扣，穿上就脫不下來　。

　　「解讀」，就是基於對這一「符號之網」中任何文學、文化產品的破解。我們已經進入了互聯網的「讀圖時代」。同樣，手機和電腦裡的音訊文藝 APP 樣式，也不可或缺。所以，從這第一講的熱身開始，我們對文學的理解，就不是局限於印刷時代的文學生產消費，而是放在包括各種藝術形式及日常生活的廣義文化大背景之下來思考。具體地說，會牽涉到對一般理論書所牽涉不到的一些理論段落的精讀，以及聽覺藝術、視覺藝術現象的分析。

　　第二講〈如何走起 —— 文本細讀〉，首先通過對希利斯・米勒（J. Hillis Miller）一段深入淺出的話的解讀，來展示出文本細讀的方法，以及這樣做的好處，還有它的複雜性。很多的理論教程和著述都說，希利斯・米勒是解構主義文論家，是「耶魯四人幫」之一，聽起來很高深的樣子。但

是，理論書永遠是挂一漏萬的。竊以為，好的解構主義文論家，反而是出奇地精於文本細讀，以至於我們完全可以欣賞他的解讀功力，而不管他是否有解構主義理論家的頭銜。我感覺，這位頂尖理論大師面對普通讀者講解文學時，對於我們一般大眾的閱讀反應，是明察秋毫的。顯然，他是個精通各種閱讀模式的老手、閱讀熱愛者和深度思考者。

文本細讀本來就是個實踐活兒，所以這一講裡面，也離不開實踐性的示範。不是有句話說「男不讀王小波，女不讀周國平」嗎？我來示範細讀一下王小波的中篇小說《革命時期的愛情》第一章的開篇。這篇小說裡的主人公，一九七二年的一個「青工」（當時歷史語境裡面的青年工人）、這位落後分子男青年王二，在「革命」的權力論述格局裡面無路可逃。他嘗試著進行自己的「符號表達」（自己所認為的有意義的「活法兒」）——科學發明、藝術創作——但被強大的政治論述權力（當時主流的那一套話兒，和組織管理）給壓制得極其猥瑣。在王二的生涯裡面，藝術、社會、發明、夢境的符號意義，各有隱喻。該小說裡第一人稱和第三人稱敘事的交疊運用，蘊藏著很多的深意。我的細讀示範，則用一千字的篇幅，只來展示細讀小說的開篇一百六十字。

第三講〈聚焦於解讀敘事——我們為什麼非有故事不可？〉承接上一講裡面米勒所說的閱讀技巧問題，索性把文學類型裡最無法回避的一個大塊頭——敘事（故事講述）——挑出來好好對付。講故事，是用語言來製造事件的方式。就是用語言來說出一件事兒，不一定是真發生過的。敘事活動，是我們獲得人生經驗的必經途徑。我們需要通過

文學性虛構，來品嘗可能的自我，並且在實際世界中進行推演和角色扮演，審視目前的生活，設想尚未不存在的生活之可能。沒吃過豬肉，還沒見過豬跑嘛？沒談過戀愛，就更要看小說，看韓劇。科幻小說裡面發生的事情，雖然在今天還是科幻，但未必不會在日後發生……

恕我不一一劇透了。其實這三講裡面的每一講，都是橫亙五、六萬字，自成體系的大問題，裡面又下轄若干方面的分論題，加起來就是好幾十個課時，足夠講一個學期了。

下面，祝你開卷有益，漸入佳境！

第一講　解讀啥？

符號，或「老天創造了人，
人創造了符號」

壹 符號學之「愛情＝玫瑰？」

「文學解讀講義」，現在正式開講了。

先別急。

「打開文學」的第一講，需要先進行一番討論，認清我們所說的「解讀」事業，到底是要解讀啥的問題。

這第一講，我們暫且把具體的解讀拳腳展示及演練放它一放，是因為磨刀不誤砍柴工，要先在理論思考的層面上認清解讀的物件，明白解讀行為，是對人類語言符號運作的「解碼」。

我們要解讀的一切，都是「符號」。一言以蔽之：「老天創造了人，人創造了符號」。

這就像彼得・布魯克斯（Peter Brooks）所指出的，如果說人是會使用工具的動物，「homo faber」，這種動物也早就是使用象徵符號的動物，「homo significans」。前面掉書袋的這些拉丁語單詞，離我們太遙遠。但我們都認識英文單詞「sign」（符號、標記），和「significance」（意義）。

顯然，從這兩個英文詞的拉丁文詞源上看，「意義」來自於「符號」。

人是唯一能夠辨識意義的地球動物，原因就在於人類能夠創造符號、使用符

號，與符號不離不棄，在符號中尋找意義。馬丁・海德格爾（Martin Heidegger）有句名言：「人——詩意地棲居。」如何「詩意」？怎樣「棲居」？答案都在「符號」裡面。

所以說，「老天創造了人，人創造了符號。」

從此，人說：「我要與這個世界談談。」

文學如同相聲，均是「語言藝術」，只不過前者，現在主要依靠讀者（脫離文盲狀態的讀者）用眼睛去閱讀，後者是不分文盲或非文盲，都可以用耳朵去聽。「語言藝術」離不開人類語言。語言，就是我們最基本的符號系統，成為編織「文化符號之網」的「珍珠衫」的大宗。

所以我覺得，學習如何打開文學前，最好先對語言的符號性問題有所瞭解。

這本文學解讀講義的第一個講座，在此也明確地提出並隨後回答一個重要的疑問：我們從事文學解讀時，到底是要解讀什麼？

答案是「符號」——語言符號所編織出來的各種花樣，包括「修辭」，包括「敘事」，包括「風格」，包括在「審美」和「意識形態」（「三觀」）上面的，用語言符號所經營的，對「現實」和「想像」的模仿（你可以理解為「模擬」、虛擬，或「表徵」）。

下面就花一點時間，來說說符號問題吧——我寫一寫和您看一看，都是值得的。

【一】

符號是啥？往複雜了說，可以複雜得不得了。我們的語言，就是人類使用最頻繁、最精微的，對整體人群來說都須臾不可或缺的符號系統。裡面又主要分為兩大層：聲音的和圖像的。

語言的聲音層，就是用嘴說和用耳朵聽的話。這連文盲也會。

語言的圖像層，則是手寫、印刷、鍵盤敲出的，記錄聲音語言的書面語言字元，靠視覺來辨認。

我們從小學開始的「受教育」，在某種程度上，就是超越「文盲」階段的日常口頭表達，而逐步掌握更複雜的書面語言系統的「符號化」過程。這就是狹義的「識文斷字」。對於廣義的「識文斷字」而言，一個人的話語符號運用與意義內化兩者，是雞生蛋、蛋生雞的一體兩面，識文斷字也就意味著概念、意義、思想，也內化於心，於是就能在語言藝術和書面閱讀中，以及自己的言說、寫作中，在「文化的符號之網」這一團亂麻中，交替地輸入和提取新的「意義」。

除了語言符號之外，音樂藝術，運用聲音的音高、強弱、節奏、音色來「符號化」，傳遞「意義」。美術呢，則運用輪廓、線條、色彩、明暗、筆觸、留白等來「符號化」，傳遞「意義」。而電影呢，自從默片時代結束後，就是把視覺呈現的意義和聽覺符號意義疊加到了一起，更不用說畫面還是在時間中流動的，聲音又分為場景音和畫外音。這些事情，要多複雜有多複雜。

於是就有了各種版本和各個門類的「符號學」。

比如，要對符號的「層次結構」進行分類闡述，就有了索緒爾（Ferdinand de Saussure）的語言符號「能指」（signifier）和「所指」（signified）的分層及其引申。若按符號的「類型和功能」來分，則有了皮爾斯（Charles Saunders Perice）的「icon」、「index」和「symbol」三分法。再比如說，對於語言之外的符號進行分析、研究、甄別，則有了音樂符號學、圖像學、電影符號學、文化符號學等——它們與音樂學、藝術史、文化人類學、傳播學等學科生成了錯綜複雜的交叉。

所以說，若往複雜裡去說，則這本書就不是僅僅一本書的容量，而要無限地擴容了。

還是就此打住，往簡單扼要裡說吧。

從何講起？先從「愛情和玫瑰」的關係講起，好不好？

這……貌似簡單——愛情不就是玫瑰嘛！

實則不然。

然與不然之間，隱藏著符號問題的神祕的真諦。

但你會問：這……跟「符號」，跟「意義」的問題，會有關係？

有的。

愛情是什麼？是人心裡面一種複雜的情感，是無法直接言說的。——若直接言說出來，則成為「我愛你！」、「我太愛你了！」「我愛死你了！」……總之，對於「愛」的各種表態，就算把「愛」字重複一萬次，也說不出愛本身為何物，怎樣愛，仍然是「愛」這種「人心裡面複雜的情感」的表述性「缺席」。「單純」的陳述性語言，無法表達、描摹

複雜的東西如「愛」。「單純」的語言，能傳達「餓」、「渴」、「吃飯」、「喝水」、「睡覺」這樣的訊息，卻無法傳達「愛」的狀態為何物。

怎麼辦？詩人做到了。——把不可名狀的「愛」的「意義」，符號化為外在的玫瑰。十八世紀的蘇格蘭著名詩人，《友誼萬歲》（*Auld Lang Syne*）的作者羅伯特・伯恩斯（Robert Burns），在另一首迄今英語世界裡無人不曉，並佔據了當今無數明信片和網頁的詩裡說：「O, my Luve's like a red, red rose, That's newly sprung in June.」王佐良先生譯為「呵，我的愛人像朵紅紅的玫瑰，六月裡迎風初開。」

你看，「愛人」也好，「愛」也好，就和一種叫「玫瑰」的花草畫上了等號。——「愛情=玫瑰」。

我猜你會說：對嘛！詩人發現了真諦——愛情，不就是玫瑰嘛！

但我說「No」！

——玫瑰，一種薔薇科植物，與人類進入文明階段後的「愛」這種內在的隱祕情感，之間會有一毛錢的聯繫嗎？

玫瑰，不論是「羞答答的玫瑰靜悄悄地開」的玫瑰，還是「玫瑰玫瑰我愛你」的玫瑰，本身都不曾擁有你所賦予它的「意義」。其脈脈的情意、濃烈的情意，都是人類的「符號化」行為強加給它的。

如果玫瑰懂得人類語言，你跟它說，「你代表愛情呀！」它會感到莫名其妙，「別煩我！我對愛情絲毫沒有興趣，我和任何人類以外的生物一樣，只是以保存和傳播自己的基因為己任，與仙人掌、老玉米、蜜蜂或者蒼蠅沒有任何不

同。」

如果玫瑰懂得人類語言，你跟它說：「你在中文叫玫瑰，在英文叫 rose，在印地語叫⋯⋯」它也會感到莫名其妙。有莎士比亞的詩句為證：「我們用別的名字稱呼玫瑰，它也會芳香如故。」（《羅密歐與茱麗葉》）

但是，從詩人到廣告商，再到情書寫作者，都離不開「玫瑰」兩個字及其符號化意指，而且也離不開其他的一些符號化勾連，將星光呀、月夜呀、巧克力呀、「鑽石恒久遠，一顆永流傳」什麼的，強行與人類心靈內分泌的「愛情」畫上等號。

這麼說吧，離開了語言和其他符號體系的符號化運作，我們就無法把愛情這東西，「真切」地表述出來。

沒有對玫瑰這樣的東西的指涉，就沒有愛情，或者說就無法讓別人感受到，當你想要表達出來的時候。

而玫瑰對此一無所知。

你的內心世界的全部表達，往往就需要依靠對玫瑰這樣，與你一毛錢關係也沒有的東西的符號化。

語言，就是這樣運轉的。語言表達的高精尖集大成者是文學。各種語言和非語言符號體系運作的總和，是文化。

一首情詩、一部電影或一段 MV，絕不僅僅依靠「玫瑰」這一個符號而已，而是眾多符號相互之間形成複雜的關係，而且實現不同符號體系的交叉。對符號問題的解釋，就是對文學、文藝的魅力之所在的一種解釋吧。

按照羅蘭・巴特（Roland Barthes）《符號學原理》（*Éléments de sémiologie*）（文學院或中文系的同學你懂的）

的描述，作為「結構層面」的「能指」（比如「玫瑰」），和作為「意義層面」的「所指」（比如「愛人」或「愛情」），構成「第一級符號」。「第一級符號」又作為「第二級符號」的能指，與新的「所指」共同構成「第二級符號」。這樣的「意指行為」（signification）還可以衍生出三級、四級乃至無限的符號系統，沒有終極。……比如說在 MV 中，先給出一朵嬌豔欲滴的玫瑰的特寫鏡頭，這個「能指」意象，指向了與愛情和愛欲有關的「所指」意義，構成了一個「第一級符號」。它也立刻成為新的「第二級符號」的能指，指向了新的所指——這時螢幕上緊跟著出現的一個女子嬌豔欲滴（請原諒我的措辭，舉例而已）的特寫鏡頭，成了第二級符號的所指，即這個女子就是前面的二級能指的愛情和愛欲的指涉對象。這是一個「蒙太奇」（Montage），一個表達「愛情」的「蒙太奇」。蒙太奇是電影發明出來之後，人類所調試出來的一種「視覺性修辭」。這個作為二級符號的蒙太奇，又會成為一個能指，指涉向新的所指，因為這個 MV 不會只有三十秒呀。一部兩個小時的故事片，其符號運作，想必比五分鐘的 MV 更加複雜了。

同理，從一首詩，一段 MV，到一個手機段子，一部長篇小說，在某種意義上——在符號學的意義上說——都是通過擺弄符號（「修辭」的、「敘事」的、「風格」的、「審美」的……），來操縱我們的視聽，潛入我們的心靈。

【二】

而實際情形，比前面舉例所進行的圖解要複雜得多。

前面我說了，「地球人」都會將「愛情」與外在的某個符號能指畫上等號。一位海外的著名人類學家曾親口對我說，在菲律賓南部某盛行「獵頭」習俗的土著部落，愛情=人頭，而不是玫瑰。因為，在那個部落要求愛，得先去殺人，提著人頭來送給心上人，作為愛情的標誌，就如同現代社會裡我們用玫瑰來求愛。想像若那個部落的「詩人」口占一闋愛情詩（他們尚處於不設文字的階段），或許是「我的愛，像鮮血淋淋的人頭」……

要點在於，不論是愛情=玫瑰，還是愛情=鑽石，甚至是愛情=人頭，都只有我們人類才幹得出來，因為我們就是前面說的「homo significans」物種——地球上唯一使用象徵符號的動物。遠古的人類，憑藉於此，在改造外部世界的勞動過程中，以及協調勞作的溝通中，比其他動物要「高大上」許多。要不然我們的物種的學名，為什麼會叫作「智人」（「wise man」，拉丁文「Homo Sapiens」）呢。我們的智人祖先需要對事物加以標記、指認、分析，「與世界談談」，由此創造了符號，從此就能夠發現、描述和判斷事物和內心的「意義」，從而為赤裸的自然界和赤裸的自己穿上了符號的珍珠衫。這件珍珠衫其實是一副越來越精密的意義之網，從此就再也脫不去了。食欲，性欲，繁衍，排泄，死亡，群居，取暖，地盤爭鬥，這些原本遵從生物遺傳規律的活動，變成了烹飪文化，性文化，廁所文化，倫常，社會，建築，

國家……

　　人類的一切物質和精神創造，總稱為文化（器物、工藝、技術、思想、生活方式）。對英國著名文化研究泰斗雷蒙・威廉斯（Raymond Williams）來說，「文化是整個生活方式」。總之，凡是人類生活的創造，都是廣義的文化——是其他動物所不具有的。想想人為什麼埋葬屍體，開追悼會，過生日，舉辦婚禮、洗禮、「金婚」，為什麼要修建中山陵、醉翁亭、岳陽樓、毛主席紀念堂？想想中國人為何自古癡迷於玉石，要從遙遠的昆侖山採來和田玉，數千年而不絕？如此，草木山川、人頭玫瑰、金聲玉振，而皆有情，成為詩意的「能指」，從此「詩意地棲居」才有可能。人終日擺弄自己所創造出來的語言、文字、音樂等視覺聽覺符號。文學、宗教、科學、藝術，都是符號系統裡的一些子系統罷了——它們共同構成了一個虛擬的巨大的符號世界。

　　無論是十八世紀的詩人羅伯特・伯恩斯所在的蘇格蘭，還是尚不知書寫為何物的那個南菲律賓部落，因為都是人，都生活在文化「意義」中，和對文化意義的尋找、變更、再尋找中，所以都要為愛情的意義的賦予進行表達——通過符號化的畫等號來表達，不管符號等式的另外一邊是玫瑰，還是人頭。

　　那麼你可能又要問了：是「誰」在劃定能指（玫瑰、鑽石、人頭等）與所指意義（如愛情）之等號關聯的？為什麼會是玫瑰、人頭或鑽石？

　　回答這問題，連我都覺得「壓力山大」，知道這是直戳文學文化理論的永恆深處和學科前沿了。我只能邊回答邊總

結。符號化的意義表達，是一件複雜的事，因為文化之網是由多種因素構成的，包括文化、政治、經濟等各種因素。

所以，何不就具體看看人頭、玫瑰和鑽石這三個能指，是如何指向愛情的意義的。

先說「人頭」。

在泛太平洋諸多剽悍的島嶼部落中，殺人而獵取人頭，乃是最悠久的文化傳統，或者可以叫作「獵頭文化」吧。每一個部落，都處於其他部落的威脅之下，一般是捉到其他部落的人，大家分食之，然後將人頭進行風乾或藥物處理，收藏起來，作為藝術收藏品來把玩、炫耀。獵取外族頭顱，就起到安定團結本族的精神作用。而擁有足夠多的人頭收藏品的男士，則如今天的「鑽石王老五」一樣，能得到所追求的女性及其家人的青睞。這意味著地位和安全感。能夠獵殺越多別人的頭，意味著自己家越安全，離那種被獵頭的倒楣命運越遠嘛。

再說「玫瑰」。

這顯然來自西方文化，玫瑰是西方最複雜的符號象徵系統之一。想一想，中國古代詩歌，李白杜甫李商隱，以及宋詞裡面的愛情，有一首是詠玫瑰的嗎？玫瑰能進入中國人乃至亞洲人的文化想像和文化符號體系，靠的是一百多年來「西學東漸」的結果。玫瑰和百合，是《聖經》中喻表耶穌的花卉，象徵神的聖潔、美好，如「沙侖的玫瑰」、「谷中的百合」。讀過法國小說，大仲馬（Alexandre Dumas）的《三劍客》（*Les Trois Mousquetaires*）的讀者都知道，法國王室的圖案裡面有百合花造型，這肯定也是因為其自詡為奉天承

運的基督王國。在中世紀的騎士文學中，愛的對象不僅僅是耶穌基督了，而可以是寓意上和字面意義上的女性。於是，那份強烈的愛的所指意義，就轉移到了男女之間的愛情和愛欲上面了，以至於在今天的東方乃至在西方自身，很多人已經完全不需要瞭解其來自基督教背景的意指轉移，就可以在通俗文化中看懂有關玫瑰的一切了。而在基督教文化之前，在古希臘羅馬文化中，當然也有玫瑰這種原產於地中海沿岸的植物的影子，但古希臘羅馬人文化，作為大半截兒都處於基督教興起之前的「異教徒」文化，對愛情、愛欲進行符號化的重鎮，是蘋果。

《荷馬史詩》中著名的特洛伊戰爭是怎麼打起來的？就是蘋果惹的禍。希臘英雄佩琉斯（Peleus）和愛琴海海神千金忒提斯（Thetis）成婚，奧林匹斯諸神都被邀請了，唯獨漏了爭執女神厄里斯（Eris）。厄里斯在席上拋下一個金蘋果，說它屬於「最美的人」。天后赫拉（Hers）、智慧之神雅典娜（Athena）、愛與美之神阿芙蘿黛蒂（Aphrodite）相爭不下，最後請特洛伊王子帕里斯（Paris）裁決。赫拉許以權力，雅典娜許以智慧，而阿芙蘿黛蒂則以美色為誘惑。最終帕里斯選擇了美色，抱得絕世美女海倫入春閨，而那場曠日持久、波瀾壯闊的戰爭則是後話了。這個蘋果，在基督教文明的符號體系中，也在《聖經》中擔當了重要的反派角色──它成了「誘惑」的能指，被夏娃和亞當吃進嘴裡，導致人類的祖先被逐出伊甸園。人類不斷繁衍、發展的歷史就此開始。蘋果由此成為性欲的象徵，而人類的祖先及其後代，為了這紅通通的欲望，不得不世代為它背負責任，忍受

懲罰。這，就是原罪。顯然，玫瑰和蘋果本來都是「無辜」的，但在基督教的符號體系裡面，前者指向了從神傳遞到凡人的愛，及其昇華、擴展，後者則指向了來自人自身的欲和罪。玫瑰和蘋果的兩種命運，真是「天人永隔」呀。當代義大利的著名符號學大師安伯托·艾可（Umberto Eco）也來湊熱鬧，居然寫了一本以中世紀修道院為場景的暢銷書小說，集驚悚、懸疑、偵探、煽情為一體，題目就叫《玫瑰的名字》（*Il Nome Della Rosa*）！而最近在中外迅速竄紅的那首「你是我的小呀小蘋果」，則更是一朵匪夷所思的符號意指「奇葩」了！

最後說鑽石。

相比玫瑰、百合，關於鑽石的上古典故、文學軼事，實在是少得可憐。這種碳元素晶體，是如何成為價格高昂的美滿婚姻必備佳品的？秦漢宋元詩文中，愛情千古佳話中，古希臘、羅馬故事中，中世紀騎士傳奇羅曼史中，有哪一個是以鑽石當愛情信物的？至少對我這個沒有著意考證的一般人來說，所知甚少。只能說，它是英國在十九世紀與二十世紀之交，通過波耳戰爭（Boer War）趕走了荷蘭人，佔領南非，為了經濟增長點，為了佔領龐大的世界市場，發明出來「鑽石恒久遠」這種說法，讓有一點兒錢又躍躍欲試，需要掏錢來表達「something」的中產階級，掏錢來證明自己「真心」的一種昂貴道具吧？最硬的物質啊，不變心啊。——化學知識的演進，也是必要的。

一個關於愛情之符號能指的小小話題，就可以這樣複雜。這是因為人是使用符號，借符號來表述意義，棲居於意

義之中的動物。人有多複雜，符號就有多複雜。反過來說也對：符號有多複雜，人就有多複雜。在符號的運作中，最主要的是靠語言符號的運作。在這個意義上，二十世紀著名的「闡釋學」大師伽達默爾（Hans-Georg Gadamer）說，「能夠被理解的存在就是語言」。（《真理與方法》（*Truth and Method*），洪漢鼎譯）

請記住「愛情=玫瑰」，以及關於玫瑰等上述的一切問題吧。

這，就是我對於符號問題進行解釋的簡單版講法。無法做到更簡了。

【三】

人是唯一能夠辨識意義的地球動物，原因就在於人類能夠創造符號、使用符號，與符號不離不棄，在符號中尋找意義。海德格爾的名言：「人 —— 詩意地棲居。」如何「詩意」？怎樣「棲居」？答案，都在「符號」裡面。從符號學的角度看，文學、文化就是符號產品。人，作為符號動物，從文學、文化活動中，創造並傳承、變更意義。

前面這段話，重申了這一講到目前為止的最主要論點。

下面最後再補充說明一下還沒有涵蓋的方面，以及解答你可能會有的疑問。

你可能會說：難道動物不會運用符號嗎？偵察蜜源的蜜蜂回來後，在蜂巢外面一絲不苟地跳「8字舞」，通過舞蹈飛行的速度、角度、方向等，傳遞花粉蜜源的方向、距離、

品類，以及需要多少工蜂同去。這難道不是符號行為嗎？螞蟻也能通過觸角接觸來傳達食物資訊，組織協同性的統一工作。很多群居或者說是「社會性」的動物，乃至非群居性的動物，相互之間很多都以各種方式來實現交流，甚至交流得相當複雜。這些，難道不是符號行為嗎？這些，難道就沒有傳遞某些「意義」在其中？這些，難道就沒有達成哪怕最低限度的「文明」的萌芽？

我的回答依然是「No」——它們真的沒有。我有充分理由說明動物的這些行為，為什麼離符號行為還差得很遠。

動物只能算是實現了「信號」的傳遞——而符號行為要比這複雜得多。

固然，符號行為裡面的重要組成部分包括資訊的有效傳遞，但符號行為遠遠不止於此。動物收發的，只是信號（signal），不是符號（sign）。動物的信號收發、辨識，只是生理活動，是由遺傳基因所決定的，並在進化的自然選擇之漫長路途中逐漸固定下來，沒有主動創造的成分。這就如同是被預先編碼的程式，其「程式猿」是大自然本身。一旦固定下來，就很難更改。而每一次微小的更改導致並積累的修訂，都在漫長的「地質時代」中展開，並再次在基因的遺傳中傳遞下去，與每一個動物個體的主體性「頭腦」的「思考」無關。換言之，蜜蜂在跳 8 字舞和辨識 8 字舞的行為中，無法發揮任何主體性的「聰明才智」，蜜蜂個體不得有，也不曾想到可以有絲毫更改——因為任何的更改，都會帶來災難性後果，導致同伴無法有效辨識資訊。同樣，當雄孔雀一絲不苟地履行它那煩瑣的求偶表演時，並不代表它有多麼「浪

漫」。這與人類「求偶表演」的「浪漫性」之區別在於，兩者完全相反。人類的求偶行為需要求偶者用他的靈感來編織出「我愛你」、「我很棒」、「和我在一起會很幸福」的符號意指，需要想像力和針對性。而同一個種群中任何孔雀的求偶表演，則是徹底一致的，「千篇一律」，毫無「個性」——改變了一絲一毫，都會阻斷資訊的有效傳遞。

蜜蜂跳 8 字舞，孔雀的求偶表演，在百萬年裡不易覺察出可曾有什麼改變。掌握了語言運用的人類則不然。人類的小嬰兒從他開始說話起，每一句話，都是發明創造。文學藝術的魅力，不就在於詩句和音符、形體，都要表達出新鮮的感受，不斷賦予新的意義嗎？

當然，動物憑藉其叫聲、體態，也能傳達出不少東西，特別是哺乳動物，尤其是高階哺乳動物裡面的靈長類。但是，不管一隻狗多麼善解人意，它也不可能在房子著火的時候，直接告訴其人類主人「著火了」。主人只能從狗的叫聲、神態裡面，推測出了什麼問題，最終還需要主人自己發現是著火了。這就如同語言階段之前的嬰兒，可以說仍然停留在動物界，而沒有跨進文明界。嬰兒與幼兒的區別，就如同動物與人的區別。嬰兒通過各種哭聲、叫嚷和歡笑，來表達各種欲望和不適。幼兒則能直接說出「我要看卡通」，或「我肚子疼」。我們也不必拘泥於討論高級靈長類物種如大猩猩、黑猩猩，以及海豚等的「通人性」了。一個硬性的指標是：在三歲以前，同齡的人類幼兒相比黑猩猩和大猩猩，並未顯現出優勢。這個坎兒，就是人類語言的門檻。一旦掌握了語言，則人類個體就可以通過交談而獲得對不在場的事

物的體驗、思考。大猩猩的學習，只可能是「在場」的，它只能在看到豹子的情況下，來與同類交流如何躲避和對付豹子，而不可能像人類一樣，通過談話來說出昨天大家是怎樣對付豹子，以及今後大家該如何來對付豹子。人類的幼童就是在三歲的時候跨過了語言的這道門檻，也可以說是憑藉語言符號而延伸了人的存在——在語言表述中超越了現在，在時間上可以談及「昨天的豹子」和「明天的豹子」，「冬天會很冷」，「夏天熱，要開空調」；也超越了空間的在場限制，能夠聽懂並說出「在遙遙遙遠的，人走不到的樹林裡，住著黑猩猩」，或住著「藍精靈」，儘管他／她終其一生也不會見到黑猩猩或藍精靈，或上帝，或哈利・波特。……黑猩猩不管如何嗞兒哇亂叫，表情深沉，也無法如同人類所幻想出來的「人猿猩球」裡面的傢伙們那樣地複雜，獲得如此的存在感和表述效果，其大腦發展的複雜性也就到此為止了。當然，「讀圖時代」的影像應用，另當別論，因為黑猩猩也可以直觀地看到電視裡面的圖像，不需要經由對語言符號進行想像來生成對不在場的事物的體驗。

　　這就是說，人類的嬰兒一旦開始聽懂人言，掌握一定數量的詞彙，和基本的語法，並開始說話，則他／她說出來的每一句話，都超越了蜜蜂的 8 字舞，是不折不扣的創造性行為。大人只是教了詞彙，並且在不知不覺中示範了語法結構（這個也是嬰兒自己在實踐中習得的），而不可能教會每一句話。在這個意義上，人類的語言行為，成了人類符號行為的總代表，體現為每一次的符號行為都是一次創造性活動。比如說：「我要吃那個桌子上的紅的蘋果」，或「我不喝那

個藍色杯子裡的水，太熱」，這與詩人、哲人的語言創造，其實本質上是相同的，不過是大家——不分年齡、性別、種族、語種——比著看誰更具創造性而已。與兒童相比，不過是大人的語言經驗更多，在「字面義」之上還能說出並懂得用抽象的方法來接受比喻修辭義，比如說「五星紅旗是由烈士的鮮血染紅的」，比如說「解放區的天是晴朗的天」，再比如說「O, my Luve's like a red, red rose, That's newly sprung in June」（「呵，我的愛人像朵紅紅的玫瑰，六月裡迎風初開」），或「人，詩意地棲居」，或「你是我的小蘋果」……

儘管如此，兒童的語言符號表述能力也完全可以達到微妙的地步——這微妙，是屬於人類所共有的符號能力，自然也包括人類裡面的兒童。舉個例子。二十世紀二十年代，民國時期兒童刊物《小朋友》裡頭有個幽默故事，名為「狡猾的回答」。故事描述一個自信的小男孩，名叫珊兒。珊兒和爸爸去動物園。爸爸為了考一考他，便讓他分辨出籠子裡哪隻是狐狸，哪隻是狼。珊兒輕而易舉地避開了提問所預設的二元選擇，答道：狐狸的旁邊是狼，狼的旁邊是狐狸。

《小朋友》第 130 期（1924）封面，畫的就是「狡猾的回答」。

三歲的兒童一旦學會了說話，就把動物親戚們遠遠地甩在了後面，在智識上開始突飛猛進。從此，就加入了人類這

個喋喋不休的話匣子物種，並且通過音樂、美術等非語言的符號手段和電影等綜合符號手段，來表述自己，尋求理解。

【四】

那你可能又會問：為什麼會這麼喋喋不休地不停地說下去？人類說了幾千年，各種喜怒哀樂羨慕嫉妒恨都說了無數了，為什麼還沒說夠、說盡？這是為什麼？

原因有二。一，意無限。二，言生言。

先說第一點：意無限且不斷生成。這是因為，人類成了「符號動物」，之後，本身成了文明界的主宰，不斷地為自己的存在，賦予在自然界不曾有過的關於生存的「意義」。什麼男人、女人、三綱五常、家國君父，都是動物界不曾有過的。這，難道不需要不斷地對個體和群體的身份意義，予以界定嗎？這些，又隨著社會形態的不斷變化，而不斷地轉變，怎麼會有個完呢？比如說，就連家庭、婚姻等為何物，都隨著同性戀行為及其論述的浮出歷史地表，而需要予以新的倫理、法律乃至社會管理層面上的界定。

再說第二點：言生言，永動中。這是由語言和其他表意符號活動本身的機制所決定的，非關表述能力的高下。因為，作為意象能指的「玫瑰」與作為意義所指的「愛情」之間的那個「等號」，不是真的等號，只是一個「好像」；每一個這樣的「好像」，都不會讓言者自己和聽者的想像力覺得盡了興，而是需要進一步往下說，進一步聽下去。比如羅伯特‧伯恩斯那首詩裡，剛告訴我們「呵，我的愛人像朵紅

紅的玫瑰，六月裡迎風初開」，就又來一句：「呵，我的愛人像支甜甜的曲子，奏得合拍又和諧。」——「紅紅的玫瑰」，描繪了詩裡面主人公的「愛人」容顏之嬌妍，「甜甜的曲子」，描繪了「愛人」的嗓音或性情之甜美。但其「愛人」到底是哪般呢？一朵「六月裡迎風初開的玫瑰」加上一支「奏得合拍又和諧」的「甜甜的曲子」，仍然無法窮盡對其「愛人」的欣賞和愛慕，所以還會一行行地接著吟唱下去，也讓我們興味無窮。

雖說在今天的「讀圖時代」，人們愛說「沒圖沒真相」，其實有圖也仍然沒真相。維度只是 2D 的圖片，如何傳達出 5D 甚至 6D 維度上才能顯現出來的全部韻味？在這個意義上來說，每一次符號活動所借用的意象性能指，都無法徹底通達意義的所指呈現，而是需要不斷打開新的意向性能指。而且，前面也介紹了，按照二十世紀法國結構主義符號學文化大師羅蘭・巴特《符號學原理》裡面的描述，作為「結構層面」的「能指」（比如「玫瑰」），和作為「意義層面」的「所指」（比如「愛人」或「愛情」），構成「第一級符號」。「第一級符號」又作為「第二級符號」的能指，與新的「所指」共同構成「第二級符號」。這樣的「意指行為」（signification）還可以衍生出三級、四級乃至無限的符號衍生，沒有終極——意義的所指，藏在言說的盡頭，永遠在「下一次」的符號指涉的邊緣，誘惑著我們。

所以才會「言有盡而意無窮」，儘管我們這本文學解讀講義，負責幫你儘量地從「言」中，有效地解讀出「意」來。

儘管我們在這裡觸到了「言有盡而意無窮」的「彼岸」，

但為了「打開文學」，就必須還要稍微在這裡停留片刻，體驗一下其界限到底在哪裡。其界限——不可言說所盤踞之處——就是符號的意象性能指，無法窮盡的所指意義所在。

我們不可避免地碰到了文學文化不斷言說但無法真正抵達的兩大主題：愛與死。

人生總被兩件事所逆襲：愛與死。此二者，無法逃避。對死亡的理解與想像，對於愛欲（不管是同性還是異性）的渴望和追求加上對於親情、友情的體驗，誰也無法做到說透、說盡。一個是「愛」，一個是「死」，這兩個強悍的東西，是無法受人控制的。愛是人所欲的極樂狀態，牽涉到精神，也牽涉到身體感官。其他的很多欲望，是附著在它上面的，或者呈現為如同佛洛伊德（Sigmund Freud）的精神分析論述裡面所說的「昇華」。死亡，則是對於存在感的徹底否定——才華、生命、肉體和物質的享受、學問，都會隨個體生命的終結而終結，主體性不復存在。年輕人饑渴於生活、文學、文化中的愛；年長者則忍不住要沉思於死。對於這兩個東西的追問，貫穿了人類文明迄今為止的全過程，而且仍然會貫穿下去，貫穿於文學、文化、哲學、心理、宗教的各種語言探索中，不會有答案。

舉一個「變態」一些的，關於「愛」的重口味例子。來自於法國十八世紀哲學、文學和思想「大神」盧梭，寫在其《懺悔錄》（Les Confessions）裡面的，他十六歲起對華倫夫人——一位大他十二歲的貴婦「熟女」——的全方位的「愛之欲」。

很難用一句話準確說明華倫夫人對於盧梭意味著什麼。

在盧梭晚年寫作的《懺悔錄》中，華倫夫人是盧梭的「母親」、姐姐、朋友、老師、保護人、情人……「我把自己看作是她的作品。」

我要是把自己這位親愛的媽媽不在眼前時，由於思念她而做出來的種種傻事詳細敘述起來，恐怕永遠也說不完。當我想到她曾睡過我這張床的時候，我曾吻過我的床多少次啊！當我想起我的窗簾、我房裡的所有傢俱都是她的東西，她都用美麗的手摸過時，我又吻過這些東西多少次啊！甚至當我想到她曾經在我屋內的地板上走過，我有多少次匍匐在它上面啊！有時，當著她的面我也曾情不自禁地作出一些唯有在最激烈的愛情驅使下才會作出的不可思議的舉動。有一天吃飯的時候，她把一塊肉剛送進嘴裡，我便大喊一聲說上面有一根頭髮，她把那塊肉吐到她的盤子裡，我立即如獲至寶地把它抓起來吞了下去。……

盧梭在肉體上和精神上對華倫夫人的佔有，無法與他對華倫夫人的愛之間，畫出真正心滿意足的等式。同樣，上述段落裡面盧梭通過語言符號對華倫夫人的佔有，也仍然無法達成其愛欲的滿足——因為愛欲的所指，是語言符號的能指所無法抵達的彼岸。

盧梭的妙筆，竭盡全力，也只能說是差不多地、

「almost」地，在將達未達之處——他的嘴所吻過的華倫夫人的床，所吻過的華倫夫人走過的地板，以及他通過言辭讓華倫夫人吐出嘴並被盧梭再次吞入自己嘴中的食物。然而盧梭的言辭，無論多麼努力，無法等同於盧梭對於華倫夫人的愛欲本身。

　　文學和文化的解讀，就在符號的衍生和變化之中，流連忘返……

　　O, my Luve's like a red, red rose……（呵，我的愛人像朵紅紅的玫瑰）。

貳　課間甜點：「日常生活中的符號之網」

　　第一講，有關文學符號性問題的講解，正在進行中。

　　現在，課間休息。在這裡休息片刻，提供三塊承上啟下的「小甜點」。

　　三塊「小甜點」，是三篇漫筆，其中的兩篇是我寫的，還有一篇是我以前在中山大學中文系任教時一個學生寫的。三篇漫筆，都不是專門來論述語言符號問題的。但它們卻讓你覺得，在我們的日常文化體驗中，由符號所編織的意義網路從來不曾離開我們。再次引用美國文化人類學家克利福德・格爾茨的話：「人是懸浮於自身所編織的意義之網路中的動物。我用文化一詞，來稱呼那些網路。」

兒童語言運用的直來直去

（沒有「反諷」和「話裡有話」）

王 敦

（此文見於我在豆瓣網寫的一篇日記。）

今早，七歲的兒子看著我給他做早餐三明治，突然說：「爸爸你知道嗎？黑猩猩和倭黑猩猩也會做飯！」

（！）「哦？是嗎？」我反問，「你見過黑猩猩做飯？」（瞬間就覺得此言可能導致自己變得被動。）

——「見過！」

（！覺得自己真的被動了。）我硬著頭皮問：「在哪兒見過？」

——「在電視和小龐裡都見過。」（「小龐」來自於他看的一個臺灣人譯製的日本錄影，裡面有一個叫小龐的黑猩猩和一隻叫詹姆斯的狗，一起完成買東西等任務。）

於是，我鬆了口氣，發覺是自己「想多了」。——七歲的兒子並沒有「話裡有話」，嘲弄我為「做飯的黑猩猩或倭黑猩猩」之意。（雖然我嚴重懷疑電視和錄影裡，那小批量的出類拔萃的黑猩猩和倭黑猩猩，做飯能力能否與我的相比。）

「想多了」的原因在於我這個成年人（我們成年人都如此），在語言符號系統的運用方面已經習慣於「修辭性」言

說與傾聽──所謂「話裡有話」，所謂「諷喻」、「賦比興」、「反諷」、「類比」等，是交流溝通中的必備技能了，否則不論是談戀愛、職場、居家，還是講政治，都搞不定。比如說，若男生聽不懂女生說的「你知道嗎──聽說男生的臂長約等於女生的腰圍，你覺得呢？」這樣的委婉語，則不可能具備談戀愛的能力。（這是十多年前在新東方上 GRE 詞彙課提到「euphemism」時，新東方教師宋昊的舉例……）

相比之下，兒童的語言運用是直來直去的，更為簡單，「很傻很天真」，如同人類文明史上早期階段的語言運用。

難怪「賦比興」被後世的箋注家（如上述情境會話中的我）注疏時，顯得那樣深不可測──其實是由於上古之人（如同我七歲的兒子）的語言用法，具備「驚心動魄」的直來直去的「詩意」呀。

又聯想起我自己小時候的一個故事──我當時的語言運用也是那樣。

幼年時，在濟南老家，爺爺奶奶那裡。有一次除夕夜，爺爺奶奶說：今晚到明天，無論問你什麼東西「還有沒有」，都要說「還有，有的是」。我記住了。於是除夕半夜，起來尿尿。我一邊往尿罐裡尿著，奶奶一邊端著尿罐問：「敦敦，還有沒有？」

我：「還有，有的是！」

兒童也不懂得「擬人」的修辭手法。對他們來說，貓狗植物，與人無異，無須「擬」之──直接和它們說話便好。

記得三年前春節前，家裡把蒜種在花盆裡，指望著收穫蒜苗炒菜吃。我兒很盼望吃到這個蒜苗（或許是眼睜睜地看

到蒜苗奇跡般地從花盆的土層裡刷刷地長出來，體驗到了
「生長」的宇宙奧祕？），常常一個人面對蒜苗唱歌跳舞，
賣力表演、討好之，並專門發出一種「長啊！快長吧！」的
類似咒語的渾厚聲音。這其實就是流傳下來的《詩經・毛詩
序》裡面所談及的「詩、樂、舞」合一的狀態。當我們點破
「你不就是想讓蒜苗長出來好吃它嗎」時，我兒慌忙
「噓……」地堵住我們的嘴，一邊小聲說：「別讓它們聽見
我騙它們，那樣它們就不長了。」人類文明早期階段的巫
術，是否也經歷了這樣一個與萬物不分彼此，同時又對宇宙
萬物開始有所圖謀的歷程？

　　而這裡面，已經能看到詭詐的、「用語言來實現某種目
的」的萌芽了。

　　對蒜苗可以這樣，對人又何嘗不可以？——嫻熟的言說
者，如古希臘羅馬的演說家修辭家，或如近現代的亨利・詹
姆斯（Henry James）、魯迅、村上春樹，或如林肯、周恩
來、邱吉爾等政治家，不都是這樣一步步走起的嗎？

　　（美國記者白修德〔 Theodore Harold White〕回憶在二
十世紀四十年代的陪都重慶，政要們參加的一次飯局。席
間，八路軍駐重慶的周恩來坐在鄰座。周用筷子夾起一大塊
東坡肉，殷勤有禮地放到白修德的碗裡。猶太裔的白修德很
為難，不得不對周恩來說，他是猶太人，不能吃豬肉。只見
周恩來仍舊滿面笑容，用英語回答：「This is not pork; it's
duck.」——說罷殷勤地從那盤東坡肉裡，又夾過來了一塊
「鴨肉」。此言此景，白修德只得乖乖地把兩塊「鴨肉」都
吃下去了……）

都體會體會吧。

人所運用的語言符號系統，不可避免地走向越來越複雜，不論是對於成長中的人類個體，還是對於整體的文明。

蘋果與文明

slash

（「slash」是此篇作者的豆瓣網網名。他是我在中山大學任教期間教過的一位中文系學生。此文見於其豆瓣網的一篇日記。）

我其實不太喜歡吃水果，原因就在於懶。懶得剝皮，懶得洗，懶得買。如今獨自一人漂泊在外，唯一能讓我勤快一點送進嘴裡的水果只有蘋果了。對蘋果鍾愛的恐怕不只有我一個人，許多偉大人物都和蘋果有或多或少的關係，比如說夏娃，比如說牛頓，比如說賈伯斯，比如說范冰冰。蘋果在人類歷史和文明中所處的地位遠超於其他水果，可以說西方文明的發源就從蘋果伊始。而蘋果自從天堂落進人間之後，漸漸隨著人類的腳步遊遍了世界各地，見證著人類歷史的發展，記錄著人類最原始的欲望。

蘋果在《聖經》中是個重要角色，它被夏娃和亞當吃進嘴裡，導致人類的祖先最終被逐出伊甸園。人類不斷繁衍、發展的歷史就此開始。蘋果由此成為性欲的象徵，而人類的祖先為了這紅通通的欲望，不得不世代為它背負責任，忍受懲罰，這就是原罪。在《新週刊》2011 年四月刊的「蘋果專輯」中，編輯們把蘋果看作好奇心的象徵。試想一下，在

伊甸園中，一對裸體男女互相居然沒有「非分之想」，還要靠一個水果來催情，實在是說不過去。在這裡，無論是好奇引起了性慾，還是反之，都無所謂。此刻如果佛洛伊德還活著，他會跳出來告訴你好奇心肯定是源自性慾的。不管怎樣，各種好奇都有可能枯竭，唯獨性是不會的，尤其是男人。無論是情竇初開的青澀少年，還是「怪叔叔」，除非沒有功能，不然一般是不會對性說「No」的，至少在大腦裡是這樣想的。因此說男人是用下半身思考的動物，一點不錯。《新週刊》中隨後寫道，其實在《聖經》中通篇都是「fruit」而非「apple」，各種考據派的說法也不同，有的說是蛇果，有的說是西瓜，有的說是無花果，甚至還有人說是葡萄或者小麥……其實這都怪中世紀的英語，那時候所有的水果都叫「apple」，甚至連堅果都不例外。這讓學究們大傷腦筋。後來有人乾脆調笑說，如果亞當夏娃是中國人就好了，他們肯定會把蛇吃了，把「apple」留下。但無論怎樣，亞當和夏娃最後總要被上帝趕出去的，蘋果只是一不小心被吃掉了而已。後來在希臘神話中，蘋果仍是一副誘惑的面孔。記得《荷馬史詩》中最著名的特洛伊戰爭怎麼打起來的嗎？就是蘋果惹的禍。希臘英雄佩琉斯和愛琴海海神千金忒提斯成婚，奧林匹斯諸神都被請到了，唯獨漏了爭執女神厄里斯。厄里斯在席上拋下一個金蘋果，說它屬於「最美的人」。天后赫拉、智慧之神雅典娜、愛與美神阿芙蘿黛蒂相爭不下，最後請特洛伊王子帕里斯裁決。赫拉許以權力，雅典娜許以智慧，而阿芙蘿黛蒂則以美人為誘惑。最終帕里斯精蟲上腦，抱得絕世美女海倫入春閨，而那場曠日持久、波

瀾壯闊的戰爭則是後話了。如果再看看兩千多年後的今天，這個故事仍然讓人玩味。王子的名字後來成了一座城市的名稱，那座城市五光十色，充滿誘惑。那裡的美女就像從土壤中生長出來的野草一般席捲各個角落，那裡的氧氣都印上了「羅曼蒂克」的標籤，那座城市叫巴黎。更有意思的是，在一八九五年巴黎畫展上，一個名不見經傳的年輕畫家單憑一副靜物畫轟動整個美術界。畫面中色彩鮮豔的蘋果靜靜地躺著，桌布似掩非掩，欲說還羞，充滿了色情的誘惑。這幅畫開啟了新一代畫風，直接影響後世的立體派和抽象派。順便說一下，那個年輕人叫塞尚。再回到希臘神話，荷馬口中的金蘋果成了人類欲望的象徵，阿芙蘿黛蒂滿心歡喜地抱著它回家了。不過赫拉和雅典娜也不用傷心和嫉妒，因為她們的蘋果終究也會到來。

　　一千七百多年以後，一個蘋果從天而降，砸在了一個少年的頭上。少年沒有扔掉它，或是吃掉，而是從這個蘋果中發現了物體運動的一般規律，後世稱為「萬有引力定律」。從牛頓開始，物理學進入了一個新的階段，它擺脫了亞里斯多德、阿基米德等人沒有體系的物理學發現，使物理學走上了數學化、公理化的道路。儘管後世的愛因斯坦和海森堡（Werner Heisenberg）修正了牛頓體系在宏觀高速運動和微觀高速運動領域的錯誤影響，但時至今日我們再看牛頓物理學體系，不得不讚歎那簡潔的表達，現實世界各種低速運動的狀況都被簡明扼要地闡釋出來。它就像一道強光穿透濃霧，人們清晰地看見背後世界運行的基本模型。唯一能與之相比的恐怕只有愛因斯坦的「質能等價」了。這顆誕生在文

藝復興時期的蘋果，代表了人類理性和求知欲的覺醒。西方文明從此擺脫了中世紀的陰霾，近代輝煌燦爛的理性文明就此誕生，毫無疑問的是，這就是屬於雅典娜的那顆蘋果。時至今日，求知欲這顆蘋果越發顯得紅顏而誘人，無論何種偉大或者不偉大的理論體系，背後都能看到這顆蘋果散發的誘人香氣。人類在雅典娜的誘惑下一步步走向未知，走向一個幸福而又充滿危機的此岸，它給人類帶來了此前任何一個時代都不可比擬的高度發達的時代，同時也引誘人類一步步走向毀滅和自我毀滅的懸崖。同阿芙蘿黛蒂的金蘋果一樣，雅典娜的蘋果也讓人背負了罪責和代價。如今我們拷問理性，拷問後現代，卻無法阻止蘋果砸在牛頓的腦袋上。求知欲，這個人類與生俱來的欲望同樣會在某一時刻覺醒，無論是否是蘋果是否砸在什麼人的頭上，而蘋果再一次創造了歷史。

又過了二百多年，赫拉的蘋果終於誕生了。不過她的蘋果不是金的，甚至不是完整的，是一個被咬了一口的白蘋果。一九八四年，Apple 2 家用電腦誕生，它和 IBM PC 一道成為個人電腦的鼻祖。時至今日，其中一位創造這台電腦的天才已經退休，而另一位則仍然活躍在屬於他的舞臺上。舞臺的名字叫 WWDC，這個天才就是史蒂夫・賈伯斯。矽谷從來就不缺乏技術天才，但技術從來就不能保證讓一家公司稱之以「偉大」，而賈伯斯就做得到。賈伯斯的天才就在於控制欲。任何一個用過蘋果產品的人都知道，無論是 iPod、iPhone、iPad、Apple TV 還是什麼別的，只能用 iTunes 管理；儘管在 Windows 大行其道的今天，蘋果的 Mac 仍然活得好好的，並且衍生出各種版本，生存於各個蘋果硬體產品

上。有人說賈伯斯是固執的，有人甚至說他是專制的。所有用戶給賈伯斯發郵件提建議，得到的回答都是「No, you don't need it.」曾經有人說當年賈伯斯沒有開放 Mac OS 的使用權限，使得 Windows 一躍成為各大廠商的首選，這是賈伯斯的失敗。在我看來，賈伯斯是無論如何不可能這樣做的。不然的話，他如何能控制他的用戶，又如何能對所有的 OEM[1] 說「NO」？賈伯斯的控制欲造就了他的固執，也造就了他的成功。幾乎沒有人能抵擋蘋果那種獨特的設計風格，也沒人能抵擋蘋果的誘惑。儘管他們要為此付出成為小眾的代價和 iTunes 的不便，那也沒關係。如今的蘋果在行銷的各個層面上都體現出賈伯斯的固執，風格、硬體設定、價格、使用模式等等。可就是這種固執造就了一個「宗教」，籠絡了一批又一批狂熱的「果粉」，也創造了一個又一個銷售神話。對於人來說，控制欲同樣也是一個無法抑制的衝動，儘管它時常在打盹，可一旦它醒來，就很難再睡去。賈伯斯就是這樣。

人類的文明源自內心無法抑制的欲望，而蘋果就代表了性欲、求知欲、控制欲這三種最常見、影響最深遠的欲望，代表了性、智慧、權力這三種人類歷史上永恆的追求，只要擁有了它們，財富、名譽就會接踵而至。是它們造就了整個人類歷史和文明，它們屬於赫拉、雅典娜和阿芙蘿黛蒂，但同樣屬於其他奧林匹斯眾神。在《悲劇的誕生》（*Die Geburt der Tragödie*）中，尼采認為希臘人為了抵禦無情而強大的自

1　編注：Original Equipment Manufacturer，代工生產。

然，創造了奧林匹斯眾神，並賦予他們人的欲望。他們是人類文明的基石，是抵禦自然最堅固的城牆。而無論是夢神的「個性化原則」，還是酒神的狂歡，背後浮現的都是欲望的身影。對於人來說，無論「最好是不出生」還是「最壞是不出生」，原因都在於欲望，這是一個人類永遠不能迴避的問題。最後我想以一座城市作為結尾。這世界上有一座城讓人嚮往又讓人痛恨，它能勾起所有人的所有欲望，它是神話和地獄的象徵，它是夢想和現實的最極端反差的統一體，它的歷史交織著各種傳奇，它的居民裡到處都是天使和惡魔，它的美不在於有七種或七十種奇景，而在於它對所有人的問題所提示的答案，或者在於它迫使所有人回答的問題，像底比斯人的斯芬克斯（Sphinx）一樣。它是「The Big Apple」，它叫紐約。

我也吃個桃兒

王　敦

（這篇本來也是我的一篇豆瓣網日記，是看到「slash」同學的「蘋果與文明」之後，隨性而寫的，同一天寫的，距今都三年半了。後收入我的一本書《中文系是治癒系》，江蘇文藝出版社出版。）

在遙遠的中國，流行吃桃子。桃之夭夭，灼灼其華，之子于歸，宜其室家。而從桃花一直到桃木、桃符、蟠桃宴、桃花運，組成了博大精深的寓意化鏈條，其文化含義不亞於歐洲溫帶海洋性氣候和大陸性氣候文化圈裡的蘋果，及地中海式氣候的葡萄、橄欖、肉桂。中國要想搞民族品牌與Apple／蘋果抗衡，就得叫 peach——桃，或者叫 peach blossom——桃花，或者叫 peach blossom spring——桃花源。

在豆瓣上看到一篇《蘋果與文明》，超喜歡。

想到那個睡美人或者是白雪公主，是巫婆讓她吃蘋果，中毒了，然後王子來了，怎麼怎麼著，她就把一小塊兒卡在嗓子裡的蘋果吐出來了。

蘋果花是慘白的，桃花是溫潤的。葡萄花？沒見過。十九世紀倫敦著名的性變態殺人狂開膛手傑克每次都是用當時

在陰冷的倫敦很昂貴的葡萄進行誘騙,屢屢得手。而在弗雷澤爵士(Sir James George Frazer)的人類學開山之作《金枝》(*The Golden Bough*)裡面,地中海文明所離不開的桂冠,其巫術底蘊是對舊王的屠戮和對新王的加冕。

還是桃兒,體現了中華民族的思無邪的中和之美,一身是寶,合乎倫理。大和民族的「sakura」也很美,但櫻花的凋零並不宜其室家,容易誘發情死和切腹。

對成吉思汗和其蒙古勇士來說,遙遠的富庶的強大的南宋,有一個美好的名字——「桃花石」。撒馬爾罕(Samarqand)的葡萄和寶馬,波蘭的美女,帝國在歐亞的遠征,不過是征服「桃花石」之前的開胃小菜和熱身罷了。到了大汗的孫子忽必烈汗那裡,帝國才做好了征服「桃花石」的準備。

儘管郭靖在襄樊對蒙古大軍加以重創,桃花石的最後一個小皇帝,在重臣張世傑、陸秀夫的懷抱裡,在香港附近投海殉國。海灘上,漲潮了,蒙古重裝騎兵屠殺了桃花石朝廷殘存的老幼婦孺。

另一個重臣文天祥,則在零丁洋面被俘,押解到大都,其被關押的、寫《正氣歌》的地方,日後成為順天府的府學,離國子監也不遠,在二十世紀成為東城區的重點小學——府學小學。筆者在府學小學學習六年,課間玩耍於當時破敗的文天祥祠。學校裡有一棵千年棗樹,根深葉茂,緊貼著地皮向南而生,為文丞相所手植。每年六月,文丞相的棗樹,還結出足夠的棗,讓全校師生每人分食一二。這是府學小學一個特有的教育儀式吧。以分食文丞相的棗樹的棗

兒，來接受崇高的「spirit」，如同領天主教的聖體和基督教的聖餐吧。府學小學的學生一邊滿足地吃著文丞相的棗子，一邊樸素地體會著家國、君父的分量；府學小學的學生，長大就不會變成壞人了吧。至少在變成壞人之前，還會慚愧地想起文丞相的話，而不會對自己變成壞人渾然不覺吧。

　　……但明朝所有的司禮監掌印大太監如劉瑾、王振等，都是自幼淨身，在內書房飽讀聖賢書的……其結果只是更加知書達理道貌岸然，比沒讀過的更壞……所以也很難說。

　　話說，忽必烈汗終於消停了。他廣袤的帝國不僅被長生天、白度母、羅馬教皇及一切神祇祝福。他不僅有來自撒馬爾罕的阿合馬來料理金幣，有來自威尼斯的馬可波羅來密報奇聞逸事。他充斥著金髮碧眼及各色佳麗的後宮，也終於住滿了正宗的桃花石女子。

　　當家國、君父都不復存在了，桃花又能「歸」向何處？正如我們在府學小學背誦文丞相的「山河破碎風飄絮，身世浮沉雨打萍」。也聯想到明亡的不朽之作──《桃花扇》。

　　又聯想到了《撒馬爾罕的金桃》。唐朝具有強烈的中亞血統。加州大學柏克萊分校的老一輩漢學家薛愛華（Edward Schafer），居然寫了一本著名的《撒馬爾罕的金桃》。話說撒馬爾罕人向大唐進貢了一種特別好吃的金色的桃兒。唐人自己也想種，居然培育成功，在柿子樹上嫁接出來了！

　　文丞相為何是種棗樹，而非桃樹呢？也許沒被允許吧。在大元朝的大都，「桃花石」、「桃」，可能都是敏感詞吧？

參 夜行火車的車窗

先來看一段話，還是出自我屢次引用過的，加拿大那位很有名的文學理論家諾斯羅普・弗萊：

我們外面的那層「封皮」——如我所言，那個將我們與赤裸自然隔開的文化絕緣層——倒是很像一節燈火通明的夜行火車的玻璃窗子。（這個意象從我的童年就開始縈繞於我心。）在大多數時間裡，這個車窗看起來是一面鏡子，照出我們的內心活動——包括我們心中所理解的自然界。作為一面鏡子，它給我們提供了這樣一種意識：這個世界主要是作為我們人類生活的參照物而存在——世界為我們而創設；我們居於其中心，是其存在的全部意義。然而有的時候，這面鏡子又恢復了它作為窗子的本來面目。透過這扇窗戶，我們面對的景象不過是那個亙古不變、冷漠的自然界——在它存在的億萬年裡我們並不存在；我們從它裡面的產生僅僅是一個偶然。而且，如果它具有意識，它一定會後悔曾經造就了我們。窗子裡的這另一幅景象立刻讓我們陷入了另一種偏執，

感覺我們是宇宙陰謀的犧牲品。我們發現自己——不是出於自我意志——（在宇宙的舞臺上）被武斷地賦予了一個戲劇角色。這個角色就是海德格爾所說的「拋入」。從這個角色中我們學不到臺詞。

所謂文化的光暈，不管它還叫什麼，是靠語言和其他方式把我們同自然界隔開。這其中的語言機制也即我所說的「神話」譜系，或曰用語言所表達的人類所有創造之體系，在這個體系裡面，文學位於中心。此神話譜系從屬於那面「鏡子」，而不是那扇窗戶。它的用途是在人類社會外邊畫一個圈，並將人類的思考反射回人類自身，而不是直視外面的自然界。

　　如上是我的粗淺翻譯。我把其不長的英文也拿出來，以饗有心的讀者（Northrop Frye, *Creation and Recreation*. Toronto: University of Toronto Press, 1980, 6-7）：

【原文】Our envelope, as I have called it, the cultural insulation that separates us from nature, is rather like (to use a figure that has haunted me from childhood) the window of a lit-up railway carriage at night. Most of the time it is a mirror of our own concerns, including our concern about nature. As a mirror, it fills us with the sense that the world is something which exists primarily in reference to us: it was created for us; we are the centre of it and the whole point of its existence. But occasionally the mirror turns into a real window, through which we can see only the vision of an indifferent nature that got along for untold aeons of time without us, seems to have produced us only by accident, and, if it were conscious, could only regret having done so. This vision propels us instantly into the opposite pole of paranoia, where we seem to be victims of a huge conspiracy, finding ourselves, through no will of our own, arbitrarily assigned to a dramatic role which we have been given no script to learn, in a state of what Heidegger calls 'thrownness'.

The cultural aura, or whatever it is, that insulates us from nature consists among other things of words, and the verbal part of it is what I call a mythology, or the total structure of human creation conveyed by words, with literature at its centre. Such a mythology belongs to the mirror, not the window. It is designed to draw a circumference around human society and reflect its concerns, not to look directly at the nature outside.

　　諸位都坐過「夜行火車」吧？想像一下，在廣漠的夜色中，一趟列車，通體彌漫著光輝，平滑地駛過，顯得好有人氣，令人神往。希望你能永遠記住這個鮮明的意象，以及下面我所要展開闡釋的，關於弗萊的「夜行火車的車窗」裡面，有關文學符號活動的寓意。

　　對於弗萊而言，夜行火車的玻璃車窗這個意象讓他難忘，是因為這就如同我們的文學文化一樣，是一層「封皮」（envelope），是一個「絕緣層」（insulation），來「將我們與赤裸自然隔開」。

　　車廂外面的黑暗，可以隱喻為人類不在場的虛無狀態。就如同弗萊所言：「透過這扇窗戶，我們面對的景象不過是那個亙古不變、冷漠的自然界——在它存在的億萬年裡我們並不存在；我們從它裡面的產生僅僅是一個偶然。而且，如果它具有意識，它一定會後悔曾經造就了我們。……我們發現自己——不是出於自我意志——（在宇宙的舞臺上）被武斷地賦予了一個戲劇角色。這個角色就是海德格爾所說的『拋入』。從這個角色中我們學不到臺詞。」

　　看！於是燈火通明的一趟夜車出現了。人類所追求的

意義、愛和價值，真、善和美，就如同照亮這黑夜的燈火
吧。難怪《聖經》在開頭的《創世紀》第一章裡面首先要說：
「（1:1）起初，神創造天地。（1:2）地是空虛混沌，淵面黑
暗。神的靈運行在水面上。（1:3）神說，要有光。就有了
光。」進一步引申，人類文明，作為廣漠宇宙的過客，就如
同這輛燈火通明的夜行火車吧。這夜車，來自黑暗的過去，
行駛在茫茫的自然界，走向遙不可知的未來。自始至終，都
如同穿行在無意義的黑暗裡的一團光暈。它是人類在冷漠的
宇宙時空中，所自創的「詩意棲居」空間。在其中，人類作
為「乘客」，出生、死亡，一代又一代，永無止境。每個個
體，及其一個個群體，乃至於人類全體，在我們作為乘客的
有生之年裡，有幸與某一些同伴共走一程，走或長或短的那
麼幾站，追尋、懷疑、審視，也驗證了或多或少的一些「意
義」。

　　死亡，就意味著下車。我們這些乘客，一般都不知道自
己會在什麼時候下車——邊走邊看吧。到了不可預期的該下
車的時刻，親朋好友們對我們說再見，於是我們離開車廂裡
幸福或者悲哀的一切，回歸於自然界，不知道夜行的列車又
往何處去，走多遠，又要發生哪些新的故事。車廂裡，始終
是一個羨慕嫉妒恨、怨念與不捨並存，也不乏詩意與溫情的
所在。各種離奇的和刻骨銘心的情節，在隨時發生。死亡而
消失的乘客，被家人朋友以及後人，銘記或長或短的幾許路
程。然而火車載著健在的乘客和新的乘客，不斷地「在路
上」，所有乘客，都出生在車廂裡……

　　弗萊說，夜行火車的車窗「在大多數時間裡」，對車廂

裡面的乘客來說，是作為一面鏡子而存在的。這個比喻，和我前面講到的，關於人類這種唯一的「符號動物」，用語言文字等符號方式為自己編織出文化意義之網的說法，十分投合。作為比喻的本體的窗玻璃，既是透明的，同時又是可以反射「鏡像」的。對於弗萊而言，後者的效果在夜行火車的玻璃窗面上產生時，乘客們並沒有意識到，此時這已經不是透明的窗戶了。乘客錯認為車廂裡面的詩意與溫情，充斥於整個宇宙。

作為比喻的本體的玻璃，還有一種重要的特質和功用，那就是雖然貌似通透，一覽無遺，實則是一道最「密不透風」的屏障。人們離不開玻璃，往往是利用這個特質，把內和外，完全隔開。在喻體上，我們可以把這看作是前面所說的符號形象（意象）能指（比如「玫瑰」）和意義所指（比如「愛情」）的徹底區隔──兩者之間不存在透明的、直接的、內在的對應關係。造成透明、直接、內在的對應的錯覺，也是很自然的。因為我們在不知不覺中，把鏡子當成了窗戶。

再回到這一講前面說過的「愛情＝玫瑰？」的比方，並引用弗萊的引文來看看。玻璃窗外面「那個亙古不變、冷漠的自然界」之中的薔薇科植物玫瑰，和人類所謂愛情之間，沒有任何的因果的、先天的、必然的關聯。文學文化，是那面鏡子──心裡的愛情，變成了鏡子裡的玫瑰──「照出我們的內心活動──包括我們心中所理解的自然界」。於是，由代表愛情的玫瑰啦，由代表欲望的蘋果啦，由中華民族的桃花，大和民族的櫻花，以及月光、群山、螢火蟲等等所組

成的這個意象世界，「主要是作為我們人類生活的參照物而存在」。若錯認為這詩意是先天存在於萬物自然的，那就謬誤了，錯在將鏡子當成了窗戶。——世界本無詩意，但現在因為隔著夜行火車的車窗，憑藉其鏡像功能，變得好像「為我們而創設；我們居於其中心，是其存在的全部意義。」

文藝的活動，就是編織詩意的棲居的活動。對弗萊而言，所謂「文化的光暈」，是「靠語言和其他方式把我們同自然界隔開」。這其中的「語言機制」，即他所說的「神話」譜系，或曰「用語言所表達的人類所有創造之體系」。或者用前面引用過的美國文化人類學家克利福德・格爾茨的話來說，「人是懸浮於自身所編織的意義之網路中的動物。我用文化一詞，來稱呼那些網路。」對弗萊而言，在這個體系裡面，「文學位於中心」。

我們不能透過文藝，看到外面的自然界，並讓「車廂」裡面的意義、詩意，與車廂外面的自然存在，實現必然的呼應。這是一種自然而然的錯覺，叫作「反映論」（取其廣義而非狹義）。雖然在弗萊的「夜行火車的車窗」的比喻下，「反映論」顯得很無辜，很詩意，但畢竟「反映論」是建立在錯覺上面的。

文藝是面鏡子，不是窗戶。這面鏡子上面所呈現出的玫瑰，不是窗外的自然界的玫瑰，而是對應於內心意義所指的符號能指的玫瑰。借此玫瑰能指，可以推演內心的意義所指是怎麼回事，推演社會經濟政治文化，如何作用於人心，並被折射出來一個「虛擬」的形象化世界，而不是直接反映出外面那個「那個亙古不變、冷漠的自然界」。

　　文學文化，作為弗萊所說的夜行火車的車窗，「它的用途是在人類社會外邊畫一個圈，並將人類的思考反射回人類自身，而不是直視外面的自然界。」

肆

符號修辭
與巫術思維

我們要解讀的一切，都是「符號」。一言以蔽之：「老天創造了人，人創造了符號」。這就像彼得・布魯克斯所指出的，如果說人是會使用工具的動物，「homo faber」，這種動物也早就是使用象徵符號的動物，「homo significans」。前面掉書袋的這些拉丁語單詞，離我們太遙遠。但我們都認識英文單詞「sign」（符號、標記），和「significance」（意義）。顯然，從這兩個英文詞的拉丁文詞源上看，「意義」來自於「符號」。

是的，我是在引用我自己。這來自於前番那娓娓而漫長的「符號學之愛情=玫瑰？」。

那裡還遺留了一個很執著的重量級設問，還沒有得到正面回答：

是「誰」在劃定能指（玫瑰、鑽石、人頭等）與所指意義（如愛情）之等號關聯的？為什麼會是玫瑰、人頭或鑽石？

　　說得更詳細些，其實這就是在問：憑空指定一個能指A，再指定一個所指B，然後「拉郎配」，歸入一個符號意義指涉的等式關聯——這事，誰說了算？（打個比方，就如同我們面對「茫茫人海」中太多的互不相識的A與B，墮入愛河這類事，也不禁想問問：是否冥冥之中有一些共有的主宰性的機制在起作用，對不對？）在關於「玫瑰」、「人頭」、「鑽石」等的具體符號意義形成的就事論事的描述性講述之外，還能不能給出一個理論上的解釋，哪怕臆測一下，符號運作是如何出現的，源頭在何處？

　　當時，我沒有做到另立頭緒，專門解答之。今天我來把解答補上。

　　你可能會問——為什麼沒有做到及時解答呢？

　　好吧……當時我對於符號問題的「通俗」講述，已經寫了洋洋灑灑將近兩萬言，嚴重超負荷了。而這個問題，則更是過分複雜了。最最「顯而易見」地被忽略的，往往是最複雜最前沿的文科問題。

別找我，我想靜靜
也別問我靜靜是誰

　　當時的我，實在是太想「靜靜」了，於是就很虛弱地答道：「回答這個問題，連我都覺得『壓力山大』，知道這是直戳文學文化理論的永恆深處和學科前沿了。我只能邊回答邊總結。符號化的意義表達，是一件複雜的事，因為文化之網是由多種因素構成的，包括文化、政治、經濟等各種因素。」

　　我這話說得很到位，也就是充分指出了問題的複雜性。於是當時的我，在享受了一會兒「靜靜」之後，把這一重量級問題，默默轉換為操作性很強、很具體的個案討論：「何不就具體看看人頭、玫瑰和鑽石這三個能指，是如何指向愛情的意義的。」這些蕩氣迴腸的個案討論及其內容延伸，你也都已經讀過了。

　　但前面那個強悍的設問，仍然在強悍地等待著一個詳實的正面回應。——遠古人類如何就如同牽線木偶一般，不約而同走上了符號表意之途呢？我個人把這當作人類文明史裡面的最大奧祕。也就是說從歷史軸線上的某個人類學時刻，人類突然將符號性思維內化後，符號行為就成了人的自發本能，將人與自然界和動物界天人永隔了，以至於符號化生存模式下的人類，已經無法想像完全沒有語言符號的存在了。

　　這些，在前面娓娓道來的「符號學之愛情＝玫瑰？」的講述中，都說了不少了。但「為什麼是這樣」？——每想到這兒，我就特別地想念「靜靜」。但我的虛弱和逃避，也是可以諒解的，因為各個相關學科也都不負責直接解答這個問題。比如說，常規的符號學不負責回答這個問題。常規的符號學，負責對符號「啟動」之後的意義世界，做符號分析、

歸納，不負責解釋「發生學」意義上的符號的發生、啟動機制。其他的如心理分析、認知科學、修辭學、語言學等等，裡面到底牽涉到了怎樣的相關話語和思考，我也真的不敢說都盤點清楚了。

回答這個問題，也是解答我自身困惑的需要呀！

所以，也就顧不得自己的才疏學淺了。下面我就詳細說出我的解答思路：用巫術思維的發生，來解釋符號化表意的發生。

【一】

我覺得，巫術思維培養了語言思維，將隱喻和借代的修辭或者說表述方式，內化到了語言之中，成為符號化表意的核心，乃至於經過幾千或上萬年後，我們完全意識不到，玫瑰這種薔薇科植物，真的和愛情沒有一毛錢的關係，我們用玫瑰來指涉愛情，純粹是一種已經完全不自覺的符號表意行為。這樣的語言思維，逐漸成了把人類與動物界分割開的，專屬於人的本能。

當然，這個事情又極其混雜，至少還需要近萬字的論述，才能說個大概。個人認為，巫術的出現，基本上是語言出現之後的產物，也就是說處在人類跨過了符號門檻的階段。我這樣說，也只能算是遐想。近現代以來，從肯尼斯・伯克（Kenneth Burke）到保羅・利科（Paul Ricoeur），有一批學者接續古典的修辭研究，從隱喻、借代、提喻、反諷等修辭格入手，通達了人文研究的一些大問題。而從書齋型人

類學家弗雷澤在百年前的巨著《金枝》到從精神病臨床到理論兼備的佛洛依德的《圖騰與禁忌》（*Totem und Tabu*），近現代談巫術，談相似律和接觸律的研究也很多。這些相關書籍，我也都囫圇吞棗過。

雖然我自認欠缺語言學、修辭學和人類學的完備知識和訓練，但我相信，人類的符號修辭表述能力（在修辭結構中，表徵事物的形態和意義）的成形，是巫術思維長期「培育」的結果。

你看，在所謂修辭結構中，不同事物之間的關係，和對事物形態的判定，主要是通過建構在發現（其實是「發明」）所謂相似性的隱喻手法（姑娘的嬌嫩＝玫瑰的嬌嫩）得以實現的；而對事物意義的賦予，則可以通過建立某事物與別事物的整體／部分之關係（紅領巾的意義在於是紅旗的一角，而紅旗的意義在於它是被烈士的鮮血染紅的……）的換喻／提喻／借代，得以建構。

因此可以說，沒有符號修辭的一次次應用，就建構不出來事物之間的關係和事物的意義。

可見，事物之間的關係和事物的意義，在某種程度上不是內在於事物本身的「屬性」，而是人在符號表述中「發現」或「發明」出來的。

而且顯然，這都不是胡來。

那麼，這裡面的規則是什麼？是什麼樣的古老的規則，導致這些符號表述中，意義得以發現或發明，又從不胡來？

個人覺得就是巫術思維裡面的相似律和接觸律。前者建構「隱喻」修辭，後者建構「借代」修辭。

　　舉前面的例子來繼續說：從「姑娘的嬌嫩＝玫瑰的嬌嫩」這一關聯中所體現的隱喻性思維方式，來自巫術「相似律」的古老而嫻熟的運用，「紅領巾的意義在於是紅旗的一角，而紅旗的意義在於它是被烈士的鮮血染紅的……」這樣的借代性建構，則直接離不開古老的「接觸律」巫術思維。

　　「相似律巫術」的思維內核是發現（其實是發明）兩件事物內在的關聯相似，並通過一絲不苟的表演式模仿行為，作為巫術儀式來表達、召喚之。

　　巫術行為者覺得，如果整個儀式過程都不出「差錯」，表演得很「像」的話，那麼其所模仿的對應物——某自然事物就會收到感應，從而也會在人所希望的某方面，做出相似舉動的回應。也就是說，通過「正確」的模仿，就能控制模仿的物件，讓它為人做事。所以，基於相似律的法術就叫作「順勢巫術」或「模擬巫術」。

　　佛洛伊德在圖解人類學家弗雷澤提出的相似律概念時，舉了求雨儀式和生殖儀式的例子。一言以蔽之，用今天的話來說，求雨儀式就是人在那裡折騰，模仿出風來、雲來、烏雲密佈、電閃雷鳴、傾盆大雨的全過程，然後等著真實的天空在感召之下也來一回。佛洛伊德舉的生殖儀式例子，是說在東南亞稻米文化中，某地當稻子夜間拔節狂長的時候，農夫農婦都要睡到地裡面去做愛。貌似是用這種生殖行為的示範，來教導稻子生殖出稻米來？再比如說在很多地方，直到現在，小孩子換牙了，如果掉下的乳牙是上牙，就扔到床下，如果掉的是下牙則扔上屋頂——這種上扔下扔的習俗，其實是在模仿新牙生長的方向，從而希望相似的結果也作用

於新牙的生長。

在「接觸律巫術」的邏輯中，「接觸」本身是一種重要的因果關聯模式，即人與能行使某些效力的事物進行接觸後，這種效力就通過這樣的因果關聯，作用於人。這裡面的要點不是相似性模仿，而是發現（其實是發明）出接觸方式或儀式，從而啟動因果關聯，獲得想要的效果。

說到接觸律巫術，立馬映入我的腦海的，還是咱中國文學名著《紅樓夢》裡面的壞蛋馬道婆，她在寫有寶玉和鳳姐的生辰八字的紙人上作法，就導致寶玉和鳳姐頭痛欲裂和發瘋尋死，最後幸虧一僧一道趕來，才將叔嫂二人救活。——通過寫有生辰八字的紙人來與活人建立關聯，導致對紙人的折磨能作用於活人，這可以看作典型的接觸律巫術。這種巫術在中國民間，甚至宮廷鬥爭中都常有出現。直到今天，民間關於頭髮、唾液、指甲、分泌物、衣服、物品、影像、名字、腳印等相關的各種禁忌和風俗講究，也都可以看作是基於接觸律巫術思維。

我不禁又很噁心地聯想到：義和團在攻城的時候，亮出婦女的月經布，這樣據說洋兵的大炮在隔空接觸如此倒楣不祥的穢物之後，就打不響了……索性繼續聯想下去：「大師兄」、「二師兄」們所有的法術，都是基於相似律和接觸律的吧。這也讓我想到魯迅先生的《祝福》，裡面的祥林嫂在死了兩個丈夫後，被視作不祥之人，冬至祭祖時她剛要碰祭祀物品，主人家就慌忙叫道「妳放著罷！」這是因為在接觸律思維裡面，一個倒楣的人身上帶有晦氣，而這種晦氣通過接觸傳播，所以與她的直接接觸能免則免，更不要說觸碰祭

祀這種神聖儀式上所用的物品了。

【二】

看到上面如此之「low」的例子，你可能會鄙視巫術思維階段所出現的接觸律和相似律了，覺得自己無論如何要高明些。然而我則更「謙卑」，覺得我們所鄙夷嘲笑的，往往是我們自己的思維結構裡面最根深蒂固的部分。

你叫它直覺思維也好，潛意識內在結構也好，總之它是自動運行的，不以你的意志為轉移，或者說，它構成你的意志最堅實的內在底座。

其實我們沒有資格嘲笑或無視我們思維底層最頑固的東西。來自巫術界的相似律和接觸律思維，是無法超越，也無須超越的。因為，從群體發生學（phylogeny）角度來說，這是人類創造性思維的持久溫床，是動物所沒有的人類思維之內核；從個體發生學（ontogeny）角度來說，缺失了這樣一個充分的思維聯想和建構階段，兒童根本就無法成長為具備正常思維能力的成人。

人類思維的本質是創造性思維。——它不是邏輯學意義上的演繹和歸納（電腦就可以演繹和歸納），而是創造性地賦予萬事萬物秩序和意義，既能在完全不相干的事物之間建構相似性，又能跨越不同的事物，建構聯想式的因果鏈條。前者為相似律思維，後者為接觸律思維。如同前面說的，東南亞稻米文化裡面，農夫農婦在稻田裡進行性愛，與稻米的成長本來完全無任何關聯，是人創造性地發明了一種相似

性──生殖性和生長──就接通了相似律思維的。在求雨儀式中，人創造性地想像模擬了下雨的過程──神靈的喜怒哀樂、烏雲密佈、大雨瓢潑，對神靈威逼利誘。當人一絲不苟地履行了自己所發明的儀式之後，就要求大自然將此用真實降雨的方式來重演。而酋長要坐虎皮椅，戰士們要吃「熊心豹子膽」，道理就在於接觸律思維──老虎是山林的「王者」，酋長坐在王者的毛皮上，就獲得了王者的地位和力量。熊和豹，是勇猛的；當戰士吃了熊的心和豹子的膽之後，就把熊和豹的勇猛屬性，據為己有……對照一下，若動物碰巧吃到了熊心豹子膽，也只是為了充饑而已呀──只要能夠果腹，與吃肥豬心、老鼠膽相比，也沒啥區別。

海德格爾那句高深而煽情的「人，詩意地棲居……」，我覺得若是讓我祛魅之後，就應該是「人，相似律和接觸律地棲居……」

諸君有意見嗎？相似律和接觸律，可以說是詩意的「老母」嗎？──運用語言符號，將人的存在，參照其他事物，賦予相似性和聯想性的關聯。我們便棲居於這樣的「創意」之中。接觸律和相似律所關聯起來的日常詩意棲居，並不抽象深奧，就在日常生活中。──假想未婚的你，參加一個婚禮，憑空接到新娘子拋出的花球，這時內心，難道不是很自然地覺得，這是個好兆頭嗎？再說婚禮上的各種儀式，是不是都紮根於意義的賦予和聯想？比如說，新婚前夜一般要找一個小男孩到婚床上先滾一滾……想想「開光」的佛像為什麼與一般的佛像的價格不同？為什麼有人熱衷於作者簽名的書，明星簽過名的 T 恤？再想想中華菜肴裡面的牛鞭……

【三】

寫到這裡，請允許我再次放出前面就已用過的弗萊的引文──放在這裡實在是太貼切了：

我們外面的那層「封皮」──如我所言，那個將我們與赤裸自然隔開的文化絕緣層──倒是很像一節燈火通明的夜行火車的玻璃窗子。（這個意象從我的童年就開始縈繞於我心。）在大多數時間裡，這個車窗看起來是一面鏡子，照出我們的內心活動──包括我們心中所理解的自然界。作為一面鏡子，它給我們提供了這樣一種意識：這個世界主要是作為我們人類生活的參照物而存在──世界為我們而創設；我們居於其中心，是其存在的全部意義。然而有的時候，這面鏡子又恢復了它作為窗子的本來面目。透過這扇窗戶，我們面對的景象不過是那個亙古不變、冷漠的自然界──在它存在的億萬年裡我們並不存在；我們從它裡面的產生僅僅是一個偶然。而且，如果它具有意識，它一定會後悔曾經造就了我們。窗子裡的這另一幅景象立刻讓我們陷入了另一種偏執，感覺我們是宇宙陰謀的犧牲品。我們發現自己──不是出於自我意志──（在宇宙的舞臺上）被武斷地賦予了一個戲劇角色。這個角色就是海德格爾所說的「拋入」。從這個角色中我們學不到臺詞。

所謂文化的光暈，不管它還叫什麼，是靠語言和其他方

> 式把我們同自然界隔開。這其中的語言機制也即我所說
> 的「神話」譜系，或曰用語言所表達的人類所有創造之
> 體系，在這個體系裡面，文學位於中心。此神話譜系從
> 屬於那面「鏡子」，而不是那扇窗戶。它的用途是在人
> 類社會外邊畫一個圈，並將人類的思考反射回人類自
> 身，而不是直視外面的自然界。

今番再看這段引文，會比前番更「帶感」，因為我們彷彿對弗萊所說的這個「語言機制」或曰「神話譜系」有了更深的體會。語言機制和神話譜系的底色就是接觸律和相似律巫術思維。這個基礎打得不牢，偉大文明的高層建築根本就站不住。

巫術思維，就是文明底色中形象思維的漫長豐富與操練，是件最正經的事業。從中，人類獲得了聯想、類比等意義賦予的本領，塑造了借代和隱喻等基本修辭手段的雛形。

你看那五星紅旗的神聖指涉，不是建立在「相似律」的思維結構之上嗎？——那顆大星星代表黨，四顆小星則代表各族人民，宛若各族人民緊緊圍繞在黨的周圍。於是從修辭手法的角度看這一番相似律關聯，這五顆星星的關係，就成為中華人民共和國的黨與人民之關係的「比喻」或「隱喻」了。不必糾結於進一步的術語辨析了——修辭學家們也各有說法，不需要在這本「文普」書裡搬弄、折騰我們了，以免撿了芝麻丟了西瓜。

再看接觸律的「日常」。我們從小都被告知，紅領巾是

紅旗的一角，是被烈士的鮮血染紅的。從接觸律思維來看，紅領巾因為是紅旗的一部分，所以具備了紅旗的神聖屬性。紅旗的神聖性來自於烈士的鮮血；烈士的鮮血具備神聖性，被其染紅，也就具備神聖性了。是的，由此達成的由 A 及 B 的「聯想直通車」的符號關係，在修辭上，中文裡被叫作「借代」、「借喻」、「轉喻」、「換喻」（metonymy）等，有時也有一些類型被稱為「提喻」（synecdoche）——以局部來代表整體。

又聯想到美國總統宣誓就職的儀式。就職總統要手觸聖經宣誓，體現了接觸律。在天主教和一些基督教派的領聖餐儀式裡，信眾分食麵餅，代表將基督的身體「吃」入自己的身體，用葡萄酒代表基督的寶血，也「喝」入自己的身體。——這不是接觸律是什麼？

而在《約翰福音》裡，開篇說：「In the beginning was the Word, and the Word was with God, and the Word was God.」中文通常翻譯做：「太初有道，道與神同在，道就是神。」很多人（包括我），不滿意將「the Word」比附為「道」，覺得「道」的含義裡面不容易看到「the Word」的語言屬性。「the Word was God」，分明給出了「語言符號表意=上帝自身」這樣一個等式的意味。在這個意義上，整部聖經就是上帝的「Word」。讀聖經這樣一個教徒的日常活動，在相似律的意義上，與領聖體的儀式獲得了相似性，並且將該宗教信仰對神的「吃」與「喝」，內在化為精神層面的汲取，是這樣的嗎？

【四】

前面從「群體發生學」的角度說得比較多。下面偏重一下從「個體發生學」的角度來談。在前番「課間休息小甜點」裡，放了幾篇與符號問題有關的隨想小文，其中一篇我思考了自己兒子的符號化進程的一些日常，其實關聯到了巫術思維在個體成長中的不可或缺，值得再選摘一些放在這裡：

記得三年前春節前，家裡把蒜種在花盆裡，指望著收穫蒜苗炒菜吃。我兒很盼望吃到這個蒜苗（或許是眼睜睜地看到蒜苗奇跡般地從花盆的土層裡刷刷地長出來，體驗到了「生長」的宇宙奧祕？），常常一個人面對蒜苗唱歌跳舞，賣力表演、討好之，並專門發出一種「長啊！快長吧！」的類似咒語的渾厚聲音。這其實就是流傳下來的《詩經・毛詩序》裡面所談及的「詩、樂、舞」合一的狀態。當我們點破「你不就是想讓蒜苗長出來好吃它嗎」時，我兒慌忙「噓……」地堵住我們的嘴，一邊小聲說：「別讓它們聽見我騙它們，那樣它們就不長了。」……人類文明早期階段的巫術，是否也經歷了這樣一個與萬物不分彼此，同時又對宇宙萬物開始有所圖謀的歷程？……而這裡面，已經有詭詐的、「用語言來實現某種目的」的萌芽了。

　　這讓我想到亞里斯多德在《詩學》裡的觀點：自兒童時代起，人類就有模仿的本能和天性，就此而言，人與動物的區別，本質上在於人會模仿，通過符號表意的方式，由此獲得知識，認識世界萬物和自身。——我覺得此見不虛。在我兒身上，他的賣力歌舞和咒語，就是對蒜苗生長的相似律模仿吧。另外，模仿總是有目的的，如同我兒的歌舞模仿的目的，是「騙」蒜苗生長，然後好去吃它……

　　我想繼續說說這個用語言和其他符號手段來「實現某種目的」的問題。——剛生下來不久，與禽獸幼獸無心智區別的幼兒，在兩歲跨越了接觸並粗通語言聽說與交流的臨界點後，飛躍為能自發地用歌舞和言辭來達成自己目的的兒童，直至進化為具備一定的偽詐識破度（從而也暗示著更具作偽能力）的我等「衣冠」中人——這，是人類個體進化發展的自然規律，是不可避免的。在此路途上一路進化下去，「衣冠」性會越來越強，「禽獸」性則會越來越隱藏，直至成為「衣冠禽獸」。這不是在罵人，也不是在自貶，而是說，群體發生學意義上的文明社會的偽詐，是建立在個體發生學基礎上的。文明社會的進程，只能是發展出越來越高度的文化和虛偽，就如同個體發展的進程，都是不可逆轉的。當模仿的動機越來越深藏不露的時候，模仿的手段則越來越巧妙，將早期巫術模仿的血腥和野蠻，掩藏在文明的外衣之下。

　　雖然這並不是一個很輕鬆的話題，但我還是忍俊不禁地稍微跑題一些，聯想到電視裡面一隻「衣冠禽獸」在兒童面前的表演，以及在電視前的我兒的反應。

　　在電視節目《爸爸去哪兒》第一季，拍攝到後半部，有

一集是在冰天雪地的東北。在一個村落的雜貨店裡，「村長」讓孩子們當店員。然後，演員吳秀波穿著窩囊的破棉大衣，戴著窩囊的破棉帽子和破口罩，扮成一個「loser」大叔，出現了。其主要目的就是沒錢也要從兒童店員手裡騙到吃喝。

我們大人愛看這一段。看點，是兒童的幼稚。

兒童愛看這一段。看點是……艱巨的被騙的考驗？學會識破「影帝」吳秀波的演技，得到鍛煉？終於能在長大後，如同吳秀波一樣「狡猾」，讓人「不放心」？

只見，吳秀波歪歪扭扭地在風雪中走進小店，要吃東西，但沒錢。他說他本來就是這個村兒的，村裡大家都認識他，這個店就是他的，他來吃是吃他自己的。

我一邊和兒子看，一邊拆穿種種可笑之處，犬子開懷大笑，說「這吳秀波也太壞了」。節目裡面那幾個孩子也很得意興奮，一邊警覺著，一邊獲得了鍛煉，覺得能識破伎倆，自己也很了不起。

但吳秀波不愧是吳秀波。

只見他突然彎下腰來，眼淚都要流出來了，說，剛坐火車從外地趕來，好幾天都沒吃飯了，可憐可憐吧……節目裡面的幾個孩子立刻茫然了。顯然，孟子說的「惻隱之心人皆有之」，此刻體現在了「童心未泯」的兒童身上。

這時的我，當然不會被吳秀波騙住。我又及時向兒子戳穿其伎倆，「他是個演員呀，演沒吃飯演得真像呀。」

但兒子卻很嚴肅地、異樣地看著我：

「他真的好幾天沒吃飯了。」

！！！

　　好吧——當時我也就沒再說什麼了。兒子作為兒童，識偽程度也只能到這兒了。他能夠以自發的巫術形式對蒜苗進行想像式的哄騙，但面對吳秀波的演技則仍然顯得太嫩……

　　相形之下，我們這些「文明社會」的成年人，已經習慣於尋找別人的模仿行為背後的動機問題，用大白話來說，也就是更加狡猾、多疑。

　　人心裡面所有的曲折與深度，狡猾與能量，複雜性，都體現在符號運用裡面了。而符號建構的心理底蘊及思維結構，來自巫術裡面的接觸律和相似律——人類最初級也最根深蒂固，從而也是最底層、最活躍的思維方式。它佔據了我們的意識和潛意識活動的 90%以上，我想。

　　常想起一句話，似乎是說文明的沃土是用鮮血澆灌的。不說古埃及、瑪雅、殷商，就說羅馬城的奠基物，就是無辜的童男童女。按照佛洛伊德《圖騰與禁忌》、《摩西與一神教》（*Moses and Monotheism*）裡面的說法，猶太—基督教文明就是建立在更早期的罪感記憶的基礎上——部落裡的兒子們共同殺死暴虐強悍的父親，分食其肉。為了避免這種血腥無限重演下去，兒子們尊奉被吃掉的父親為神明，禁止了這項罪行，並設立了祭祀儀式來平息神的憤怒，祈求保佑。久而久之，文明時代就在對遠古暴力遮蔽的基礎上，一點點「洗白」了。我們的高度文明，就是建立在這樣的底色上面——血腥、暴力，殘忍的巫術時代的底色。

　　在這個意義上，巫術思維是文明進化的壓艙石。

　　就是說，它必須沉甸甸地壓在那裡，在群體進化和個體發生的潛意識裡，須臾不能抽離。

伍　文學由兩個夢境組成

【一】

「文學由兩個夢境組成」——還是出自諾斯羅普・弗萊：

文學和夢境其實不盡相同。文學是由兩個夢幻組合而成：願望成真之夢和焦慮之夢。這兩個夢幻聚焦在一起，如同眼鏡上的兩個鏡片，為洞悉我們的意識提供了完整的觀象。在柏拉圖看來，藝術是睡醒之後的頭腦所需要的夢幻，是遠離日常生活的想像力的作品。它雖然與夢境一樣被某些未可知的力量所主宰，但是卻為我們提供了角度和側面來認識現實；這些角度和側面只有藝術才能提供給我們。所以濟慈說，詩人和做夢之人是有別的。一個個人的日常生活組成了生活的群體。文學——某種意義上說是人與人獲得溝通的藝術——在功能上也具有群體性。在日常生活中，我們每個人在每個晚上退縮到相互隔絕的私有的潛在意識當中去，在睡夢中按照私人的、隔絕的想像來重塑外部世界（經驗）。與之相對，文學裡面包含著另外

一種潛在意識；它是社會性的，不是私人化的，它是出
於人圍繞著人所創造的文化象徵（比如說英國女王和英
國國旗）而加入一個群體的需要。這種潛在意識也表現
為對主宰秩序和穩定的神明的想像，或者是對生成、變
化、死亡、再生的想像，等等。從文學體現了人類用自
己的心智來創造神話的力量。人類心智就這樣造就了一
個又一個人類文明，也在這過程中讓其一個個消亡。

以上是我的翻譯。原文如下（Northrop Frye, *The Educated Imagination*. Indianapolis: Indiana University Press, 1964, 102-103）：

【原文】Literature, then, is not a dream-world: it's two dreams, a wish-fulfillment dream and an anxiety dream, that are focused together, like a pair of glasses, and become a fully conscious vision. Art, according to Plato, is a dream for awakened minds, a work of imagination withdrawn from ordinary life, dominated by the same forces that dominate the dream, and yet giving us a perspective and dimension on reality that we don't get from any other approach to reality. So the poet and the dreamer are distinct, as Keats says. Ordinary life forms a community, and literature is among other things an art of communication, so it [Page 103] forms a community, too. In ordinary life we fall into a private and separate subconscious every night, where we reshape the world according to a private and separate imagination. Underneath literature there's another kind of subconscious, which is social and not private, a need for forming a community around certain symbols, like the Queen and the flag, or around certain gods that represent order and stability, or becoming and change, or death and rebirth to a new life. This is the myth-making power of the human mind, which throws up and dissolves one civilization after another.

這個類比，「文學與夢境」，回答了文學四要素【複習一下？——作者、文本、讀者、世界】中的兩個「人」——作者和讀者，如何就成了拴在一根線兒上的螞蚱[2]的問題。用大白話來說：為什麼有一個叫「作者」的傢伙在孤獨狀態之下，默默地寫下的東西，卻能牽動另外一些叫「讀者」的傢伙的心，如同一場跨越時空的「異地戀」？

這真的是個正經問題需要回答。

一個人，默默地、精心地寫出來一些字，連綴成小說故事、詩篇等文體。這等行為，是屬於他私生活的一部分呀。如果偷偷安裝一個針孔攝像頭，我們就會看到這個傢伙——或者面對螢幕，在鍵盤上敲來敲去；或者是半躺在沙發上，拿個手機，手指微動；或者他是個傳統文人，手握一管鋼筆、鉛筆或者甚至是毛筆，在那裡閉篇，抑或孤憤疾書。

其實說實在的，寫作這件「行為」本身，毫無魅力可言，極其乏味。況且，如今已經是「無圖無真相」的時代了。——這個世界上有那麼多瀟灑、煽情的造型，那麼多帥哥美女。而寫作狀態下的人，即便俊俏如吳彥祖金城武，也會呆若木雞，遜色於日常風采。再拿真實的作家來說吧。韓寒的文字，比他本人要精神得多。福樓拜（Gustave Flaubert）和巴爾扎克（Honoré Balzac）是大肚腩的矮胖子大叔。蕭伯納（George Bernard Shaw）和卡夫卡（Franz Kafka）像馬三立[3]一般如同麻稈兒。郭敬明是短小的「殺馬特」[4]風

---

2 編注：意指二者利益相關，榮損與共。
3 編注：中國著名相聲演員。
4 編注：從英文單詞「smart」音譯過來的中國流行用語。

格。魯迅先生則悶聲兒不響，一個勁兒地抽煙。而目前正在按鍵盤打下這些字的我呢？則一會兒打幾個字，一會兒對著窗外的冬日霧霾發呆，再喝口水，出去上廁所，又對著螢幕皺眉，一副「蛋疼」的樣子。李白狂草退蠻書、曹植七步成詩這種高度表演化的「行為藝術」傳說，都是可疑的特例。

我們真的不在意「作者」是在何種姿勢或姿態下寫出文字來的。與那些「風姿」相比，我們更在意的是此君寫出來的文字意象本身，從而借此來獲得所傳達出來的思想和感情。讀者閱讀的日常，也是一樣的。──請不要以為，坐在咖啡館或文藝書店裡擺出拉斐爾前派繪畫構圖的姿勢去閱讀，會更有營養。──無論寫作還是閱讀，您都可以理解為是私密的事情──私密地進行在頭腦裡，而軀殼是處於休眠狀態，與任何的表演、展演無關。

作者在孤獨的狀態下寫出來，供孤獨的人默默地去讀。

兩者都徹底自由散漫，卻又息息相關，「不露聲色」地自我放任甚至放縱。兩者「光華內斂」地交流著，外人一無所知。

難怪卡爾維諾（Italo Calvino）的《如果在冬夜，一個旅人》（*If on a Winter's Night a Traveler*）的著名的開篇，是這個樣子：

你即將開始閱讀伊塔羅・卡爾維諾的新小說《寒冬夜行人》了。請你先放鬆一下，然後再集中注意力。把一切無關的想法都從你的頭腦中驅逐出去，讓周圍的一切變

成看不見聽不著的東西，不再干擾你。門最好關起來。那邊老開著電視機，立即告訴他們：「不，我不要看電視！」如果他們沒聽見，你再大點聲音：「我在看書！請不要打擾我！」也許那邊噪音太大，他們沒聽見你的話，你再大點聲音，怒吼道：「我要開始看伊塔羅‧卡爾維諾的新小說了！」哦，你要是不願意說，也可以不說；但願他們不來干擾你。

你先找個舒適的姿勢：坐著、仰著、蜷著或者躺著；仰臥、側臥或者俯臥；坐在小沙發上或是躺在長沙發上，坐在搖椅上，或者仰在躺椅上、睡椅上；躺在吊床上，如果你有張吊床的話；或者躺在床上，當然也可躺在被窩裡；你還可以頭朝下倒立，像練瑜伽功，當然，書也得倒過來拿著。

是啊，理想的閱讀姿勢是找不到的。過去人們曾站在閱讀架前看書，習慣站著。那是因為他們騎馬騎累了，站著就是休息。以前還從來沒人想到騎在馬上看書；可今天，騎坐在馬鞍上看書，把書放在馬背上或者用個特製的馬具把書掛在馬耳朵上，好像對你挺有吸引力。兩足插在腳凳裡看書也許是個非常舒適的姿勢。要從閱讀中得到歡樂，首要的條件就是把兩隻腳抬起來。

唔，幹嘛愣著？伸直腿，抬起腳，蹺到一個軟墊上，蹺到兩個軟墊上，蹺到沙發扶手上，蹺到沙發上，蹺到茶几上，蹺到寫字臺上，蹺到鋼琴上，蹺到地球儀上。先脫掉鞋子，如果你想把腳蹺起來。如果你不想把腳蹺起來，那就再把鞋穿上。喂，別這麼一隻手拿著鞋、一隻

手拿著書地愣在那裡。

調一調燈光，別讓它太刺眼。現在就把燈光調好，因為你一旦開始閱讀，就顧不上這些了。你應當這樣調節燈光：讓燈光照亮整個書頁，讓白紙上的黑字清清楚楚；當心別讓燈光像南方中午的日光，那樣強，那樣直射在書上，會使書頁反光，影響字跡的清晰度。做好萬全準備，避免閱讀被打斷。你如果抽煙，要把香煙和煙灰缸放在手邊。還有什麼事呢？要小便？嗯，這你知道該怎麼辦。

......

這，可以為作者與讀者之間的隱祕默契，做一個生動的注腳吧。

【二】

回到之前的問題：「What is going on here?Why?」——憑什麼？為什麼在去迪斯可、街舞、逛街之外，還有人總在孤獨地寫，還總有人在孤獨地讀？是什麼樣的機制，達成了如此散漫卻投入的共同體——不同時間、不同地點的「異床同夢」？

第一講這最後一節「文學由兩個夢境組成」的最開始所引用的弗萊的話，就是對此「異床同夢」機制的一種解釋。

弗萊的這一段話，把文學和夢，聯繫到了一起。不妨先

粗略地列出一串類比，凸顯出關聯點：

做夢者與作者。

夢與文本。

解夢者與讀者（解讀者）。

（實際情況要複雜得多。弗萊的引文雖不長，卻很複雜。後面自會討論。）

好。先說說「做夢」本身。

夢是日常（夜常？）生活最隱祕的底座。——「在日常生活中，我們每個人在每個晚上退縮到相互隔絕的私有的潛在意識當中去。」如果在實驗室裡做相關實驗，不讓受試者做夢，讓他沒有機會回歸「私有的潛在意識」的睡夢中「按照私人的、隔絕的想像」來「重塑外部世界」，而是一做夢就電流干預，阻斷叫醒。那會怎樣？——那他就會發瘋。顯然，潛在意識的夢中「夜常」行為，「保健」、「治癒」和維護著白天的意識層面活動。所謂日有所思夜有所夢，就是說做夢這件事，是以迄今還不為人完全所知的方式，來處理在意識層面上不斷要面對的，「欲望—自我」的互為界定、「輿情監控」和「維護穩定」問題吧。不論是醫學、神經科學、精神病學、心理學還是行為科學等，迄今都無法詳細解說這機制。我們只能大致說，做夢的機制，大抵是涵蓋了排除壓抑和釋放焦慮的機能。夢境對心靈（涵蓋「意識」但是比「意

識」更複雜的一個系統？）予以了日常的維護，「排毒」，使得心靈在一個相對的穩定值裡來指導一個人的人格，支配日常。

上一段是在常態意義上來說做夢這件事兒。這裡還需要在非常態甚至病態的意義上來看做夢現象。常態下的心靈「夜常」做夢機制，若「維護穩定」不成功，就會出精神症狀。怎麼辦？這是病，得治。如何治？古人靠的是跳大神等儀式性心理暗示。近一百年來，這個「治癒」的工作，移交給了精神病學的專業人士，特別是操著精神分析論述的精神分析師──現代人所託付的解夢者。更重要的是，這牽涉到了與文學的類比關係。──如何就與文學發生類比了呢？

在佛洛伊德及其徒子徒孫所傳承的現代精神分析學派那裡，靠的是「說」和「聽」──由病人或覺得自己有病需要救助的人來說，由吃「精神分析師」、「心理諮詢師」這碗飯的專業人員來聽。光是「說」和「聽」還不夠，還需要「書寫」下來，成為「文本」，並對之進行「釋」──「解讀」。然後，再把這個解讀，說給病人聽。由夢境所轉換而成的文本，在清醒的意識審視之下，不管顯得多麼離奇、隱晦、荒誕不經，只要被進行了「有效」的「解讀」，也就是說病人本人認為解開了自己的夢及潛意識的謎底，就有希望收到「治癒」的功效了。──是為完整的療程。

聯想到這本書的書名《打開文學的方式》──會不會覺得，「打開文學的方式」與「打開夢的方式」，有些關聯？

「文學是由兩個夢幻組合而成：願望成真之夢和焦慮之夢。這兩個夢幻聚焦在一起，如同眼鏡上的兩個鏡

片。」——願望的成真，和得不到滿意解決時所生出的焦慮，都事關欲望，是欲望的兩種呈現類型，不僅呈現在夢和潛意識所統禦的層面，也浮現在清醒的意識層面，從而「為洞悉我們的意識」提供了「完整的觀象」。所謂「白日夢」，就是以主觀想像的變通（虛構）方法，來滿足欲望。

而焦慮感，一旦得到命名和言說，就開啟了釋放的通道。如同古代「杯弓蛇影」的典故。——某君做客友人家，端起酒杯欲飲，忽見杯中有一條小蛇，卻又礙於情面，埋頭飲下。歸去而臥床，病得不輕。朋友來探病因，某君才支吾道出實情。朋友甚為詫異，歸家後百思不得其解，偶然發現當日酒席牆頭上掛著一張弓，上面有一條用漆畫的蛇。就在此處再次請來某君飲酒，問：「杯中是否又見蛇？」某人答：「所見與上次同。」於是徹底解開謎團，病者心中所鬱頓開，沉屙即癒。

毋庸諱言，我們每個人都有不同程度的精神創傷和心理鬱積，如同「杯弓蛇影」的某君。而借助文字，哪怕我們與「杯弓蛇影」的當事人及其友人，相隔著時間和空間，也能有「異床同夢」的「參與」之感，也同樣有可能獲得適合自己的一款治癒方法。

弗萊也明言：「詩人和做夢之人是有別的。」——文學「雖然與夢境一樣被某些未可知的力量所主宰」，但「藝術（今天說的「文藝」）是睡醒之後的頭腦所需要的夢幻，是遠離日常生活的想像力的作品」。所以弗萊說，「文學和夢境」其實還是「不盡相同」。

對於弗萊，人在睡夢中是「按照私人的、隔絕的想像來

重塑外部世界」的。與之相對，文學裡面包含著「另外一種潛在意識」；它不是「私人化」而是「社會性」的，是出於「人圍繞著人所創造的文化象徵而加入一個群體的需要」。這種「潛在意識」也表現為「對主宰秩序和穩定的神明的想像」，或者是「對生成、變化、死亡、再生的想像」等等。弗萊上述的論述，固然預留了多種解讀的可能方向，但至少可以在這裡有把握地說，他著重指出了文學所具備的「社會性」、「群體需要」等屬性。文學的文本，是自覺的文本——不是被動地「回憶」過去時態的夢境，也不是催眠狀態下的語言失控，而是運用創造性思維，來積極地「造夢」。與被記錄下來的夢的文本不同，文學文本不僅是被「睡醒之後」的讀者頭腦所需求，顯然也是睡醒之後的作者頭腦的清醒所為。在這個意義上，文學文本（也包括廣義上藝術作品）的作者與做夢者不一樣。前者是在創造，後者是在還原。

然而（抱歉！越是複雜的地方，就越需要「然而」），越是想分清夢與文學，也就越可能發現兩者又悖論性地糾結到了一起。比如，前面剛說了，記夢的文本是對過去式的夢境的被動記錄，而文學文本則是積極主動的有意識創造。但細想一下：回憶自己的夢的人，與正在夢中的那人，在時間和空間（心理存在空間）上，儼然判若兩人。回憶夢境，作為一個行為，顯然是前者所為，卻宣稱是在還原後者的夢態。於是，記錄下來的夢的文本，不等於夢境本身，反而是經過了「再加工」的類似於文學文本的東西。再說一下弗萊所說的夢是「相互隔絕的私有的潛在意識」問題。這也是個悖論——從佛洛伊德到拉岡的百年精神分析學派，似乎都從

這個前提出發，而致力於推翻這個前提；因為精神分析，作為一套方法論，就是在尋求解夢的共同機制，尋求個體潛在意識之間的共同性。於是，這聽起來又很像弗萊所說的文學活動了。況且，說夢、聽夢、記夢、解夢，靠的都是語言。而語言，作為公用的符號系統，卻不是「私人化」的，而必須是共通性的。

回顧一下這第一講最後一節的開頭所提出的設問：

憑什麼？為什麼在去迪斯可、街舞、逛街、「淘寶」之外，還有人總在孤獨地寫，還總有人在孤獨地讀？是什麼樣的機制，達成了如此散漫卻投入的共同體——不同時間、不同地點的「異床同夢」？

如下是總結性回答：

因為文學文本的讀者，類似於精神分析師。文學文本的作者，則類同於說夢人，或是在被催眠狀態下進行言說的「病人」。當作者以讀者為物件，通過文本來傾訴時，在精神分析意義上，他是在治癒自己——將焦慮和欲望，予以命名、言說、放逐、治癒。

不僅如此。文學文本的讀者，又類似於病人。好的作家，則又如同精神分析師了，預先創造性的記錄下來了（「創造性記錄」——又是一個悖論式表達？）我們的症候、焦慮、欲望，並予以解讀。於是當我們閱讀其作品時，又如同是病人在傾聽醫生對我們自己症狀的評判……

有句話說：語言符號的邊界就是人的存在的邊界。這番存在，既包括明確意識條件下的存在，也包括潛意識的存在。而文學的載體，就是語言符號。文學體現了語言符號的

不斷生成的無限豐富性，在意識層面和潛意識層面都不斷致力於提取我們的存在。精神分析問題與語言運用問題的關聯，夢與文學的關聯，就是如此深不可測。

【三】

回憶一下這第一講的大標題叫什麼？

解讀啥？——符號。或「老天創造了人，人創造了符號」。

那麼就通過上面對「文學由兩個夢境組成」的分析，來最後強調一下符號性問題吧。

結論：

1、符號是公共性的。如同弗萊所舉例的，英國和英聯邦的人，對「米字旗」這一「文化象徵」的「群體需要」。你若想創立一面私人的「木字旗」來代替之，則必須獲得公共認同感之後才行，否則仍是私人性的。再比如說，在西方文化影響之下的地方，人們將玫瑰作為指涉愛情的公共符號；而對於菲律賓某土著部落來說，則用砍下來的人頭來求愛，於是對他們來說，人頭才具備指涉愛情的公共性。

2、符號化造就的「意義」，在根本上是對欲望的「潛在意識」的指涉，也創造了欲望。——「表現為對主宰秩序和穩定的神明的想像，或者是對生成、變化、死亡、再生的想像。」

3、私人通過公共符號表述私人的欲望，獲得群體性公
　　共性的溝通。文學和文化，正是這樣運作的。法國
　　哲學家、文學家沙特（Jean-Paul Sartre）說：自我的
　　存在，就像冰箱裡的燈，燈一直裝在那裡，冰箱關
　　起來工作時，不需要亮燈，只有當我們從外面打開
　　冰箱查看時，才需要有燈照亮冰箱內部。由語言符
　　號所組成的文學，幹的就是這個「查看」的活兒：
　　用公共性的語言符號來探究「私有的潛在意識」。

「冰箱」需要打開，才能看到裡面的光。耶和華說：「要
有光。」

文學也需要打開，才能看到裡面所藏的自我的存在。打
開之事，需要方法，叫作對語言符號的解讀。

這一件正經事業的深遠意義，就截止在這第一講，講完
了。下一講，將講解這一件正經事業的具體方法。特別是通
過在對各種文本的細讀實踐中，進行講解。

第二講　如何走起？

好的閱讀是慢讀

壹 看小說也需要那麼投入嗎？

對於筆者來說，「文本細讀」是打開文學乃至「文化符號之網」的方式，是解讀之道的內核。這本書從一開始，就很鮮明地這樣說。

但是很顯然，就光憑這一句口號，仍然是無法打開文學的。

為什麼（why）細讀呢？如何做（how）？——需要把此二事說清才行。

這就是第二講要說的正題。

在這本「文學解讀講義」裡，用筆來談此事，可以展開得更淋漓盡致些，比課程實況版要盪氣迴腸——原因在於免受課堂氣場震盪之擾。其中常見的一個氣場干擾，就是經常聽到有學生嘀咕：「天哪，看小說也需要那麼投入嗎？」言外之意是「文學，本來是為了好玩兒才去看的。煞有介事地去『close reading』，敢情是把肉麻當有趣了不成？……文學靠的是靈性，認真起來就不好了……」

在這些個言外之意的側翼而紛紛「躺槍」的人，包括了中文系或文學院的所有師生。該言外之意的側翼傷害擴大版為：「文學需要研究嗎？中文作為專業，也算是理工、經濟、法律專業一樣的正經事？整天看看小說詩歌，也叫上大學？……」

中文系、文學院的絕大多數師生，面對如此的氣場騷擾，都會如同孔乙己[1]一樣，露出一臉頹唐模樣，說出一些別人也不懂的「人文關懷」、「終極價值」、「詩意地棲居」、「澄明與遮蔽」、「精神家園」、「學術傳承」等「不明覺厲」的文科特徵十足的話，讓發問者獲得了別樣的優越感和娛樂，導致聯誼活動的「內外充滿了快活的空氣」，並且以後會習慣性地以此種詰難當作為理工農醫專業人群解悶兒的一種方式。正如同魯迅先生說的：「孔乙己是這樣的使人快活，可是沒有他，別人也便這麼過。」

　　「看小說也需要那麼投入嗎？」——面對此氣場擾動，我心裡默默的假想回答，是洶湧澎湃的「Yes!」，但卻不是你所預料的「人文關懷」、「詩意地棲居」、「精神家園」那樣已經淪落為變相娛樂版的表述。你若心理上做好準備，不妨就往下看去。以下是我的回答：

　　不是說好了，要學學打開文學和文化符號之網的方式麼？——打開一本小說，不僅僅是尋求陷入式的刺激，對不對？要那樣的話，還不如直接去玩線上遊戲，或者下載個影片看看算了，對不？……退一步說，比如看擊劍或拳擊、賽車比賽，若自己學過一點兒擊劍或拳擊或賽車，會更「刺激」，對不對？「外行看熱鬧、內行看門道」吧。

1　編注：魯迅小說集《吶喊》中其中一篇《孔乙己》的主角。

還有，至少你看作者寫作的時候，絕不是一筆十行。哪怕他文思湧動如大仲馬，也仍然是處心積慮地一句句寫出，一段段吊你胃口，以求達到最佳效果。對此種技藝的消費、品味，放慢些速度去看，難道就虧待自己了嗎？

當然，我絕不會反對你或任何人，現在和今後，一目十行地去讀小說。──這當然也是合法的。兒童從初學識字那天起，讀故事娛樂自己，就是自然而然如此，沉浸於作者的調度之下，被情節效果牽著走的。沒有這個「很傻很天真」的就範於作者的煽情指揮，做一切閱讀的基礎，「close reading」也是空中樓閣。（先要「知其然」。）但是，對於成熟的、具備解讀意識的，訓練有素、明確期望獲得「深度」、「內涵」並真正獲得之的讀者，「close reading」是一件解讀利器，同樣是合法的。希望你不要偏廢之，希望你不要只會一目十行，而排斥細讀。（還要「知所以然」嘛。）

回顧一下，這本書在最開頭就說了，解讀能力的「很傻很天真」，有兩大壞處：一、易輕信，易被騙，成為「不明真相」的群眾。被文本本身裡面的花招，給騙了。二、有眼無珠。發現不了文本裡面埋藏的真的好東西。分辨不出真正有內涵、用心良苦、和美妙的表述。也就是說，缺乏解讀能力，你就沒有獨立的判斷力，只能在媒體和意見領袖說「好看、高大上」，之後，才跟著去讀。總之沒有啥存在感。

「我讀書少，你可別騙我……」存在感凌亂至此，心有

戚戚焉？其實跟讀書多少沒有關係。有了文本解讀的能力，就誰也騙不了你了。「工欲善其事，必先利其器。」所以需要「close reading」——文本細讀。

待我細細把這事兒說透。

在我的眼裡，符號－文化之網固然是能給人以陶冶、安慰、啟示的人類文明光暈。但同時，符號的運用，永遠是有目的性的，小者如寫情書求愛，商家炮製或軟或硬的廣告慫恿人去購買商品，大者如政治競選說辭、政黨文宣、內政與外交的說辭。

往極端裡去說，在迄今為止不盡如人意的駁雜社會裡，必然存在宏觀和微觀上的「天羅地網」，對大多數群體、個體實施安慰性欺騙，以維持「現狀」或予以「引導」。這就如同《駭客任務》裡的「母體」，對我們的一切進行控制。這一張網，隔在人與自然造化之間，凝聚了巨大權力，在這個意義上就有了另外一個名字——意識形態。而此類以「心靈植入」為目的的意識形態，不是單數，而是複數。——在政黨競爭裡面，在商家競爭裡面，都會創造各自的傳奇、文化、信條、價值，都想進駐我們的心靈。

我們這門課，基本上對「意識形態們」（是的，複數形式），抱著相當警惕的態度。我們如同「母體」裡的尼歐，時刻注意可能的「心靈捕手」、「靈魂工程師」。

人家都是精通瞭解和捕獲眾人心靈的專家和技術工人呀！我們這些「讀者」，作為被上述「讀心」技術工人所錨定的受眾，我們對自己的文化體驗的瞭解和文化符

號運作機制的瞭解，難道不該優於開發商對我們的文化
體驗的瞭解嗎？

否則，是不是有一種，人家在暗處，我們在明處，隨時
可能被「惦記」、「暗算」的感覺？

而面對一些意味深長的文本揭示性的瞬間，我們也最好
能領會到一些好心試圖「破壁」的作者、用心良苦的修
辭，來獲得逃脫、揭露意識形態的，或純粹審美、體悟
上的，或兩者兼備的「私有」的發現。

這就是學習文學解讀能帶給我們的收穫。文學是對語言
精微運用的最集中體現。對文學進行解讀，給予我們的
不是「知識」，是對「認識」性表述的「認識」，是比
知識性乾貨還要乾貨的認識性乾貨。

想起了馬克思在《英國資產階級》中評論以狄更斯為代
表的十九世紀小說作家時說：「他們在自己卓越的、描
寫生動的書籍中向世界揭示了政治和社會真理，比一切
職業政客、政治家和道德家加在一起所揭示的還要
多。」——前提是要能對他們的文字進行解讀，首先是
細讀。

我們也可以學著說一句。曹雪芹的《紅樓夢》，提供給
我們的對明清社會人文的認識，比不少的歷史專業讀物
還要有效。——前提是要會進行解讀，首先是細讀。

也就是說，要想瞭解社會、人生、大千世界，文藝很重
要。「瞭解」之事，終歸不是靠統計數字、圖表、大事
記、學術報告，而是訴諸心靈。能夠左右心靈的，其實
就是諸如「玫瑰」（詳見第一講）等等的符號的「編

碼」，即「語法」、「修辭」。

前提，仍然是要會進行解讀，首先是細讀。

所以說，若想真正找到打開文學的有收穫的方式，就需要在獲得單純的浸入式愉悅之外，多多思考，盤點一些在即時煽情效果之外的體驗——對體驗本身的反思、認知。比如說，看看狄更斯用了什麼樣的比喻、什麼樣的手法和表述方式，折射出來了怎樣的文化歷史境遇。所以，《紅樓夢》也不僅僅是幾個男女的愛情而已——那，真是小看文藝了。……

好吧，以上就是我對「看小說也需要那麼投入嗎？」的激情澎湃的回答。

另外，在這要再次特別強調一點，免得以後成為迷惑：

從細讀性解讀中獲得的，應該算是「私有財產」，沒有所謂對錯，沒有「標準答案」。

我後面將進行的解讀示範，也不是在演示什麼標準答案，不過是在展示我大腦裡辛苦活躍的細讀反應，所掙來的屬於我的私有財產。這個私有財產，你也很可能和我分享，或者說「英雄所見略同」，因為前面說了，構成文學的「兩個夢境」，是群體性的不是私人性的。（弗萊語。）但同理，「一千個觀眾眼中有一千個哈姆雷特」。解讀之事，總歸是私人事務。我只是在教你解讀文學的 N 種打開方式。實際上如何去解讀具體的作品，在你。

可以挑明地說：解讀，是一種創造性活動。這種創造，

是「再創造」——自己對作者所提供的文本的分析。打個比方，若作者為精神病患者，解讀者則為精神分析師，對病人的講述進行分析。如何能分析得高明些，就要看精神分析師（解讀者）的水準了。（經驗、閱歷、敏感度的相加。）

前面已經提到了，有一種令我啞然失笑的大尾巴狼[2]的說法，說「學術為天下之公器」，治學是為了傳承學術，等等。——我則說：學術從來不是公器，而是屬於學者私人的解讀！在朱熹對漢儒的顛覆性解讀中，儒學得到了再創造，得到了傳承，是不是？

學問的歷史如一條長河，需要每個人來再創造，從而保持活力。從每個細部看，都是私人的「解讀」性活動。

這一節的最後，再問一下：我們怎麼做到有效解讀？

途徑就是「critical reading」——「close reading」。細讀、細聽、細看！「close reading」是需要科學方法的。從下一節開始，我們就要領略一下了。

但仍然阻止不了憤而離去的人口——「他至於嗎？閱讀還可以這麼費勁，還讓不讓人活了？」……那撥人的嘴裡仍然是那句嘀咕：「讀小說還需要那麼投入嗎？」

如果你沒有走，那麼在這本《打開文學的方式》的後續閱讀中，你可能會慶幸當初沒有因一時不耐煩而溜走。你終於學會了如何在閱讀和解讀中既保持了娛樂，保持了樂趣，又獲得了清醒的局外意識、閱讀的「新技能 get√」和方法……樂趣沒有減少，反而增加了。

2　編注：特指沒有良心的對象，意近白眼狼。

貳

好的閱讀
是慢讀

　　如何在閱讀和解讀中既享受娛樂，保持了樂趣，又獲得了清醒的局外意識、閱讀的「新技能 get√」和方法，樂趣沒有減少，反而增加了？

　　這一講將和盤托出，把方法簡略地告訴你。然後如何揚帆起航「走起」，能否做到，就在於你了。這本書在這一講之後的章節，還會為你「護航」一段路。

　　而這一節的主角不是我，是蜚聲世界文學理論界的大師 J. 希利斯・米勒爺爺的夫子自道。他曾是「耶魯四人幫」之一，「解構主義」的「老炮兒」。

　　「喔！二零後的『學霸』爺爺，好贊！」──我已經聽到眼尖的你所發出的讚歎聲。關於這位二零後學霸爺爺的光輝事蹟，除了哈佛博士畢業、年紀輕輕就在耶魯執教等等之外，還有一個早年細節需要補充：他本科是從物理學轉到文學來的。從物理學轉型為文科學霸，是出於怎樣的激情呢？稍後我們會從對他文字的引述裡，讀到他自己對此的解釋。

　　在我們這門課上，在這本文學解讀講義裡，請出米勒這位文藝理論學霸，不是用來膜拜的，而是用來解讀的。要讓弗萊、米勒等超一流的人才和資源，來協助

我們的解讀事業。下面就讓米勒爺爺的一篇「好的閱讀是慢讀」來伺候你，體驗「文本細讀」的紅利和道理。這雖然是由學霸爺爺寫的，但讀來絲毫不覺抽象枯燥。它節選自這位頂尖理論大師的暢銷書《關於文學》（*On Literature*），真正體現了深入淺出的文化普及之功。讀罷會覺得，他對於我們一般大眾的閱讀反應，真是明察秋毫呀。顯然，米勒是一位嫻熟於各種閱讀模式的老手、閱讀熱愛者和深度思考者。

順便說一句。雖然下面的引文是我所做的試譯，但我後來發現，這本書已經被翻譯出版了，中文書名被改為比較聳人聽聞的《文學死了嗎？》，廣西師範大學出版社二〇〇七年版。譯者是北大中文系比較文學教研室的秦立彥老師。算來也是本科階段的北大校友，和我一樣是海歸博士。有興趣也不妨通讀全書。

給中文專業的「研究型」讀者，關於希利斯・米勒的「tip」：理論書上一般說，希利斯・米勒是解構主義文論家，是「耶魯四人幫」之一，聽起來很高深的樣子。但是，理論書永遠是片面的。竊以為，（好的）解構主義文論家，反而出奇地精於文本細讀，以至於我們完全可以欣賞好的解讀，而不管他是否還有理論家的頭銜。也可由此來區別真的優秀理論家，和一般的從業者。

下面，就由我來帶頭閱讀討論希利斯・米勒的「好的閱讀是慢讀」。以下篇章摘自《關於文學》（*On Literature*, . London & New York: Routledge, 2002）第五章「文學讀法」（How to Read Literature）的第二、三、四節，第 118-125 頁。翻譯也是我試譯的。

我節選部分，討論其亮點。

---

2 忘情式閱讀（Reading as Schwärmerei）

倘使真是如我所言，每一部文學作品都為讀者打開了一個除了通過閱讀以外沒有別的辦法可以通達的世界，那麼閱讀就應該是一個需要人毫無保留地付出全部身心的舉動，需要憑藉文字來在自己內心裡重新營造那樣一個世界。這種狀態應該算是伊曼努爾・康德所謂的審美「迷醉」（Schwärmerei）之一種體現；它是盲從、狂喜，甚或放縱。於是乎作品通過人的內心重演而獲得新生，以一種奇怪的方式變得似乎與書頁上的文字痕跡無關了。（……）一般受過書面教育的人或多或少都具備了這種忘情式閱讀的能力。也就是說，只要你受過了書本教育，你就能夠將那些看似沉默無聲的客觀符號變成與聲音語言相對應的字句。

批註

這說的是獲得了符號能力之後一個理想的「很傻很天真」狀態吧。

【原文】If it is really the case, as I have argued, that each literary work opens up a singular world, attainable in no other way than by reading that work, then reading should be a matter of giving one's whole mind, heart, feelings, and imagination, without reservation, to recreating that world within oneself, one the basis of the words. This would be a species of that fanaticism, or rapture, or even revelry that Immanuel Kant calls "Schwärmerei." The work comes alive as a kind of internal theater that seems in a strange way independent of the words on the page. (⋯) The ability to do that is probably more or less universal, once you have learned to read, once you have learned, that is, to turn those mute and objectively meaningless shapes into letters, words, and sentences that correspond to spoken language.

我宣導天真如孩童般那種無所顧忌的閱讀，以此作為能有幸領略到閱讀困境之前的一個必經階段。在這時還不需要對閱讀有所懷疑、保留、追問。借用柯勒律治[3]的名言，可以說這時的閱讀體驗是有意識地放逐了不信任感。然而，這種的放逐也會使人忽略：即對文本的不信任也可以成為一種閱讀方式。在這另一種閱讀方式看來，那種放逐就不算是出於清楚的閱讀意願而發出的自我選擇，而不過體現了不假思索的自發狀態。我可以用兩個人相互之間說出的「我愛你」來做一個並非隨便為之的類比。米歇爾・德吉（Michel Deguy）[4]說：「詩與愛一樣，它的一切驚險都體現在措辭上。」故事的讀者與故事這兩者的關係也如同戀愛中的雙方一樣。不管是談戀愛還是閱讀，最重要的都是把自我毫無保留地獻給對方。書不管在你的手裡或者在書架上，它都向你發出強烈的命令：「讀我！」你若遵命，就可以說是開始了一番冒險，後面的事情將前途未卜，甚至具有危險性。

---

3 編注：塞繆爾・柯勒律治（Samuel Taylor Coleridge），英國詩人、文評家。
4 編注：法國詩人，詩歌批評家。

這就如同別人對你說「我愛你」時你回之以「我也愛
你」一樣。——你事先是不會知道一本書會把你引向何
處去的。以我本人為例，對某些書的閱讀在我的一生發
生了關鍵的作用。每一本這樣的書都是我的一個轉捩
點，標誌我的新軌跡。

批註

米勒認為，要想學會批判式閱讀、冷靜的解讀，基礎是要最大限度
地「放縱」、「圖森破」[5]，不妨成為接受一切符號訊息的靈敏接收
器。這就如同談戀愛——在做出冷靜理性判斷之前，先要在感情上
投入吧？否則永遠也不會打開對愛的接收的頻道，不會有愛的相互
感覺對吧？

【原文】I am advocating, as the first side of the aporia of reading, an
innocent, childlike abandonment to the act of reading, without suspicion,
reservation, or interrogation. Such a reading makes a willing suspension of
disbelief, in Coleridge's famous phrase. It is a suspension, however, that does
not even know anymore that disbelief might be possible. The suspension then
becomes no longer the result of a conscious effort of will. It becomes
spontaneous, without forethought. My analogy with reciprocal assertions of "I
love you" by two persons is more than casual. As Michel Deguy says, "La
poésiecomme l'amour risqué tout sur des signes. (Poetry, like love, risks
everything on signs.)" The relation between reader and story read is like a love
affair. In both cases, it is a matter of giving yourself without reservation to the
other. A book in my hands or on the shelf utters a powerful command: "Read
me!" To do so is as risky, precarious, or even dangerous as to respond to
another person's "I love you" with an "I love you too." You never know
where reading a given book might lead you. In my own case, reading certain
books has been decisive for my life. Each such book has been a turning point,
the marker of a new epoch.

5　編注：網路用語，「too simple」的諧音，形容「太天真」。

閱讀，如同談戀愛，絕不是一個被動的行為，而需要精神、情感甚至體力的投入。閱讀需要的是積極的參與。一個人必須調動全部心思，在自己的內心裡把書中的想像世界盡可能生動地再次創造。對於那些已經不再是兒童或者已經度過兒童心理階段的讀者來說，就更需要在閱讀中格外的著意去嘗試沉浸於閱讀的體驗當中。即使這種嘗試沒有成功，讀者也要嘗試著去避免那種習慣性的「批評式」或曰猜疑式的閱讀。

【原文】Reading, like being in love, is by no means a passive act. It takes much mental, emotional, and even physical energy. Reading requires a positive effort. One must give all one's faculties to re-creating the work's imaginary world as fully and as vividly as possible within oneself. For those who are no longer children, or childlike, a different kind of effort is necessary too. This is the attempt, an attempt that may well not succeed, to suspend ingrained habits of "critical" or suspicious reading.

如果雙重的努力——一方面在閱讀中忘情，另一方面拒斥閱讀中的猜疑——沒有做到，那就不具備資格去體會閱讀的更進一層的感受，不具備條件去懂得那超越了降伏於文字煽情魅力這個階段之後才能體會到的隱憂。同樣的道理，聽音樂的時候如果你的注意力都放在了辨別曲譜裡的專業細節或者思考已聽過的音符的得失上面，那你根本無法正常地欣賞音樂。所以說要想直接地閱讀文學，你必須變成一個兒童才行。

【原文】If this double effort, a positive one and a negative one, is not successful, it is not even possible to know what might be dangerous about submission to the magic power of the words on the page. In a similar way, you can hardly hear a piece of music as music if all your attention is taken up in identifying technical details of the score or in thinking about echoes of earlier music. You must become as a little child if you are to read literature rightly.

為此，一定的閱讀速度是必要的。如果你在捉摸字句上耽擱太多時間，字句也就失去了為你開通那未知世界的效力。音樂亦然。如果你把莫札特的鋼琴奏鳴曲或巴哈的哥德堡變奏曲彈奏得太緩慢，它們聽起來就完全不是音樂了。所以說適當的速度是必要的。同樣的道理也適用於閱讀——對虛擬實境的再次創造。必須保持快速的節奏，讓眼睛在紙面上如舞步般飛躍。

批註

好吧，到目前為止，米勒爺爺都在鼓勵我們把「原生態」的「買帳」式、「陷入」式閱讀，發揮到極致，並大力誇獎這樣做的好處——是細讀的基礎。耶！快讀無罪！但是緊接著下面，米勒爺爺就要說一個「然而」，從而提出更高的要求。真正的重頭戲，在後邊⋯⋯

【原文】A certain speed in reading is necessary to accomplish this actualization, just as is the case with music. If you linger too long over the words, they lose their power as windows on thehitherto unknown. If you play a Mozart piano sonata or one of Bach's Goldberg Variations too slowly it does not sound like music. A proper tempo is required. The same thing is true for reading considered as the generation of a virtual reality. One must read rapidly, allegro, in a dance of the eyes across the page.

---

3 好的閱讀是慢讀（Good Reading is Slow Reading）

然而，好的閱讀也是要求放慢速度的閱讀，而不是快節奏的舞步。好的閱讀者從不放過文本裡的任何東西，就像詹姆斯談到好作家與生活的關係時說：「努力去做一個不放過任何東西的人。」這裡面的意味與所謂一味地放逐猜疑——甚至到記不得疑義曾經被一廂情願地擱置的程度——正好相反。這意味著尼采所提倡的那種慢讀。如此的讀者在每一個緊要的字眼和短語處停頓，小心翼翼，前瞻後望，就好比是散步而不是跳舞。他決意不放過文本裡的任何東西。「當我把自己想像成一個完美的閱讀者時，」尼采說，「我往往想像的是一隻既勇猛又充滿好奇心的怪獸，同時也身段柔軟，狡猾、謹慎，是一個天生的冒險家、發現者。」放慢的閱讀，或曰批評式的閱讀，意味著在文義轉折的每一個關口存疑，對作品的每一個細節發問，試圖找出作品魅力的鍛造工藝為何物。這意味著不是那麼急於加入到作品所打開的新世界裡面去，而是要留意這個新世界是通過什麼方法被打開的。打個比方，上述兩種閱讀方式的區別，一種就如同被《綠野仙蹤》裡魔法師炫目的戲法迷住，而與之相反的另一種則如同繞到檯面的後部，注視那位

寒酸的表演家如何通過拉動槓杆來操作他的那一套裝置來創造出人為的幻境。

批註

讓我們留意米勒爺爺從這一段開始發出的循循善誘。具體怎樣，待我們一段段看過來……他說引用的尼采所說的那隻「既勇猛又充滿好奇心的怪獸」，我一直覺得是一隻貓科動物，具備貓科動物所特有的好奇心（「好奇害死貓」嘛），同時也「柔軟、狡猾、謹慎」，以及「勇敢」。至少，這才是米勒爺爺心目中理想讀者的閱讀狀態，當然也是在說他這位閱讀老手自己啦。同時，在尼采和米勒爺爺的上述修辭裡面，都沒有青睞犬科動物的意思，雖然「狗是人類的朋友」，無條件無保留地忠誠、熱心、善於傾聽。但我想，尼采和米勒爺爺都不贊同我們這些讀者喪失閱讀的獨立性和距離感，去擔當作者的忠實「走狗」吧。

【原文】Good reading, however, also demands slow reading, not just the dancing allegro. A good reader is someone on whom nothing in a text is lost, as James said a good writer is in relation to life: "Try to be one of those on whom nothing is lost." That means just the opposite of a willing suspension of disbelief that no longer even remembers the disbelief that was willingly suspended. It means the reading lento that Friedrich Nietzsche advocates. Such a reader pauses over every key word or phrase, looking circumspectly before and after, walking rather than dancing, anxious not to let the text put anything over on him or her. "When I picture to myself a perfect reader," says Nietzsche, "I always picture a monster of courage and curiosity, also something supple, cunning, cautious, a born adventurer and discoverer." Slow reading, critical reading, means being suspicious at every turn, interrogating every detail of the work, try to figure out by just what means the magic is wrought. This means attending not to the new world that is opened up by the work, but to the means by which that opening is brought about. The difference between the two ways of reading might be compared to the difference between being taken in by the dazzling show of the wizard in *The Wizard of Oz*, and, on the contrary, seeing the shabby showman behind the façade, pulling levers and operating the machinery, creating a factitious illusion.

這樣一種所謂的「反煽情」（祛除魅力），在我們駁雜的閱讀傳統中主要是通過兩種形式得以進行的；在今天這二者仍是主導的方法。其一可以稱為「修辭性」閱讀，意思是說對營造出魅力的語詞結構予以密切關注：探查隱喻性手法、視角轉換和反諷是如何運用的。反諷手法至關重要。比方說，反諷存在於敘事者的實際所知與敘事者煞有介事告訴我們的故事人物之所知、所想、所感之間的差異中。「修辭性」閱讀者對「文本細讀」的方法運用嫻熟。

批註

「反煽情」（祛除魅力）式閱讀，並不意味著在閱讀中變得冷漠、無動於衷，而是指在情感投入的同時，保持思維上的反思和距離感。這是為了把作者煽情的手段看透，清楚地看清這些煽情手段是如何在我這個讀者身上起作用的。——這，才是米勒爺爺所說的「反煽情」（祛魅）。所以要進行「修辭性」（針對語言符號的修辭方式）的閱讀，細讀「隱喻性手法、視角轉換和反諷」。反諷——是的，作者出於種種原因，（比如繞過「審核」、避免被請去「喝茶」，或者為了挖苦、批判、揭露得更為入木三分），而讓筆下的故事講述者（敘事者）故作天真、冷漠、瘋狂等，從而有意在讀者的反應中造成「反差」（差異），反而強化了作者本來的態度和效果。這，就是反諷——在中國的互聯網上，被網民們直覺地稱為「高端黑」。

【原文】This demystification has taken two forms throughout our tangled tradition. These two forms are still dominant today. One is what might be called "rhetorical reading." Such reading means a close attention to the linguistic devices by which the magic is wrought: observations of how figurative language is used, of shifts in point of view, of that all-importantirony. Irony is present, for example, in discrepancies between what the narrator knows and what the narrator solemnly reports the characters as knowing, thinking, and feeling. A rhetorical reader is adept in all the habits of "close reading."

批評式閱讀的另一種形式是對文學作品所灌輸的觀念——諸如階級、種族、性別等——予以質問。人們通常認為這些觀念傳達給我們有關思想、評判和行為的客觀真實；實際上它們是意識形態的產物，是戴上了真實性指涉的面具的語詞虛設。這種「反煽情」的工作在當今被喚做「文化研究」，有時也稱為「後殖民研究」。

批註

這第二種「反煽情」（袪魅），是建立在第一種的符號修辭細讀基礎之上的。所謂「文化研究」和「後殖民」研究，都是在當今的社會現實下，來判別形形色色的「三觀」的文化折射——它們的苦口婆心、甜言蜜語、花言巧語。

【原文】The other form of critical reading is interrogation of the way a literary work inculcates beliefs about class, race, or gender relations. These are seen as modes of vision, judgment, and action presented as objectively true but actually ideological. They are linguistic fictions masking as referential verities. This mode of demystification goes these days by the name of "cultural studies" or, sometimes, of "postcolonial studies."

需要提及的是，文學作品往往本身就具有強烈的批評功能。他們時而對主導意識形態發起挑戰，時而又將之強化。（……）在西方印刷文化裡，文化批評繼續其對文學本身的批判傾向，並且越來越彰顯這種批判。儘管如此，這兩種批判方式——修辭性閱讀和文化批評——也帶來了一種副作用：剝奪了特定的一些讀者快速閱讀文學作品時所享有的自足性。

批註

剝奪了「很傻很天真」狀態本身？

【原文】Literary works, it should be remembered, have always had a powerful critical function. They challenge hegemonic ideologies, as well as reinforcing them. (⋯) Cultural criticism continues and makes more obvious a critical penchant of literature itself within Western print culture. Nevertheless, both these forms of critique – rhetorical reading and cultural criticism – have as one of their effects depriving literary works, for given readers, of the sovereign power they have when they are read allegro.

4 閱讀之困難（The Aporia of Reading）

在上面兩節裡我所提倡的兩種閱讀方式——天真模式和反煽情（袪除魅力）模式——是互相抵觸的；每一種的施行都阻礙了另一種的進展。於是就有了閱讀的困境。把這兩種閱讀模式合併應用在同一次閱讀中是困難的，也許是不可能的；這是因為其中的每一個都抑制並禁止

了另一個。試想：你能一邊讓自己對一部文學作品死心
塌地，聽任該作品打動你，同時又遠離作品，用猜疑的
心態審視它，並把它大卸八塊以觀察它的內部運轉？一
個人怎麼可以在閱讀中同時遵循快和慢兩種節奏，如同
在舞蹈中同時踩著快與慢兩種節拍？

批註

對米勒爺爺自家的修辭，也需要注意喲。——他本人就是個很懂
「煽情」的寫作老手呀。這一「怎麼可以」的設問，顯然最後會被
大加強調為是「可以有」的，並且設身處地告訴我們是有很大
「紅利」的。——否則，米勒爺爺就不會故意製造情緒、欲揚先
抑、進行鋪墊了。

【原文】 The two ways of reading I am advocating, the innocent way and the demystified way, go counter to one another. Each prevents the other from working – hence the aporia of reading. Combining these two modes of reading in one act of reading is difficult, perhaps impossible, since each inhibits and forbids the other. How can you give yourself wholeheartedly to a literary work, let the work do its work, and at the same time distance yourself from it, regard it with suspicion, and take it apart to see what makes it tick? How can one read allegro and at the same time lento, combining the two tempos in an impossible dance of reading that is fast and slow at once?

為什麼——不管出於何種原因——會有人情願剝除文學
那為我們打開其他可能性世界和無數虛擬現實情景的神
奇力量？這聽起來實在是一件煞風景的噁心的毀滅性措
施。您正在讀的這本書——很不幸——就是這場毀滅之

舉的一個例證。本書即使在為文學的煽情魔力擊節讚譽的時候，也要通過對文學機制的公開剖析來把此魔力予以擱置。

【原文】Why, in any case, would anyone want to deprive literature of its amazing power to open alternative worlds, innumerable virtual realities? It seems like a nasty and destructive thing to do. This book you are now reading, alas, is an exemplification of this destructiveness. Even in its celebration of literature's magic, it suspends that magic by bringing it into the open.

本書反煽情的努力後面有兩個動機。其一是出於我對文學研究方法的理解。文學研究主要是通過大學校園的教研機制得以運作，還有一小部分是運作在大眾的文學類閱讀中。兩者都為我們的文化裡面那種為知識而知識的信條服務。西方意義上的大學致力於找出關於每一事情和現象的真理、真相，就如同哈佛大學的拉丁文箴言「Veritas」。這種對真理、真相的追求也表現在文學研究領域裡。對我本人而言，選擇了文學研究為職業是我對曾經所選擇的科學職業的移植。我是在大學本科學習期間從物理學轉到文學來的。我當時的動機（現在依然）是出於貌似科學探究式的對文學作品的強烈獨特性之好奇。具體說，文學作品各不相同，而且其中的語言運用都與日常的語言使用差別甚大。——於是我問我自己：是什麼樣的原因，可以導致詩人丁尼生，一個我們通常認為的神志健全者，在語言運用上能如此怪異？他

為什麼要那樣做？其語言在當時有什麼效果？現在又如何？我曾經渴望，現在依然渴望著解釋文學裡的如是疑點，就如同物理學家渴望著能夠解釋從黑洞或者類星體裡發出的奇特「訊號」一般。我依然嘗試著，並且依然困惑著。

批註

通過前面的「困惑」、欲揚先抑，米勒爺爺這時將洞見和盤托出，顯得好有力度。這一段將「兩個動機」的「其一」挑明瞭：這是本著追求真理（Veritas）動機的正經事業——米勒爺爺本人也現身說法——在本科階段，從追求物理學的真理，轉戰到追求人類語言符號運用的真理。

【原文】Two motives may be identified for this effort of demystification. One is the way literary study, for the most part institutionalized in schools and universities, to a lesser degree in journalism, is part of the general penchant of our culture toward getting knowledge for its own sake. Western universities are dedicated to finding out the truth about everything, as in the motto of Harvard University: "Veritas." This includes the truth about literature. In my own case, a vocation for literary study was a displacement of a vocation for science. I shifted from physics to literature in the middle of my undergraduate study. My motive was a quasi-scientific curiosity about what seemed to me at that point (and still does) the radical strangeness of literary works, their difference from one another and from ordinary everyday uses of language. What in the world, I asked myself, could have led Tennyson, presumably a sane man, to use language in such an exceedingly peculiar way? Why did he do that? What conceivable use did such language use have when it was written, or could it have today? I wanted, and still want, to account for literature in the same way as physicists want to account for anomalous "signals" coming from around a black hole or from a quasar. I am still trying, and still puzzled.

另一個動機是「驅毒避邪」。這還要依你的態度來判斷該動機是高貴抑或猥瑣。人們有一種健全的疑慮——人們警惕文學作品可能灌輸給我們對種族、性別、階級之危險或不公正的偏見。文化研究和修辭性閱讀，特別是後者的「解構」模式，提供了健全的防範。不過，當你通過修辭性閱讀或曰「慢讀」發現了文學中魅力成其為魅力的機制的時候，魅力也就對你失效了。這看起來倒像是對言語哄騙的解除。比如說在對米爾頓的《失樂園》進行女性主義的解讀後，米爾頓的性別歧視觀念（「他與上帝同在，她通過他與上帝同在」）就被揭示出來了。該詩篇本身——不無遺憾地——也由此而無法美輪美奐地展示那個被美麗而性感的異性伉儷所棲居的伊甸園：「於是手拉著手他們離開此地，這最美好的一對／一切愛欲擁抱的起源」。

批註

還是那句話——剝奪了「很傻很天真」的很傻很天真的樂趣。

【原文】The other motive is apotropaic. This is a noble or ignoble motive, depending on how you look at it. People have a healthy fear of the power literary works have to instill what may be dangerous or unjust assumptions about race, gender, or class. Both cultural studies and rhetorical reading, the latter especially in its "deconstructive" mode, have this hygienic or defensive purpose. By the time a rhetorical reading, or a "slow reading," has shown the mechanism by which literary magic works, that magic no longer works. It is seen as a kind of hocus-pocus. By the time a feminist reading of *Paradise Lost* has been performed, Milton's sexist assumptions ("Hee for God only, shee for God in him") have been shown for what they are. The poem, however, has also lost its marvelous ability to present to the reader an imaginary Eden inhabited by two beautiful and eroticized people: "So hand in hand they passed, the lovliest pair/That ever since in loves embraces met."

米爾頓筆下的撒旦可以被看作煽情反對者、審慎閱讀者、對煽情風格不買帳的批評家等的共有原型。尼采是現代批評家的第一人。尼采所受的教育使他充當了古代修辭學教授。但是他寫的《道德系譜學》一書——以及若干其他著述——卻是在文化研究這個現代名詞出現以前的文化研究。在〈在道德的擴展意義上談真理與謊言〉一文中，尼采給真理作了一個經典的定性。他說「真理」或「真實」並不是對事物現象的原本形態所做的判斷或再現，而是語言的意象營造產品；簡而言之，這與虛構性的文學作品並無本質不同。所謂「真理」，尼采說，「是一支由比喻、借喻、和擬人化修辭所組成的流動大軍」。讀者會注意到尼采把文化形態——包括文學——看作戰鬥性的和具有攻擊性的，是必須要由批評家手中同樣具備戰鬥性的批評武器來抵禦的「流動大軍」。尼采運用了他自己創造的擬人化修辭手法，把人們所稱謂的真理比擬為流動大軍；讀者也會意識到尼采這是採用現身說法來告訴我們真理是語言意象所營造的產物。他這是在用編織真理的論述做為撒手鐧來反擊所謂真理概念自身。

批註

米勒所引用的尼采（所謂「真理」，「是一支由比喻、借喻、和擬人化修辭所組成的流動大軍。」）還不夠過癮，還值得多引幾句如下：一支由比喻、借喻、和擬人化修辭所組成的流動大軍：簡而言之，是經由修辭和藝術手法所強化處理、變形和修飾的人類關係總和。它們經過長時間的使用，儼然成為環環相扣的神聖王國。真理是讓人忘記它們是虛幻的虛幻。

【原文】「A mobile army of metaphors, metonymies, anthropomorph-isms: in short a sum of human relations which became poetically and rhetorically intensified, metamorphosed, adorned, and after long usage seem to a nation fixed, canonic and binding; truths are illusions of which one has forgotten that they are illusions.」（出自「On Truth and Falsity in Their Ultramoral Sense」(1873), in *The Complete Works of Nietzsche*, 2:180）我們應當注意：尼采在他的表述的特定語境下，並不是說真理不存在或者是虛假的。尼采不是在思辨真理本身的存在與否，而是要強調：對真理的表述，就是語言符號的編織，如同前面給過的「夜行火車的車窗」的比方，往往讓人誤認為符號性的真理表述，就是真理的存在本身。所以，「人類在意義詮釋中面臨的最大障礙，往往是在於『真理』與『真理陳述』的混淆。」（楊慧林，《意義：當代神學的公共性問題》，北京大學出版社，2013，146頁。）「真理陳述」，無非就是符號的表演，這裡面有很深的門道，需要作者的編排，也尋找讀者或受眾的「就範」。你看尼采的這一段話，難道不是極具修辭技巧的符號表演嗎？前面提到了，沙特說：自我的存在，就像冰箱裡的燈，燈一直裝在那裡，冰箱關起來工作時，不需要亮燈，只有當我們從外面打開冰箱查看時，才需要有燈照亮冰箱內部。——如果不用這麼具象的比喻，試問沙特能如此簡明地讓我們體會到「自我的存在」嗎？海德格爾也得借什麼梵谷畫的木鞋啦，什麼荷爾德林的詩啦，來精彩地訴說真理與文藝的關係。

【原文】Milton's Satan might be called the prototypical demystifier, or suspicious reader, the critic as skeptic or disbeliever. Or the prototype of the modern critical reader might be Friedrich Nietzsche. Nietzsche was trained as a professor of ancient rhetoric. His *The Genealogy of Morals*, along with much other writing by him, is a work of cultural criticism before the fact. In a famous statement in "On Truth and Lie in an Extra-Moral Sense", Nietzsche defines truth,"veritas,"not as a statement or representation of things as they are, but as a tropological fabrication, in short, as literature. "Truth,"says Nietzsche,"is a mobile army of metaphors, metonymies, and anthropomorphisms."The reader will note that Nietzsche sees cultural forms, including literature, as warlike, aggressive, a"mobile army"that must be resisted by equally warlike weapons wielded by the critic. The reader will also note that Nietzsche gives an example of this by using an anthropomorphism of his own in calling truth a mobile army. He turns truth's own weapon against itself.

毋庸置疑，上述兩種形式的批判性閱讀——修辭性閱讀和文化研究——可以說是置文學於死地。反煽情的批判性閱讀正以其變本加厲的形態方興未艾，此時正好也是文學對我們進行文化灌輸的主導權正在逐漸減弱之時。這其實也並非偶然。畢竟我們不再那麼渴望或者說甘願被文學呼攏。

批註

米勒爺爺在這裡，如同慣常的「美劇」那樣，給我們留下了一個開放的選擇性結尾——你是想繼續沉溺於《楚門的世界》裡，拒絕反思「完美」的符號建構呢？還是願意飛越之，從外面來看看它是如何建造的，同時獨立承擔「夢醒」之後的失落、解放和自由？

【原文】No doubt about it, these two forms of critical reading, rhetorical reading and cultural studies, have contributed to the death of literature. It is no accident that critical reading as demystification arose in exacerbated forms at just the time literature's sovereign power for cultural indoctrination was beginning to fade. We no longer so much want, or are willing, to be bamboozled by literature.

　　米勒爺爺的文章就引用到這兒了。

　　話說我引用米勒爺爺，也是一種修辭的運用──用米勒爺爺的權威和妙筆、高論，來支持我的觀點。

　　我的觀點是：不擁有強大的符號解讀能力，就無法擁有陳寅恪所說的「獨立之人格，自由之思想」。「我書讀得少，你可別騙我……」──存在感淩亂至此，是否心有戚戚焉？其實跟讀書多少沒有關係。有了文本解讀的能力，就誰也騙不了你了。「工欲善其事，必先利其器。」所以需要「close reading」──文本細讀。

　　還要為米勒爺爺的論述風格與方法，解釋和總結一下。

　　他在這一部分關於文學閱讀現象的具體行文上，不去走理論知識介紹的抽象路子，不講從「閱讀現象學」到「接受美學」到「讀者反應批評」的一系列理論家的觀點、體系。要想腦補上述知識點並不難，找本理論書去看看就是了。

　　米勒爺爺，走的是不折不扣的「群眾路線」。他沒有掉書袋，而是在我們普通人閱讀經驗的基礎之上，只用了相當於辯證法模式的「正、反、合」三步，就讓我們領略並理解了閱讀「可以有」的境界：

　　一、正（肯定「很傻很天真」式閱讀），二、反（反題，另外標舉「反煽情」式閱讀，提倡冷靜地分析文本裡面的修

辭，和意識形態），三、合（前面的一正一反，在科學求真的態度和語言符號運用的本質屬性上，獲得理論和經驗層面的統一）。

格外強調一下——他所說的「反煽情」（祛除魅力）式的細讀方法，並不是說我們在閱讀時就要如同木頭人一般，排斥自己在閱讀體驗中所自然而然可能煽起來的「情」——如果是這樣，閱讀就失去了閱讀最原初的意義，不成其為閱讀了。要點是：我們需要把那些發生在自己身上的主觀閱讀體驗和效果，也當作「客體」即反思物件，來對待。打個比方，就如同「神農氏勇嘗百草」——若不是客觀地分析發生在自己身上的藥效（閱讀效果），神農氏如何能客觀地研判百草（文本裡面的修辭，和意識形態構造）呢？

你看，米勒爺爺的諄諄教誨和現身說法，是不是很靠譜？是不是能夠在閱讀和解讀中，既享受了娛樂，保持了樂趣，又獲得了清醒的局外意識、閱讀的「新技能 get$\sqrt{}$」和方法，樂趣沒有減少，反而增加了？——顯然，人不會幹沒有樂趣的事。自然，米勒爺爺在其漫長的文學閱讀、研究生涯中所持有的樂趣，不會是「原生態」的那種「很傻很天真」的樂趣了。而是——還是再一次讓我們看看，他自己是如何表述從學物理學轉行到學文學的樂趣所在：

西方意義上的大學致力於找出關於每一事情和現象的真理、真相，就如同哈佛大學的拉丁文箴言「Veritas」。這種對真理、真相的追求也表現在文學研究領域裡。對

我本人而言，選擇了文學研究為職業是我對曾經所選擇的科學職業的移植。我是在大學本科學習期間從物理學轉到文學來的。我當時的動機（現在依然）是出於貌似科學探究式的對文學作品的強烈獨特性之好奇。具體說，文學作品各不相同，而且其中的語言運用都與日常的語言使用差別甚大。——於是我問我自己：是什麼樣的原因，可以導致詩人丁尼生，一個我們通常認為的神志健全者，在語言運用上能如此怪異？他為什麼要那樣做？其語言在當時有什麼效果？現在又如何？我曾經渴望，現在依然渴望著解釋文學裡的如是疑點，就如同物理學家渴望著能夠解釋從黑洞或者類星體裡發出的奇特「訊號」一般。我依然嘗試著，並且依然困惑著。

你看，米勒是出於「好奇」的樂趣——貌似科學探究式的對文學作品的強烈獨特性之好奇——才去實踐並提倡文本細讀的。其收穫是關於文學的「veritas」——發現文學現象裡面的「真相」。

若文本細讀的方法在手，我們普通人一樣可以如同米勒爺爺一樣，自行去享受於此。

米勒爺爺剛才已經把文本細讀的方法和盤托出了。

還等什麼？揚帆走起吧。

參　細讀示範：作家王小波的幾個自然段

是的，如題——這一部分，只通過細讀幾個自然段，就能夠有效地示範什麼是文本細讀。

「當真？」——你可能不太放心。

「一定！」——這就是我的重申。我所說的「有效地示範」，就是說要展示得淋漓盡致，讓你從頭看到尾，毫無遮攔地體驗一番文本細讀為何物，並且把你給調動起來，讓你躍躍欲試，想自行嘗試文本細讀，自行過一把癮。

不需要我再次囉嗦發佈動員令了。前面剛剛討論過米勒爺爺所引用的尼采之「完美的閱讀者」，會「在每一個緊要的字眼和短語處停頓，小心翼翼，前瞻後望」，如同一隻「勇猛又充滿好奇心的怪獸」，同時又「身段柔軟，狡猾、謹慎」，重要的是「決意不放過文本裡的任何東西」。心動不如行動。那就放馬過來吧。

既然是我宣導，那我就先放馬過來。篇幅寶貴，閒話少說，下面就來提供待細讀的文本——王小波中篇小說《革命時期的愛情》的開頭：

《革命時期的愛情》

王小波

序

　　這是一本關於性愛的書。性愛受到了自身力量的推動，但自發地做一件事在有的時候是不許可的，這就使事情變得非常的複雜。舉例言之，頤和園在我家北面，假如沒有北這個方向的話，我就只好向南走，越過南極和北極，行程四萬餘公里到達那裡。我要說的是：人們的確可以牽強附會地解釋一切，包括性愛在內。

　　故而性愛也可以有最不可信的理由。

——作者 93/7/16

有關這本書：

　　王二一九九三年夏天四十二歲，在一個研究所裡做研究工作。在作者的作品裡，他有很多同名兄弟。作者本人年輕時也常被人叫作「王二」，所以他也是作者的同名兄弟。和其他王二不同的是，他從來沒有插過隊，是個身材矮小，身體結實，毛髮很重的人。

第一章

1

王二年輕時在北京一家豆腐廠裡當過工人。那地方是個大雜院，人家說過去是某省的會館。這就是說，當北京城是一座灰磚圍起的城池時，有一批某個省的官商人等湊了一些錢，蓋了這個院子，給進京考試的舉人們住。這件事太久遠了。它是一座細磚細瓦的灰色院子，非常的老舊了；原來大概有過高高的門樓，門前有過下馬石拴馬椿一類的東西，後來沒有了，只有一座水泥門椿的鐵柵欄門，門裡面有條短短的馬路，供運豆腐的汽車出入。馬路邊上有一溜鐵皮搭的車棚子，工人們上班時把自行車放在裡面。棚子的盡頭有個紅磚砌的小房子，不論春夏秋冬裡面氣味惡劣，不論黑夜白天裡麵點著長明燈，那裡是個廁所。有一段時間有人在裡面的牆上畫裸體畫，人家說是王二畫的。

「就面對這麼點兒文字，你當真能成功地示範文本細讀？」——你又忍不住懷疑了。

——此時我覺得不需要回答了。即將展現的這個細讀示範本身，就是有說服力的回答。

我做的解讀有一萬字。你要有耐心。

【一】

先來示範如何才算不輕易放過「革命時期的愛情」這個題目。

看到「革命時期的愛情」這一片語，相信有些讀者會聯想到諾貝爾文學獎得主馬奎斯（Márquez）著名的《霍亂時期的愛情》（*El amor en los tiempos del cólera*）[6]。——這樣很好！不要因為聽過「過度闡釋」這個詞，就給嚇得戰戰兢兢。一輩子都在聽人家講什麼叫闡釋，什麼叫過度闡釋，而自己從未近距離體驗過——這是人應該過的日子嗎？放膽地去體驗一下闡釋的滋味吧——至於到底有沒有「過度闡釋」這個東東，這一講在後面會專門討論。

那麼我自然而然就想到：「霍亂時期的愛情」，與「革命時期的愛情」——是否產生了一種平行的關聯？對後者的解讀、定位，需不需要對前者也稍微關照一下？

何妨一試？

需要先快速判定一下《霍亂時期的愛情》的文化歷史語

6　編注：台灣譯為《愛在瘟疫蔓延時》

境，和敘事形式。

面對一個複雜的敘事，考驗自己閱讀體驗的最具挑戰性也最有用的問題是：用一句話說說，它都講了什麼？

用一句話說說《霍亂時期的愛情》都說了什麼？——好吧……那還真是……霍亂時期的……愛情。

「霍亂時期」，在這部小說的字面意義上，是指故事時空裡面幾十年不斷出現的霍亂瘟疫。從隱喻或「寓言」的角度去看「霍亂時期」的意象，則形同拉丁美洲二十世紀前期現代化轉型廣闊畫卷所呈現出的「病態」吧。故事的主要線條是關於跨越了半個多世紀（霍亂時期？）的兩個人的愛情。男主角年輕時是電報員，看上了那時的女主，一個少女。但女主的父親卻希望自己的女兒能嫁一個「高富帥」。這個父親為了拆散二人，帶著女兒出門遠行，掐斷音信，然後將女兒嫁給了一個有地位有實力的醫生。在這之後，男主用了長達半個多世紀的時間，成功「逆襲」成為航運公司高管。這時，女主的醫生丈夫死去。男主和女主重逢，點燃舊情。風燭殘年的他們，在霍亂肆虐的大河上航行。——這大河，是否也隱喻了拉美社會現代化轉型的歷史時間流？大致如此。我是在我的本科時代，二十多年前作為「少男」時，草草看過這本書，裡面有太多的複雜性、隱喻、矛盾、悖論，和激情、陰暗心理，看不懂，到現在也沒有重新「細讀」一下。

小說裡的「愛情」，也超乎了一般的「普通青年」和「文藝青年」，以及仰慕文藝教養的中產階級道德純潔分子的想像的底線。記得有一個情節是，年邁的男主對女主說：「我

為你保留了童真。」實際上，他在半個世紀裡，在好幾十個記錄本裡，「一絲不苟」地統計了他的幾百件風流韻事。但同時，他對女主的真愛，也確實從未停歇過。好在我多年來體驗過不少文學作品和文學史、理論、批評，知道在這樣世界級的小說裡面，「愛情」所要負載和折射出來的東西，類似於精神分析學說裡所說的「力比多（libido）心理能量」的普遍和特定的昇華，和一般韓劇、「笙簫默」等所要煽情敷衍的，不會是在一個「次元」裡面。

　　若要對這樣一部重要的世界級著作發表進一步的評論，則需要認真地再看一遍。這是我二十多年來不曾做過的，所以也就說到這兒為止了。好在我要細讀示範的不是《霍亂時期的愛情》，是《革命時期的愛情》。談論前者，僅限於其與後者的語境關聯意義，而不是在於前者的意義本身。

　　好，我剛才說了，《霍亂時期的愛情》成書在先，《革命時期的愛情》在後，前者成為後者的語境關聯和敘事關聯，體驗後者的主題和敘事手法時，我會自然而然地參照前者來琢磨之。

　　但是，我現在又要補充說：假想有人採訪作者王小波關於兩者的「語境關聯和敘事關聯」之事，他未必能說得像我剛才說的那樣頭頭是道，甚至還會出現這樣的可能——王小波高興地對我說：「對呀！你不說，我都沒有意識到我寫作的時候真的腦子裡有這事兒，現在終於知道了，謝謝！」

　　我知道我一說完這話，就有可能招致誤解——「你這是什麼意思？是說王小波頭腦還沒有琢磨書的你更清醒？那你怎麼寫不出《革命時期的愛情》呢？」我可不敢，也沒想有

那樣的意思，那樣是誤解我了。我想說的是，我們是在解讀王小波寫出來的文本，而不是在聽王小波本人的講座——這是兩碼事。我們並不能默認王小波本人就是解讀王小波文本的權威。作者的功能是寫作品，而不是「壟斷」文本意義的發言人。沒有人能壟斷文本的意義。作家本人不能，批評家也不能。文本的意義，是在每一次的閱讀中，在讀者的體驗中產生。

我的意思是說，讀者為大。

現在是我這個王小波的讀者，放馬過來進行我的閱讀的細讀示範。當我正在把這些寫下來時，我又變成了作者。而正在閱讀我的文字的你，現在則是讀者，通過審視我這個讀者／作者對王小波進行細讀分析的文本，來對王小波文本進行直接和間接的閱讀。

因為現在你坐在讀者的位置上，就如同坐在陪審員的位置上，擁有進行自主判斷的權力。大家都看過律政類的美國電影和美劇吧？在法庭上，陪審席由隨機抽取的十二個公民組成，面對辯方和控方律師的互咬，來投票決定犯人是否有罪。然後，法官才依據陪審席的裁決，來宣佈當庭釋放或量刑。你們讀者進行判斷，如果覺得我對王小波的細讀分析是靠譜的，並且這樣的讀者，在時空裡分佈得越多（在一個時代裡大家集體腦殘的情況也有啊，所以這樣說），就越能說明我的細讀示範 是有效的。

好，下面繼續考我吧。——請用一句話，就一句話，來說說中篇小說《革命時期的愛情》是在說什麼？

——好吧……它說的是：革命時期的……愛情……。具

體就是在二十世紀七十年代初，文革停滯期的北京，被判定為落後青年的街道豆腐廠男工人王二，先被廠革委會主任，中年婦女老魯追打和控告為在廁所畫淫穢裸體畫，然後又被新任的年輕女團委書記 X 海鷹（原文如此）給關在她的（對，她的）宿舍裡「幫教」[7]，交代王二以往私生活的既有問題，直至他被她強姦的故事。是的，沒有搞錯。「他」被「她」強姦了。以上用第三人稱講述的王二的故事，只是整個小說的一半——是每一章裡單數節裡的部分。每章裡同時交錯的雙數節部分，則是王二用第一人稱「我」，從一九九三年的今天，來回顧童年、少年、武鬥，和在豆腐廠的這段往事，以及之後出國留學等的諸多經歷。

　　抱歉，我沒有做到用一句話搞定。但能做到這樣，已經相當不容易了。不信，請上網搜尋王小波《革命時期的愛情》。也許是因為這小說的結構很複雜，所以你連個現成的「劇透」都搜不來。在內容簡介裡，都是在抄王小波自己的「序」和「有關這本書」——前面我已經引用了。在偌大的網上，從京東等書商的網上簡介，到豆瓣讀書裡面的條目，到各種百科，都是在抄王小波以上兩段的全部或一部分。

　　好啦，有了我用一句話……不，三句話，做出來的簡介，我就能大致把握住該小說的敘事框架，並能夠與《霍亂時期的愛情》的框架進行語境和敘事上的參照、關聯。語境和敘事輪廓大致說清之後，我自己覺得就能比較自如地狠狠示範對段落的細讀了。

7　編注：幫助和教育。

　　「且慢！」——我聽見了一聲質疑：「你一直在兜圈子，都四千字了，還沒有看到細讀具體段落的示範。你安的什麼心？你到底會不會文本細讀？」

　　面對這樣的質疑，我需要在正式展開具體段落細讀前，兜最後一個圈子，解釋一下「闡釋的迴圈」問題。

　　另外弱弱地辯白一句：前面從題目那幾個字，就能展開的語境與敘事形式的關聯性分析，打開論述格局，這已經是文本細讀的招數之一部分了，好不好……

　　「闡釋的迴圈」問題，最初是在十九世紀由德國的聖經闡釋學者提出來的，後又成為二十世紀一些現象學、解釋學（解釋學、闡釋學、詮釋學，都是一個意思啦）大牛人的問題意識。它的意思是說，要想搞定一個局部意義，前提是需要對整體意義有靠譜的把握。（說得很對很好理解，不是嗎？）但這只是通向有效闡釋的一半。另外一半則是，要想搞定整體的意義，前提是需要對局部有靠譜的把握。這樣的話，無論是想理解全部還是局部，都需要以理解對應的另一方為前提。理解或詮釋的全過程，便是一場沒有先後明確順序的「烏龍」，一場不斷從局部通達全體，並從全體通達局部的「亂入」迴圈。——基本就是這樣。若你想看看更掉書袋的學理詳解，就去找些理論書翻翻吧。我覺得在這裡，說到這樣就已經夠用了。

　　這就是說，為了好好細讀《革命時期的愛情》開頭的幾百字，就需要以理解該小說的整體意義為前提呀……當然，反過來說，為了理解小說的整體，就需要以對局部的解讀為前提……好吧，看來不管是先說整體，還是先說局部，都是

「亂入」，也只能是亂入。那麼為了行文脈絡的清晰，我也只能把發生在自己解讀過程裡面無限迴圈亂入的「闡釋的迴圈」，簡化為回合分明的事後總結了。在這個意義上，我所整理之後寫下來的細讀示範，只具備「結果」意義上的真實，而不具備「過程」意義上的真實。

【二】

好了，經過這一番排擺，現在可以讓逐段細讀的示範部分登場了。

從「序」的第一句話開始：「這是一本關於性愛的書。」你是否有足夠敏銳的眼力，發現這句話有什麼特別需要解讀的地方？——我個人覺得，劈頭上來的這頭一句，就與題目有強烈的「違和」感。

——題目是關於什麼？是「愛情」——「革命時期的愛情」。那麼王小波在題目之後的第一句話裡面，告訴我們這本書是關於什麼？——「這是一本關於性愛的書」。說好的愛情，怎麼變成性愛了呢？王小波想暗示什麼？革命時期的愛情到底會是怎樣的複雜隱喻？……這一句開頭句，就在我腦子裡打開了一連串的問號。

王小波是一流作家。一流作家是不會在自己的文字裡出現廢話的。尤其是一本小說的開頭，更不是隨便亂寫，而是有意為之。所以，這部小說的開頭句「這是一本關於性愛的書」所帶來的違和感，值得細察，不應輕輕放過。

那就用米勒爺爺所說的那種細讀方法，一點一點、一句

一句地「擼」下去。

　　設想如果有一本包著書皮不知書名的書，戳到你眼前，翻開第一句看到的就是：「這是一本關於性愛的書。」則你基本上會判定這是一本黃書，預料到後面會大規模地展現不忍直視的「十八禁」露骨描寫。

　　然而在下一句裡，王小波的文風又變：「性愛受到了自身力量的推動，但自發地做一件事在有的時候是不許可的，這就使事情變得非常的複雜。」──這真心不是一般黃書的風味呀。這就與頭一句之間，產生了一種少見的「張力」。「張力」（tension），是一個來自英美新批評學派的常用術語。用今天更具象的大白話來說，就是「混搭」，或「違和」。像這樣極具哲理思辨意味的複雜長句，不僅在黃書裡面，而且在一般的中國小說裡面，都不太會出現。孤立地看這句話，就彷彿是從某一篇煞有其事的哲學社會科學論文裡強行摳出來的，與前面那短促而突兀的第一句，構成了嚴重的混搭。當然，這樣「不靠譜」的混搭效果，是王小波有意為之，用長短句交錯、話語風格「違和」的語言運用所特意表演出來的。這樣的語句，映入了訓練有素的閱讀者的眼簾，便生成了有趣的，用貌似贅餘和不恰切的委婉語所造成的「反諷」體驗，模擬出一種因禁忌重重而吞吞吐吐的詞不達意。

　　──「自發地做一件事情在有的時候是不許可的」──自發地做什麼事？在什麼樣的時候得不到許可？為什麼？──「這就使事情變得非常的複雜」──什麼樣的事情？有多複雜？

在「欠扁」的晦澀之中，看到第三句開頭的「舉例言之」，給我帶來了通過看例子來生動具象地搞懂的希望。但您看看這個例子：「舉例言之，頤和園在我家北面，假如沒有北這個方向的話，我就只好向南走，越過南極和北極，行程四萬餘公里到達那裡。」

「What!」王小波你到底是想解釋清楚，還是揣著明白當糊塗哇？這樣的「舉例言之」，是在折磨讀者嗎？為什麼要這樣不近情理地晦澀？

莫非，他是以這種方式來暗示出不允許說出的意思？

請你把這三句串聯起來看，再加上題目，再去想想。其實還有一個重要的因素，王小波在這幾句話裡始終沒有說出來。這個沒有說出來的詞，是「政治」。大家的中學語文課本裡，是否還有曹禺的劇本《日出》裡的片段？大家是否還對那個支配一切，卻從來不直接出面的「金八爺」有些印象？王小波沒有直接說出來的「政治」，真的很像金八爺。

於是你可以想一想，政治這個東西，在與「霍亂時期的愛情」對應的「革命時期的愛情」裡，對私人生活的心理能量，起到怎樣的作用？政治的激情，是否與某些心理／生理機制具有相同的潛在結構？——請好好想想小說開篇的三句「越說越糊塗」的話。然後再看下一句：「我要說的是：人們的確可以牽強附會地解釋一切，包括性愛在內。」以及下一段的唯一一句話：「故而性愛也可以有最不可信的理由。」

請原諒我這裡的不得不「含混」，就如同你要原諒王小波的不得不「含混」一樣。王小波這篇一百六十字的小序，

在這本書裡就只能細讀示範到這兒了。在課堂上我還可以多說一些。

小序的後面，是「有關這本書」。

「王二一九九三年夏天四十二歲，在一個研究所裡做研究工作。」──敏感的讀者應該想到，主人公王二的「現在時」是在一九九三年的改革開放語境中，他是中年人，知識份子，他生於一九五一年。在上述這些暗示裡面，王小波已經提供了進入小說、進入人物的社會、情感、世界觀等多方面的參照。

「在作者的作品裡，他有很多同名兄弟。作者本人年輕時也常被人叫作『王二』，所以他也是作者的同名兄弟。」──暗示男主「王二」是作者筆下「王二」（見諸《黃金時代》等許多作品）裡的一個，並暗示該男主與作者本人的「相似」，但並不等同。

「和其他王二不同的是，他從來沒有插過隊，是個身材矮小，身體結實，毛髮很重的人。」──有的王二是身材很高大的，比如在《我的陰陽兩界》[8]裡因為精神原因而陽痿的王二，就是個儀表堂堂身高一米八的……陽痿漢子。讓他身高一米八，就是為了讓其陽痿的毛病顯得更顯眼吧。《革命時期的愛情》裡的王二「沒有插過隊」，說明這小說裡面的文革生活不是在農村而是城市，「身材矮小，身體結實，毛髮很重」，則與中年女性革委會主任老魯的碩大身材，和團委書記、青年女性 X 海鷹的颯爽英姿產生對比，給人一

8　編注：王小波另一本著作。

種在「顏值」和氣質上都比較猥瑣、甚至有一種低於人類的類人猿的感覺。當然,這是王小波故意營造的。

下面看小說第一章的第一個自然段。這次文本細讀示範的最後一個段落,但卻是重頭戲:

王二年輕時在北京一家豆腐廠裡當過工人。那地方是個大雜院,人家說過去是某省的會館。這就是說,當北京城是一座灰磚圍起的城池時,有一批某個省的官商人等湊了一些錢,蓋了這個院子,給進京考試的舉人們住。這件事太久遠了。它是一座細磚細瓦的灰色院子,非常的老舊了;原來大概有過高高的門樓,門前有過下馬石拴馬樁一類的東西,後來沒有了,只有一座水泥門樁的鐵柵欄門,門裡面有條短短的馬路,供運豆腐的汽車出入。馬路邊上有一溜鐵皮搭的車棚子,工人們上班時把自行車放在裡面。棚子的盡頭有個紅磚砌的小房子,不論春夏秋冬裡面氣味惡劣,不論黑夜白天裡麵點著長明燈,那裡是個廁所。有一段時間有人在裡面的牆上畫裸體畫,人家說是王二畫的。

小說的開頭段落當然是很重要的。王小波在這個開頭段落,有效地傳達給了我什麼呢?

請注意,我在進行文本細讀示範的時候,愛用「我」字,而比較忌諱「我們」。「我」的權威性比較弱,但比較

實在，不對你具有壓迫感。相反，課本裡常見的「我們」，是一種論述壓迫的用法——作為讀者和學生的「你」，如果不和「我們」保持一致，就必然是異類了。

對我來說，王小波在這一段裡，用空間的疊加方法，來表述歷史的變遷。所謂空間的疊加，就好像是把在同一個空間在不同時間發生的情況，來拍成一張張照片，然後重疊起來給你看。

這裡疊加出來的是什麼？是欲望的本質。我們的文化，是用來命名、言說和表演我們的欲望的，在這一點上，古今並無不同。欲望在空間裡的具體表現形式，則隨著社會政治的改變，而可能呈現出表面上已經毫無共同之處了，似乎古代的才子佳人故事，和「革命時期」的「愛情故事」，沒有什麼內在關聯了。但是，王小波卻在暗示這樣的關聯是可以找到的。當然，這也可能是他的「潛意識」，而不是自覺的論點。我不是、也不想當王小波肚子裡的蛔蟲。作者靈魂深處的東西，其實是抓不到的。能抓到的，只有語言文字和別的符號。所以，對於文字符號——你們要好好珍惜地細讀呀。我比較確定的是，在這樣區區一個段落裡，王小波真的放進了很多東西，等待讀者來開啟。——待會兒等我一句句具體分析完，你就會比較認可了。

「王二年輕時在北京一家豆腐廠裡當過工人。」——第一句就貌似不太「正經」。如果你繼續往下讀這部小說，會發現王小波對「豆腐廠」的描述，充滿了性暗示的揶揄。——熱的豆漿，彙集到一個高聳的工作塔里，從塔尖流出，再順著許多懸空的管道，逐漸流下、冷卻，流到車間去

凝固成豆腐。在高塔和管道上爬來爬去的，都是王二和工友「氈巴」等男青工。

對於歷史詞彙「青工」，八零後、九零後讀者未必完全懂得。這詞在我小時候的八十年代初，還曾經是個活躍詞。目測它出現於七十年代，紅衛兵上山下鄉之後，文革從高潮步入低潮的時段，指稱那些僥倖躲過上山下鄉的「知青」命運，留在城裡和廠礦當上工人的青年，詞意裡面包含著說這些人「不安分」、「讓人不放心」，或者用今天的話來說「不靠譜」的味道。七十年代末期，改革開放開始之後，人口高峰加上「知青」返城，造就了「待業青年」現象；大量的工人子女，「頂替」父母進入工廠工作，也壯大了青工的隊伍。演員陳佩斯出道時和他爸爸陳強，以及當時的劉曉慶、方舒一起主演的電影《瞧這一家子》，就是關於改革開放初期青工生活的「日常」。

……我真的不知道，真實的豆腐廠，是不是真的是如同王小波筆下的這樣，是一番生猛、性感、令人「不忍直視」的景象。我比較有把握的是，把一段故事設定在如此的「豆腐廠」裡，必然是一則關於「欲望」的故事。——如果你仍然覺得我太「敏感」，那我只好請出另一位敏感的人了。他就是王小波本人。他在第一章第三節的開頭直接說了：「其實根本用不著佛洛伊德，大家都知道那個塔像什麼」……

「那地方是個大雜院，人家說過去是某省的會館。」——不同歷史時間裡的同一空間，開始在這句話裡疊加了：新中國成立後的大雜院，疊加前清某省的會館。

「這就是說，當北京城是一座灰磚圍起的城池時，有一

批某個省的官商人等湊了一些錢，蓋了這個院子，給進京考試的舉人們住。」——王小波的這一句，對我來說很重要。我這樣說，是因為我已經經過了多次的從局部到整體，再從整體到局部的「亂入」式閱讀，經過了解讀的「闡釋學迴圈」過程，自以為解讀得比較靠譜了。王小波用這一句話，在充分展開其整部小說的情節之前，就暗示出了情節模式的反諷式古今關聯。小說家王小波所創造（或「發現」？）的這種關聯，是古人和許多今人都未曾想到的。對這種關聯的提示，有可能讓讀者對古代中國和現代中國的理解，帶來新的發現——關於欲望與政治的方程式，以及中國的常量和來自現代西方的參數。——當然，這是需要經過整體閱讀後，才能通達的「後話」了。但畢竟，對整體的有效解讀，是需建立在對一句句原文的局部細讀基礎上的。

　　當然，王小波不是社會學家，是寫小說的。他老婆李銀河博士才是社會學家。那麼從語言符號修辭的角度，而不是社會學「田野考察」的角度，我能從上面那句原文裡面，具體讀出什麼？

　　我讀出了王小波對古典戲文舊小說裡面「金屋藏嬌」敘事的母題、情境、趣味等，進行了「戲擬」，或「反諷」，並體會到王小波為何要運用這樣的修辭策略。

　　中文詞語「戲擬」或「反諷」，對應的都是英文詞「parody」——一種「段位」很高的修辭策略。「反諷」之「諷」，著眼點不在於對具體現象直截了當的諷刺挖苦，在

語言上甚至可以全無「槽點」[9]，而是著眼於整體上的「高級黑」，或者叫「解構」、反轉——也就是「反諷」之「反」。同理，「戲擬」的著眼點不在於專心去「擬」，而是要去「戲」出不一樣的味道，從而對既有的某情節框架，連帶對其內設的母題、情境、趣味，甚至意識形態、「三觀」等，實現解構、反轉。

那麼，《革命時期的愛情》是如何反諷了金屋藏嬌式的「始亂終棄」（「始亂之、終棄之」——意思是說「勾女把妹」，先讓人家迷亂，最後又把人家拋棄……）古典套路？

我先說一個簡短的解釋。首先，反諷在空間的疊加上展開。這就是我前面說的，歷史長河中古今空間在同一位置上的疊加，即集體所有製豆腐廠和某省會館的疊加。其次，性別權利上的互換式反諷：是女性的團委書記 X 海鷹在其宿舍裡藏男性的「嬌」——落後青年王二。

再稍微往複雜裡去說。

——大家回顧一下看過的舊小說、戲文，什麼三言二拍、西廂之類。如果提及一個書生進省或者進京趕考，住在古廟或會館裡，不久之後會發生怎樣的故事？我可以很肯定地告訴你，後續註定會發生的，一定不會是關於他如何學習、如何鍛煉身體，或者如何投資創業之類，而是「婚前性行為」（！）。……殘念！——我這麼說，似乎把古典意境和情趣都糟蹋殆盡了，但其實是話糙理不糙。總之是書生遇

9　編注：可被吐槽的地方。

到了美豔的風塵女子或者世家小姐，雙方一見鍾情，私定終身並⋯⋯用今天的話來說，「滾床單」了。在明清一些比較罕見的「同性戀」小說中，也不排除男男相愛的情形。事後，這個書生則一定會中狀元榜眼探花之類，封了大官。在舊小說戲曲裡⋯⋯作為男主角的書生，總是一定會考上，還真沒見過沒考上的，莫非「潛力股」的標籤已經貼在額頭上了？最後的大結局，又分兩種。一種是正式喜結良緣，另一種則是由於種種障礙，而始亂終棄之。古典才子佳人的愛情故事套路，（排除像《桃花扇》那樣，家國君父已經不保的亂世情形）大抵如此，儘管變異的情況也總會有。

那麼，《革命時期的愛情》的「反諷」、「戲擬」，在其第一章第一節第一段裡能夠看出來嗎？——可以，但需要結合整體「闡釋學的迴圈」，通盤考慮。於是就會覺得，X 海鷹作為年輕的女團委書記，擁有仕途上的潛力，就相當於「革命時期」一位「進京考試的舉人」。在豆腐廠所在的曾經的會館的深宅大院裡，金屋藏嬌的欲望劇，將以改頭換面的方式得到重演。具體而言，落後男青工王二成了女團委書記 X 海鷹所專人負責的「幫教（明教育）對象」，每天從早到晚要自行去 X 海鷹的單人宿舍裡枯坐，形同「藏嬌」。（小說裡面也特意說了，這裡作為會館的後院，被槐樹的綠蔭環繞，相傳在歷史上，有一個被趕考書生所拋棄的女人，就是在此上吊自殺的。）而男主角王二下一步的命運，就直接取決於 X 海鷹的「拯救」——取決於 X 海鷹對於幫教的效果是否感到滿意。X 海鷹在外面忙工作的時候，王二就坐在 X 海鷹臥室的椅子上，苦苦反思並用紙筆來交代自己過去生活

裡的錯誤，特別是要交代在武鬥期間，作為一名「小正太」，與一位「姓顏色的女大學生」的萌動情事。還有的時候，王二要在這裡向 X 海鷹面對面地坦白「活思想」。——他那心存恐懼的神情，和對個人私生活的吞吞吐吐的披露，實際上成為 X 海鷹每日私下的主要娛樂，也成為幫教活動遲遲得不到結束的真正原因。最後，令人「不忍直視」的強姦行為發生了——但真相並不是落後壞分子王二殘忍地強姦了女團委書記 X 海鷹，而是後者強姦了前者……在 X 海鷹強姦王二的過程中，X 海鷹都把自己想像為越共女戰士或其他的革命殉道者，把王二想像成為極其令人厭惡的敵人，嘴裡還一直喊著：「來吧！壞蛋！我不怕你！」……

以上的分析，牽涉到了太多的「闡釋學迴圈」——需要從小說的整體，來闡釋小說的開頭。反之亦然。這裡暫且打住，看王小波寫的這一自然段裡面接下來的兩句：

這件事太久遠了。它是一座細磚細瓦的灰色院子，非常的老舊了：原來大概有過高高的門樓，門前有過下馬石拴馬樁一類的東西，後來沒有了，只有一座水泥門樁的鐵柵欄門，門裡面有條短短的馬路，供運豆腐的汽車出入。馬路邊上有一溜鐵皮搭的車棚子，工人們上班時把自行車放在裡面。

前面兩句，點出了歷史的變遷對同一空間——這座非常

老舊的「細磚細瓦的灰色院子」——的改動。這些改動，不可謂不滄海桑田——舊式門樓對工廠來說不再具備價值，已經不復存在，交通的變遷，導致路面和路邊設施的改變。但當我讀完《革命時期的愛情》，回過頭來再看這一段，反倒覺得在這個空間的主體部分，有些東西根本就沒變。在那座細磚細瓦的灰色院子本身裡面，豆腐廠裡面「革命時期的愛情」與老宅裡面的古典欲望其實多有重疊。——我前面已經說了不少了。突然想到了比較文學及文學評論專家王德威先生。他老人家比較善於講述不同「傳統」的「並置」、「對接」。我的這段細讀箚記，如果由他老人家來發揮，不知道又要精彩多少。

　　讀到這裡，讀者也許會預料或者允許作者面對歷史的滄桑而長籲短歎一番。不料王小波後面接下來的一句，以迅雷不及掩耳之勢，突兀地走向「下流」，結束了全段，並義無反顧地奠定了整個情節的「下流」基調：

棚子的盡頭有個紅磚砌的小房子，不論春夏秋冬裡面氣味惡劣，不論黑夜白天裡麵點著長明燈，那裡是個廁所。

　　針對這句話，我不禁有兩個問題要問。一、一流作家如王小波，寫作其第一章第一節第一段的時候，一定是深思熟慮，每個字眼都用得十分用心的，為何在第一段裡就要出現

「廁所」？二、針對「長明燈」一詞，在修辭、意象、寓意上，為何是讓人意想不到的「長明燈」，而不是別的詞語？

現在我自己來回答自己剛才提出的問題。

一、在文革的所謂「革命時期」，人文主義意義上的個體尊嚴、價值、存在（「我思故我在」）、自由、隱私等等設定，都已經被政治擠壓得幾乎殆盡。在群體的革命政治職位的個體追求——精神的、物質的——都不復存在。彼時的個體存在，已經被擠壓進最後的堡壘——個體的不可替代的生物性。也就是說，在王小波筆下，彼時的廁所成了個體存在的最後庇護所，就如同在雨果的筆下，巴黎聖母院是不見容於世人的畸形敲鐘人的庇護所一樣。只有在廁所裡，那些「革命時期」的個體，才得以恢復最低限度的自由待遇——自由地拉屎撒尿，而不用同時背語錄或喊口號，批鬥或被批。小說裡也確實寫道，豆腐廠的革委會主任中年婦女老魯在追打王二的時候，往往一直追打到男廁所的門口才悻悻地停住腳步。——所以，王小波筆下的廁所很重要，可以被解讀為是人之為人的最低限度的庇護所。

二、關於讓人意想不到的「長明燈」一詞。——剛才說了，廁所在第一章第一節第一段的出現，不是嘩眾取寵，而是暗示這裡儼然已經是人之為人的最低限度的自由空間。如此一來，實則有一種悲壯的最後一座神殿的意味了。「長明燈」一詞通常出現的話語場合，一般也總是與神廟、教堂等宗教場所相關。宗教空間裡面的長明燈，守望的是人的精神、信仰、靈魂這些「高端」的追求，王二所在工廠公共廁

所的長明燈，守望的僅僅是最低端的生物性自由的最後「飛地」。這個詞用得難道還不足夠「反諷」嗎？同時，這詞用在這裡的亮點，不僅是在寓意上面，而且還確實精闢地傳達了彼時北京胡同裡面公共廁所的照明「神韻」——至少到八十年代中期我家搬出北京胡同大雜院兒的時候，公廁照明還是簡陋到連開關（那年代僅僅是垂下來一條燈繩）也沒有的地步。那昏暗的燈泡，在白天也在昏暗的男女廁所中間的頂棚那裡發出昏暗的微光，僅夠點亮燈絲。

好，下面來分析這第一章第一節第一自然段的最後一句，也算是這次細讀示範的收尾：「有一段時間有人在裡面的牆上畫裸體畫，人家說是王二畫的。」

上一句剛描述完廁所，這一句儼然更「等而下之」了。前面說了，廁所已經成了殘存的人性的最後庇護所。那麼在政治高壓下，人性裡面都殘存了些什麼？這句告訴我們，只剩下了最生物性的，成年人性裡面最原初、最基本層面的性欲——以裸體畫的形式，出現在「革命時期」人性隱私的最後的飛地——公廁裡面。如果此欲望都被政治所壓制，所謂科學、藝術等高層追求，必然更無從談起。在這樣的高壓之下，人性最底層的但終歸是作為人性自身一抹微光的性欲，是人性復蘇的火種，儼然已如同那「長明燈」一般，在革命時期的公廁裡岌岌可危。為什麼說是岌岌可危呢？因為就連「裸體畫事件」也政治化了。「人家說是王二畫的」——王二本來就被判定是「壞蛋」，遭到革委會主任、中年婦女老魯的追打，現在則面臨被公安局收監的厄運。「裸體畫事

件」，可以說成為主幹情節線條的引擎，引發了 X 海鷹從老魯手裡搶到「拯救」王二進行幫教的由頭，一步步發展為反諷版的「金屋藏嬌」……

在細讀示範的一開頭，我提出了題目「革命時期的愛情」與劈頭第一句話「這是一本關於性愛的書」之間強烈的違和感，因為在「愛情」的通用語義裡，還包含許多用「性愛」無法涵蓋的東西。分析到了這裡，則可以說，「革命時期的愛情」，約等於「關於性愛」。注意：是「關於性愛」，而不是「性愛」，因為根據小說的「序」，雖然「性愛受到了自身力量的推動」，但「自發地做一件事情，有時候是不被許可的……」這個「關於」，在小說裡是政治式的，以政治的形式出現在了情節裡。

在前面引用過的「有關這本書」裡，第一句話就是「王二一九九三年夏天四十二歲，在一個研究所裡做研究工作」。而實際上，王小波也確實是在鄧小平「南巡」之後的差不多的年份裡——已經允許寫「性愛的」書的時代，寫了這本「關於性愛的書」。更重要的是，通過「反諷」和「戲擬」，這也成了一本「關於」別的一些還不「允許」寫的東西的書。

好了，我對於王小波小說原文一百六十字所做的超過一萬字的細讀示範，就到這裡了。我在前面早早地就說過，解讀和文本細讀所得，是「私有財產」。但這並不妨礙我把這一萬字的私有財產拿出來「曬」。話說回來，就算我曬完了，就算你或許分享了裡面一點點讓你喜歡的地方，它仍然

是我的私有財產，就像你自己在解讀中獲得的個人收穫永遠是你自己的私有財產一樣。

　　我知道，當你看完我這種比較極端的細讀示範後，會產生一些疑問。我這裡顧不上回答，但絕不是「累覺不愛」。我都早有預測，並會在後面更為合適的節奏點，一一作答。

肆──課間甜點：更多文本細讀示範

我知道，前面兩節都是一萬多字，「盪氣迴腸」。讀了上上節米勒爺爺標舉文本細讀的現身說法，和上一節裡面，我解讀王小波區區一百六十字的極端的細讀示範，大家的腦子裡早已問題成堆，對文本細讀的方法和紅利，抱有既羨慕又懷疑的態度，需要「解惑」。

好，先課間休息一下，吃兩塊「甜點」──通過兩篇例文，進一步展示文本細讀為何物。

課間甜點之後，再進行盪氣迴腸的答疑部分。

【一】

先看第一篇，羅伯特・奧爾特（Robert Alter）的《在閱讀中體會狄更斯的風格》。奧爾特是美國文科學界泰斗之一，從二十世紀六十年代起就在加州大學柏克萊分校任比較文學教授。（好吧，這是我碩士博士階段的母校。我對母校是很有感情的。這兩年，母校在 US NEWS 的排名都是世界第三──忍不住也想說說我校的校訓是：「Fiat Lux/ Let There Be Light／ 要有光」，出自《舊約全書・創世紀》──我

覺得這個校訓太好了，也值得進行豐富的細讀闡釋。）從這篇泰斗的文章裡，我們可以看到美國文學研究的一個看家本領，就是深入文本，這樣他說出來的話才不是虛空的。

我感覺，英美文學研究和閱讀界的底蘊，仍然不是從二十世紀六十年代以來佔領了美國大學的歐洲理論。歐洲理論確實在美國學界起到了錦上添花的作用，或者說在蛋糕的上面附上一層奶油。但奶油下面的乾貨，或者說混雜起來的「提拉米蘇」，仍然離不開文本細讀。

據我理解，這種細讀，絕不僅僅是對「文本」的細讀，而是從文本裡面的符號能指出發，通達文本之外的符號所指，包括社會、歷史、意識形態、物質文化。奧爾特本人的這篇就是這樣。我覺得，在英美人基於經驗主義式思維的文本細讀傳統中，所謂「新批評」那種「文本之內」的細讀，其實只能算是特定時期的一股勢力而已，反而不具備代表性。奧爾特這篇這樣的，則更具代表性。

細想一下：文學研究若離開對文本的細讀、解讀，還剩下的不就是考據，和理論思辨了嗎？考據和理論，其實離文學經驗本身，畢竟還隔了一層。

再說一下寫作這篇的奧爾特。他本人根本就不是搞英國小說的，而是畢生致力於希伯來文聖經文本的研究。也就是說，在他的專業之外，他偶然寫了這樣一篇分析狄更斯的風格的文章，相當通俗，也沒有啥抽象術語，但引人入勝、深入淺出，與這本講義裡面，在不同章節裡面已經說的很多的話，有異曲同工之妙。

我膜拜的不是別的，是這位聖經學者的看家本領——文

本細讀的強悍功力。如同他在文末的結語：「面對那些被創造性地排列出如此精微序列的言語，如果我們認真傾聽，它們就能夠回饋給我們流溢著洞察性認識的美好時刻。」

關於譯文。這源起於在中國人民大學課堂上一些同學共同翻譯的「百衲」版，原本是我在課堂上留的一個課外作業——通過閱讀和翻譯奧爾特的這篇文章，來更加瞭解文本細讀是怎麼一回事。結果有一些同學懷著濃厚的興趣和熱情進行了翻譯。現在我參照他們各家的翻譯，自己做出一個最終版。

我也把英文原文附上，以饗感興趣的讀者。

《在閱讀中體會狄更斯的風格》

作者羅伯特・奧爾特，發表於 *Philosophy and Literature* 20.1 (1996) 130-137。（原文裡只有四個注釋，也從略。）

　　風格的問題，對於閱讀體驗來說至關重要。如果連這一點都總需要解釋一番，那可真算是關於文學研究，以及關於我們的文化與語言之間關係的衰退狀況的一個悲哀症候了。隨著文學語言被多樣化地指認為或者是意識形態的面具，或者是「文化詩學」的一種表述，或者是一種在性質上跟菜單和街頭塗鴉沒有區別的交流的媒介，於是，在很多情況下，在文學的學術研究中，似乎已然失去了「風格有其獨特魅力」這一基本感受了。那獨特魅力常常像是一種獨具效能的工具，能帶給你洞察力，甚至是眼光。我在性情上是個理性主義者，並不想顯得故弄玄虛，但作為一個讀者，我發現了一個經驗性的事實：一個了不起的作家能夠通過各種驚人的方式進入那位於言語和社會的、歷史的、心理的或道德的現實之間的神祕聯繫。索爾・貝婁恰如其分地闡述了風格可以帶給讀者的離奇的洞察力與深刻的滿足：

【原文】It is a sad symptom of the devolution of literary studies and of our culture's relation to language that it should at all be necessary to explain that style is crucial to the experience of reading. As the language of literature has been variously designated a mask for ideology, an expression of the "poetics of culture," or a medium of communication not different in kind from menus and graffiti, the academic study of literature in many cases seems to have lost the essential sense that style has its unique enchantments, and that those enchantments can often be a privileged vehicle of insight, even of vision. As someone who is temperamentally a rationalist, I do not want to sound mystical, but I find it an empirical fact as a reader that great writers are able in a variety of surprising ways to tap into occult connections between words and social, historical, psychological, or moral realities. Saul Bellow has aptly stated this commingling of uncanny insight and deep satisfaction that style can give its readers:

當我們聽到這樣的話，諸如「一切都不過是玩具」、「請你暫且犧牲天國之幸福」、「一大群搗蛋鬼」、「青青牧草」、「止水」，乃至是一個詞「重燃」，這樣一個小小的線索，就足以讓我們啟動那些情感充沛、領悟湧溢的時刻。這些文字發掘出那被埋藏的本質。

【原文】A small clue will suffice to remind us that when we hear certain words--"all is but toys","absent thee from felicity","a wilderness of monkeys","green pastures","still waters", or even the single word "relume"-- they revive for us moments of emotional completeness and overflowing comprehension, they unearth buried essences.

　　一部小說，就是通過言語所再造的整個世界。風格之於小說，猶如我們所呼吸到的空氣之於我們所居住的世界。

（我將從狄更斯的作品中摘引恰當的例證，來展示這一原則。）風格也是被再現的事與人之關係的韻律，是展示場景的景深。當我們在讀狄更斯或其他任何小說家作品中的風格時，我們當然也同時在讀各種其他的東西——情節、人物性格、道德難題、歷史困境等等。但唯有當我們注意到風格上的啟發性運作時，才能看清上述所有東西的全部複雜性。

【原文】A novel is a whole world reconstituted through words. Style in a novel is that world's very air which we breath (I shall presently cite a rather literal illustration of this principle in Dickens), the rhythm of relation [End Page 130] of the represented objects and personages, the depth of field in which they are seen. When we read style in Dickens, or in any other novelist, we of course are reading all sorts of other things at the same time--plot, character, moral dilemma, historical predicament, and so forth--but we can see all these in their full complexity only if we attend to the illuminating play of style.

狄更斯的主要小說作品雖然都很長，但值得帶著享受的心境慢慢地去讀，值得不時停下來重讀某個心儀的段落，因為他是整個英國文學中最獨出心裁、最鮮明的風格家之一。風格，正如我們所知的，有很多方面。狄更斯常常喜歡用的強有力的節奏，巧妙的字頭押韻，鏗鏘重複的首語，不同話語格調的著意互動，這些都值得注意。但是，他首先是莎士比亞之後的英語隱喻性運用的大師。我想強調的是，作為讀者的我如何聚焦於狄更斯的隱喻性修辭語言，以及他小說中的世界如何由此而向我展現。

【原文】Despite the great length of his major novels, Dickens deserves to be read slowly, with delectation, with occasional pauses to reread a choice passage, because he is one of the most inventive and vigorous stylists in the whole range of English literature. Style, as we know, has many facets, and Dickens's powerful rhythms, his supple patterns of alliteration, the hammer-blows of the anaphoric insistence he often favors, the cunning interplay of different linguistic registers he sometimes introduces, are all worthy of attention. But he is above all the great master of figurative language in English after Shakespeare, and what I want to concentrate on here is how I focus as a reader on Dickens's use of figurative language, and what it reveals to me about the world of his novels.

　　狄更斯是作家中卓越的修辭能手。所以，在他的作品中，有大量的自覺的精湛技巧，生機勃勃的文字戲謔的展現。這種戲謔，讓讀者過癮，在歷史語境中曾經抓住讀者的興趣，讓他們在小說每月連載的出版形式中，一期接著一期地讀下來。但隨著狄更斯的掌控力和嚴肅性的加強，其戲謔性修辭，越來越成為貝婁所言的「發掘埋藏的本質」的一種手法。讓我們掃一眼狄更斯在《董貝父子》（1848）——差不多是他職業生涯的中間點之作——的一個片段中的風格運用，然後再仔細思考一下在他完成的最後一部小說——《我們共同的朋友》（1861）中的兩個片刻中行文的想像力。下面先是《董貝父子》第十三章中，對那個令人生畏的資產者走進其公司辦公室時的描寫：

【原文】Dickens is one of those novelists who is preeminently a rhetorical performer, and so there is a good deal of self-conscious display of virtuosity, sheer exuberant verbal high jinks, in his writing. The high jinks are there for the reader to enjoy--in historical context, to keep the reader's interest from one monthly serial to the next--but as Dickens grows in mastery and gravity, they are more and more a means of what Bellow calls unearthing buried essences. Let me glance quickly at the operation of style in a passage from *Dombey and*

Son (1848), an approximate midpoint in Dickens career, and then consider more closely the visionary power of his prose at two moments in his last completed novel, *Our Mutual Friend* (1861). Here is the description in chapter thirteen of the company office of *Dombey and Son* as its august proprietor enters:

會計室的那位智多星一下子變啞了，安靜得就彷彿他身後掛著的那一排皮製救火桶一樣。暗淡的日光，經由毛玻璃的窗戶和天窗過濾進來，在玻璃框框上留下一塊黑色，並照出帳冊、票據，以及低頭彎腰坐在它們前面的人們的身影。他們被籠罩在勤勉而幽暗的氣氛中。從外表看來，他們被從外界完全抽離，彷彿是聚集在海底似的。在朦朧的遠處，有一間發黴的小金庫，那裡總是點著一盞遮暗了的燈，可以代表海妖的洞穴。這妖怪正用血紅的眼睛盯著大海深處的祕密。

【原文】The wit of the Counting-House became in a moment as mute as the row of leathern fire-buckets hanging up behind him. Such vapid and flat daylight as filtered through the ground-glass windows and skylights, leaving a black sediment upon the panes, showed the books and papers, and the figures bending over them, enveloped in a studious gloom, and as much abstracted in appearance, from the world without, as if they were assembled at the bottom of the sea; while a mouldy little strong room in the obscure perspective, where a shaded lamp was always burning, might have represented the cavern of some ocean monster, looking on with a red eye at these mysteries of the deep.

在狄更斯式的招牌字眼「彷彿」所形成的上下文之間，

有一種精緻的張力。作為正在閱讀一部大致被稱為現實主義的虛構文學作品的讀者，我喜歡在閱讀過程中進行形象化的想像（或許並非所有讀者都這樣）。那牆上的皮製救火桶（滅火器在十九世紀的老祖宗如此鮮明地固定在與它同時代的公共建築的牆上），那用於描繪熏黑模糊的毛玻璃的詞藻「暗淡」、「過濾」、「留下一塊黑色」的精確（我們待會兒還會看更到晚期的狄更斯對維多利亞時代倫敦地區性的空氣污染所進行的文筆處理），這些都抓住了我的眼球。我還要提一下，在閱讀優秀的散文性作品時，精確的用詞本身就既使人歡愉，又富於啟示。

【原文】There is a fine dialectic tension between everything that follows those two eminently Dickensian words, "as if," and what precedes them. As a reader of what is approximately called realist fiction, I like to visualize in the process of reading (this may not be true in the same degree for all readers), and so here my eye is caught by the leathern fire-buckets on the wall (the 19th-century ancestor of the fire extinguishers prominently affixed to the walls of contemporary public buildings), and the lovely precision with which Dickens characterizes light coming through a ground-glass soot-bleared windowpane: "vapid and flat,""filtered,""leaving a black sediment." (We shall see presently what the later Dickens does with the endemic air pollution of Victorian London.) Lexical precision itself, let me note, is both a pleasure and a revelation in the reading of good prose.

作為一個「視覺性」的讀者，我突然想到，現實主義小說中的這類描寫常常出現在這之前的繪畫中。在繪畫中對光線的來源與質地的細緻厘定，是場景描摹的基礎。（就這一點而言，福樓拜是典範。）在這裡，被灰塵和半透明的磨砂玻璃所雙重濁化的昏暗日光，與深嵌在保險庫中的遮暗的燈

光前後共同作用。從外面透入的勤懇幽暗的氣氛使得這個房間內的事物像是「被抽離」到這個世界之外，這恰到好處地伴隨著該拉丁文衍生詞（abstracted）裡面的「撤出」之意，彷彿成了躺在海底的東西。通過這種意象性的推測，在狄更斯這種招牌式的非情節化展開之中，我們從現實場景裡的維多利亞時代的會計，轉向屬於童話故事與神奇歷險的國度：那盞燈如同海底妖魔燃燒著的血紅眼睛，它顯然在守衛深藏的寶藏。疊加在現實個體上的幻想顯然是屬於描述性文筆所有可能達到的一種高水準趣味。但在更通常的情況下，狄更斯豐饒的隱喻性想像力既引導著他，也引導著我們，去認識到比狄更斯自己認為自己知道的還要多的東西。《董貝父子》中那所公司的財富來自海外貿易；那個具有浪漫氣質的主要人物——年輕的沃爾特·蓋伊被公司派遣坐船去執行任務，他在很長一段時間裡似乎已經被大海吞沒了。在這之後，容納公司保險櫃的那個房間，被奇妙地描繪成被海妖所佔據的海底洞穴。這是洞穿了董貝公司的本質的一個絕佳意象——如果你願意的話，這個意象可以意味著對於這個覆蓋著海水的地球球體的商業掠奪。在小說所再現的世界中，寓意性的語言確實發掘出了被埋藏的本質。

【原文】As a visual reader, it strikes me that description in the realist novel often draws on the precedent of painting, in which the careful definition of the source and quality of light is essential for the rendering of the scene. (Flaubert is exemplary in this regard.) Here, the bleak daylight, doubly obscured by dirt and the imperfect translucence of ground glass, works in tandem with the shaded lamp recessed within the strong room. The "studious gloom" filtering in from outside makes the contents of the room seem "abstracted"--in the nice

Latinate sense of "withdrawn from"--the world without, like objects at the bottom of the sea. With this imagistic supposition, in an excursive movement that is virtually a trademark of Dickens, we pass from the realistic scene of the Victorian counting-house to a realm of fairy tale and fabulous adventure: the lamp as the burning red eye of a subterranean monster who is evidently guarding treasures of the deep. The fantasy image superimposed on the realistic one is obviously part of the high fun of the description, but it is usually the case that the fertility of Dickens's metaphorical imagination leads him, and us, to know more than he may consciously realize he knows. The wealth of the firm of *Dombey and Son* derives from overseas trade; the romantic protagonist, young Walter Gay, is sent off by ship on a mission by the firm and for a long time appears to have been swallowed up by the sea. The fantastic representation, then, of the room that contains the firm's safe as an ocean cavern inhabited by a monster is a luminous image of what the Dombey firm is all about--an image, if you will, of the mercantile exploitation of the aqueous globe. The figurative language has indeed unearthed a buried essence in the represented world of the novel.

　　晚年的狄更斯更致力於對都市全景的描繪。在這種描繪中，他借助形象化的語言這一工具來為其同時代都市現實中的道德或精神意義來賦形。這些場景的奇妙之處就在於，其對於維多利亞時代的倫敦現實的幾乎是如照相術般的忠實再現，竟沒有被它裡面同時所「充斥」的象徵修辭而顛覆。相反，這些修辭化手段反而為主題的闡釋賦予了一種深度——有時這種深度是驚人的。我即將給出的兩個在《我們共同的朋友》的例子中的第一個（第二部：第十五章）是相對簡單的一個。它展示出並巧妙地實現了一個單一的目的。它是對於城市的想像的成功展示，由此使得《我們共同的朋友》具備震撼人心的力度和閱讀快感。

【原文】The late Dickens is more given to panoramic cityscapes in which figurative language becomes the vehicle for envisaging the moral or spiritual meaning of contemporary urban reality. The wonder of these scenes is that an almost photographic fidelity to the realia of Victorian London is not subverted by the riot of metaphoric invention but rather given depth--sometimes, alarming depth--of thematic definition. The first of my two examples (Book Two: Chapter Fifteen) is the simpler, exhibiting a singleminded purpose, artfully implemented, that explains much of its power as an imagining of the city and the pleasure it conveys as a strong piece of writing.

一個灰色、塵土彌漫和了無生氣的傍晚。倫敦城的這副樣子讓人覺得沒有希望。大門上鎖的庫房和辦公室顯得死氣沉沉，而英國人對色彩的懼怕又給到處帶來一種舉哀服喪的氣氛。在千家萬戶的房舍圍繞之中，是一個個教堂的塔樓和尖頂，和似乎要塌下來的蒼天一樣暗淡無光。這種景象並不能夠給普遍的陰鬱氣氛帶來什麼寬慰。教堂牆壁上的一座日晷，蒙著一個毫無用處的黑色罩子，那樣子就好像它曾經創辦過大事業，如今卻已經破產，永遠無法還清債款了。鬱鬱寡歡的流浪兒和流離失所的看門人、清潔工把同樣是鬱鬱寡歡和流離失所的廢紙和垃圾掃進路旁的溝渠裡，而另一些更加鬱鬱寡歡和流離失所的人又把它們翻來翻去，仔細搜尋著，他們佝僂著身子，勉強支撐著自己，想找出點能夠賣錢的東西。從都市中湧出來的那些人，就像是從監獄裡放出來的犯人。慘澹的新門監獄似乎可以拿來給偉大的市長大人作為城堡，就跟他自己那莊嚴的官邸一樣地合拍。

【原文】A grey dusty withered evening in London city has not a hopeful aspect. The closed warehouses and offices have an air of death about them, and the national dread of colour has an air of mourning. The towers and steeples of the many house-encompassed churches, dark and dingy as the sky that seems descending on them, are no relief to the general gloom; a sun-dial on a church-wall has the look, in its useless black shade of having failed in its business enterprise and stopped payment for ever; melancholy waifs and strays of housekeepers and porters sweep melancholy waifs and strays of papers and pins into the kennels, and other more melancholy waifs and strays explore them, searching and stooping and poling for anything to sell. The set of humanity outward from the City is as a set of prisoners departing from jail, and dismal Newgate seems quite as fit a stronghold for the mighty Lord Mayor as his own state-dwelling.

　　這樣的段落，在狄更斯的作品中是值得反覆閱讀的。通過反覆閱讀——最佳的、大聲地念出來——會讓人具備更豐富的洞察力，發現所有的語言要素是如何有機地凝結在對於一個城市完整景象的描繪上。傍晚的天空佈滿陰雲；這種「昏暗」的跡象暗示灰塵和污染（實際上，在過於擁擠的倫敦存在著一個嚴重的問題，那就是不論何時，成百上千、成千上萬的煙煤都在燃燒著）。當狄更斯並不採用實際的指代時，他通常就會在描繪中羅列一整套語義幾近重疊的特徵屬性，以此來加強其主題觀點的一致性。「灰色的、塵土彌漫的、了無生氣的」這一排列順序，與後文「舉哀服喪的氣氛」和「黑色罩子」產生語義上的呼應，並在視覺上強化了「暗淡無光」，與此同時，字頭押韻法的採用所產生的語音方面的效果：dusty-death-dark-dingy-descending-departing-dismal，這些都迅速地指向「死亡」。

【原文】This is the sort of passage in Dickens that rewards repeated readings, for on rereading--optimally, rereading out loud--one comes to a fuller perception of how all the verbal elements cohere in an integrated vision of the city. The evening sky is covered with clouds; the indication that they are "dingy" suggests dirt and pollution (in fact, a grave problem in an overcrowded London where at any given moment hundreds of thousands of soft-coal fires were burning). When Dickens does not use actual anaphora, he nevertheless usually enforces a unity of thematic perspective by lining up a whole set of overlapping, nearly synonymous attributes in his descriptions. The sequence "grey dusty withered" leads quickly to "death," semantically echoed in "air of mourning" and "black shade," visually reinforced by "dark and dingy," with the integrated effect of the whole underlined phonetically by the alliteration:dusty-death-dark-dingy-descending-departing-dismal.

　　在這裡，四個不同的精心構建的隱喻，有效地結合在一起：首先是死亡，其次是破產，再次是如迷失者和流浪兒般的被掃走的垃圾，最後是監禁。通過反覆閱讀，我看到這四個隱喻都完美地與該小說的主旨共振著。鬱鬱寡歡的流浪兒和清潔工把同樣是鬱鬱寡歡的廢紙和垃圾掃走，而這些廢紙和垃圾又將被相應的人再次挑揀出來，這種迴圈與重複造成了這部小說裡面的循環往復的感覺，即一切經濟活動都是從垃圾中提取出財富的無盡鏈條。（那些無家可歸的人在垃圾堆中「勉強支撐著自己」的描寫，使我們直接回到了這部小說開頭的場景——為了在泰晤士河中尋找屍體和屍體所能攜帶的任何錢物，蓋佛 ・赫克沙姆勉強支撐著身子眺望河面。）馬克思主義者們在這裡可能會欣慰地發現「異化勞動」的影子，傅柯主義者們可能會發現「被監禁的自我」。然而明確的是，狄更斯對於處在工業革命峰頂的資本主義社會所作出的想像，並不能涵蓋到勞動者在生產關係中所經受到的

異化和扭曲的方方面面。他所作出的想像，相應的只是一個無窮無盡的、骯髒的紙屑追逐流程，在其間不義之財從污穢中被提取出來。

【原文】There are four different elaborated metaphors here that manage to hang together effectively: first death, then bankruptcy, then the swept away refuse as strays and waifs, then imprisonment. What rereading leads me to see is how remarkably all four resonate with the larger vision of the novel. The repetition of melancholy waifs and strays sweeping out melancholy waifs and strays of refuse to be picked through by human counterparts takes up the novel's recurrent sense of all economic activity as an unending chain of scavenging, wealth extracted from garbage. (The fact that the street-people are "poling" through the refuse takes us directly back to the opening scene of the novel, in which Gaffer Hexam poles the Thames in search of human bodies and whatever wealth they may carry.) Marxists may happily find here an image of alienated labor, Foucauldians, an image of the carceral self; what is clear is that Dickens's vision of capitalist society at the height of the Industrial Revolution is unable to accommodate the idea of productive labor in all the new distortions of human relations, imagining instead only an endless dirty paper-chase, filthy lucre extracted from filth.

　　當我在揣度這些隱喻的運用時，破產的日晷這一奇特而又富有機智詼諧的描寫，作為空間和意象上的表徵，浮現為這段文字的中心點。它當然不能用來計時，因為那時的天空被烏雲籠罩。那關於「破產」的隱喻，觸發了又一種轉喻，因為這個日晷位於倫敦金融區的中心。把日晷設置在教堂的牆壁上，在現實中是合理的，可能是在暗示在這樣一個死滅的都市金融世界中，宗教變得徒勞和無關緊要。後期狄更斯的典型特徵，正是讓荒誕離奇的構想通向冷酷的遠見，讓隱喻的運用達到意想不到的深度。對於一個「永遠無法還清債

款」的日晷來說，它被遺棄了，現今毫無價值，用來標誌那個與自然界絕望地切斷聯繫的世界的時間。在那裡，太陽彷彿再也不會發光了。在我第三或第四遍的閱讀時，我注意到這段文字是通過一種強化的方式所推進的，並最終在破產的日晷的意象這裡達到頂點。整段文字是從十分收斂的陳述開始的：「一個灰色、塵土彌漫和了無生氣的傍晚。倫敦城的這副樣子讓人覺得沒有希望。」接著陳述建築物「顯得死氣沉沉」。困在黑色罩子中的日晷的意象，吐露出連太陽自身也死了的可能性。再看《我們共同的朋友》再往後兩章的一個場景。作為一個讀者，當我遇到了兩章後的又一個關於都市景象的描繪時，腦海裡便再次浮現出剛剛引用過的這一段引文裡那有如世界末日般的憂思。請看兩章之後的又一段：

【原文】As I ponder the deployment of metaphors, what emerges as the center of the passage, both spatially and figuratively, is the fantastically witty representation of the bankrupt sundial. It cannot indicate time, of course, because the sky is covered with dingy clouds; the metaphor of bankruptcy has a metonymic trigger because the sundial stands in the middle of the financial district, the City of London. Its location on a church-wall, realistically plausible, may suggest the futility or irrelevance of religion in this dead urban world of finance. The characteristic trait of the later Dickens is that the fantastication leads to grim visionary perception, metaphor carrying him to unanticipated depths. For a sundial that has "stopped payment forever" is a forlorn, now useless, index of time in a world hopelessly cut off from nature, where it seems as though the sun will never shine again. The passage, I notice on a third or fourth reading, proceeds through intensification, culminating in the image of the bankrupt sundial. It begins with the studied formality of an understatement: "A grey dusty withered evening . . . has not a hopeful aspect." Then the buildings have "an air of death." The sundial trapped in black shade intimates the possibility of the death of the sun itself. As a reader, I keep the apocalyptic broodings fostered by this imagery very much in mind when I encounter this related cityscape, just two chapters on:

這一天倫敦有霧，這霧濃重而陰沉。若將倫敦設想為活物，則其眼睛是刺痛的，肺部是發炎的——它眨著眼睛，喘息著，憋得透不過氣來。若設想倫敦為死物，則它是一個烏黑的幽靈，被有意地分為可見部分和不可見部分，結果是整個兒地既看得見也看不見。家家店鋪裡的煤氣燈閃閃搖曳，一副憔悴和受詛咒的樣子，彷彿知道他們自己是一群夜遊之物，光天化日下的事情與他們不相干。而太陽本身，當它在盤旋著的霧氣渦流之中暗淡地顯露片刻時，那樣子彷彿它已經熄滅，正在徹底崩潰，變得毫無生氣和陰冷。甚至在倫敦四周的鄉村裡也是一個大霧天，不過那兒的霧是灰色的。而在倫敦，在城市邊沿一帶的地方，霧是深黃色的，越靠裡顏色越偏棕，直到商業區的中心地帶——這兒叫作聖瑪麗．愛克斯——霧是如鐵銹般的黑色。如果從北邊山脊上的任何一點朝下看，便可以看見，那些高聳的建築物都不時地在掙扎著要把它們的頭伸到這一片迷霧的海洋之上，特別是聖保羅教堂那巨大的圓頂，似乎掙扎得尤其頑固。然而在它們的腳下，這幅景象是看不見的，在那兒，這整座大都市只是一團充滿著低沉車輪聲的霧氣，包裹著一場規模龐大的感染。

【原文】It was a foggy day in London, and the fog was heavy and dark. Animate London, with smarting eyes and irritated lungs, was blinking, wheezing, and choking; inanimate London was a sooty spectre, divided in purpose between being visible and invisible, and so being wholly neither. Gas-lights flared in the shops with a haggard and unblest air, as knowing themselves to be night-creatures that had no business under the sun; while the sun itself, when it was for a few moments dimly indicated through circling eddies of fog, showed as if it had gone out, and were collapsing flat and cold. Even in the surrounding country it was a foggy day, but there the fog was grey, whereas in London it was, at about the boundary line, dark yellow, and a little within it brown, and then browner, and then browner, until at the heart of the City--which call Saint Mary Axe--it was rusty-black. From any point of the high ridge of land northward, it might have been discerned that the loftiest buildings made an occasional struggle to get their heads above the foggy sea, and especially that the great dome of Saint Paul's seemed to die hard; but that was not perceivable at their feet, where the whole metropolis was a heap of vapour charged with the muffled sound of wheels and enfolding a gigantic catarrh.

　　狄更斯的散文是由基本上相當於音樂意義上的主題所組織起來的。因此第一個句子給出了關於霧的主題，告訴我們這將是一個慣常的關於霧氣的場景：「這一天倫敦有霧，這霧濃重而陰沉。」另外，這還是狄更斯基於對現實圖景的精確觀察而得出的隱喻式幻象。雖然在當時，「工業煙霧」（smog）這個詞還沒有在英語裡被發明出來，不過我們很清楚狄更斯說的就是這個，當我們看到，敘述者的全景敘述角度從沒被污染的鄉村霧氣開始，通過同心環形向裡面移動到城市邊緣的淡黃色塵霧，再到大都市中心有毒的棕黑和紅黑的煙霧，這有點像現代洛杉磯的糟糕的一天。就像晚期狄更斯經常做的那樣，從現實所觀察出的細節，被隱喻式的描述，轉變成幻象般的場景。我作為讀者，通過細察這些隱喻

的延展韻味深，能夠幫我去看這個段落和這個小說到底想說什麼。

【原文】Dickens's prose is thematically organized in a virtually musical sense, and so the first sentence enunciates the fog-theme, tells us this is going to be a set-piece on fog: "It was a foggy day in London, and the fog was heavy and dark." Again there is a precisely observed realistic matrix for Dickens's metaphoric fantastication. Although the word "smog" had not yet been invented, that is clearly what Dickens is describing, as the narrator's panoramic view moves inward through concentric circles from the still unpolluted fog in the countryside to the yellow-tinged fog near the city limits to the poisonous brown and reddish black smog of the metropolitan center that looks like modern Los Angeles on a very bad day. As so often in late Dickens, these niceties of realistic observation are transformed into phantasmagoric vision by the play of metaphor, and for me as a reader, pondering the ramifications of metaphor helps me see what the passage and the novel are all about.

在前述引文中，居於場景描述的核心的，是基督教啟示錄般的異象——太陽被霧氣緊緊包圍得「彷彿它已經熄滅，正在徹底崩潰，變得毫無生氣和陰冷。」這喚起了一種關於太陽正在熄滅的冷峻，這比這之前兩章出現的那個「破產」的「日暈」的緊張戲謔圖景還要更震撼我心。緊跟著「彷彿」的，是令人寒心的感覺——光明在世界上逐漸逝去。這個關於太陽衰逝的意念，是由三種相互關聯的隱喻所合力傳達的：窒息、湮沒，和鬼魂——前兩者是生理上的，第三種則提供了對前兩者的民俗學意義上的界定，因為鬼魂是一種介於活人和死人中間的存在，而窒息和湮沒也同樣是一種介於生和死之間的狀態。在這一點上，重複閱讀有助於讓人感受到狄更斯在用詞上的詞源學意義上的力度。將城市設想成

為「活物」，意味著城市擁有一個靈魂，一個精神。若設想為「死物」，則是缺失生機的。狄更斯在這兩種表面相反的類別上製造出模稜兩可的聯繫和一致性。濃霧彌漫的倫敦，像一個不曾有明確的頭腦的鬼魂，不管你能不能看清楚它。而且煤油燈點燃在白天「憔悴的」的空氣中，疊加了「受詛咒的」和「暗夜生靈」的意味，啟動了民間詞源上的「憔悴的」（haggard）和「女巫」（hag）上的聯繫。

【原文】As in the previous passage, an apocalyptic image lies at the heart of the description--the sun swathed in fog that "showed as if it had gone out, and were collapsing flat and cold." This strikes me as a grimmer evocation of the extinguishing of the sun than the nervous jocularity of the bankrupt-sundial image: what follows the "as if" is a chilling sense of light dying in the universe. The idea of the collapsed sun is coordinated with three interrelated metaphors, two of which have a physiological basis: choking, drowning, and ghosts. The last of these three provides folkloric definition for the first two since a ghost is an intermediate being between the living and the dead, and choking or drowning is a transitional state between life and death. In this connection, rereading helps one feel the etymological weight with which Dickens often uses words. To be "animate" is to possess an anima, a spirit, while the inanimate is devoid of spirit; and Dickens works the ambiguities of connection and correspondence between these two ostensibly opposed categories. Fog-enshrouded London, like a ghost, cannot make up its mind whether to be visible or not; and the "haggard" air of the gas-lamps lit by day, coupled as it is with "unblest" and "night-creatures," activates the folk-etymological connection between "haggard" and "hag."

　　狄更斯成熟期的隱喻式意象是具備強大的綜合性的。我每每覺得，這是出於狄更斯的直覺而非有意。從濃霧湮沒城市的場景中，即可看出這種隱喻式意象的強大力量。（高聳的聖保羅大教堂是最後一個被湮沒的。）該意象，當然也一

直烘托著小說中一齣齣的溺水而亡場景，從泰晤士河上最初的陰暗場景開始，直到快到結尾處 Rogue Riderhood 和 Bradley Headstone 的雙雙溺亡。同理，因為缺乏新鮮空氣而窒息，可以算做是一種內在的湮沒。狄更斯對於濃重的工業煙霧為害眼睛、喉嚨和肺部的表述再現，為他的總體上的湮沒主題提供了生理學上的直截的感性。如果如同我曾經說的那樣，風格就是在小說所建構的世界中，我們所呼吸的空氣，則狄更斯式一系列的交疊用詞，使得這樣的呼吸顯得頗為費勁：「若將倫敦設想為活物，則其眼睛是刺痛的，肺部是發炎的——它眨著眼睛，喘息著，憋得透不過氣來。」狄更斯持續了這些呼吸困難的設定，繼續勾勒出幽暗的煤氣燈，倒塌的太陽，工業煙霧污染的色調遞進，和被湮沒的城市。這些意象再度浮現到這段結尾的精彩的總括性隱喻：「這整座大都市只是一團充滿著低沉車輪聲的霧氣，包裹著一場規模龐大的感染。」這段留到最後的「感染」一詞，這個最終的啟示性喻表，展示了隱喻式想像所能具備的幾乎是強制一般的力量。在「感染」一詞裡面，組合了疾病、呼吸困難、涕淚俱下、渾身散架等諸多彼此相關的症狀。在狄更斯的眼中，這樣的綜合症狀，就是工業時代所造就的倫敦。

【原文】The metaphoric imagination of the mature Dickens is powerfully integrative--often, I suspect, intuitively rather than intentionally--and one sees that power working here in the image of the city drowning in fog (lofty Saint Paul's the last to go), which of course carries forward the images of death by drowning that run through the novel from the first sombre scene on the Thames till the watery death of Rogue Riderhood and Bradley Headstone near the end. Asphyxiation, in turn, is a kind of inner drowning, and Dickens's representation of what thick smog really does to eyes and throat and lungs gives his overarching motif of drowning a physiological immediacy. If style, as I have proposed, is the air we breathe in the constructed world of the novel, the Dickensian procedure of using chains of overlapping terms makes the breathing here labored: "Animate London, with smarting eyes and irritated lungs, was blinking, wheezing, and choking." Dickens continues to assume these respiratory difficulties as he goes on to evoke the spectral gas-lamps, the collapsed sun, the chromatic gradations of smog, and the drowning city, and they resurface in the brilliant summarizing metaphor with which the passage concludes: "the whole metropolis was a heap of vapour charged with the muffled sound of wheels and enfolding a gigantic catarrh." That final revelatory image, saved for the last word of the paragraph, illustrates the almost coercive force of metaphoric imagination, combining in a single term disease, difficulty of breathing, rheumy fluids, bleariness, messiness--all that the industrial age has made of London in Dickens's eyes.

　　我很清楚一個事實，就是我作為一個讀者，展示出的解讀結果比解讀過程要多。我是有意這麼做的，因為我並不相信，解讀的過程，需要參照步驟清單，或者固定的技巧。如果說閱讀行為如同其他一些行為一樣，體現為一種技藝的話，那麼這種技藝是基於體驗、耐性、靈活性，還有即興的感受。這必須要憑藉讀者的個體心智，才得以實踐。並不是每一個讀者都欣賞我所欣賞的東西，或者被感動我的同一件事情所感動，或者注意到了相同的細節。我自己的感受是，一個作者的獨特魅力，總會通過特定的風格特徵而展示出來。對於我來說，狄更斯風格的決定性特徵，就是隱喻。通過慢讀、重讀、讀出聲音，我開始看到其修辭性語言通向了何處，看到它如何返回自身，看到它如同地毯上的花紋，如何在小說的整體佈局中生效，提供出有關於這個世界的繁複

喻像。對世界的喻像這一說法，應該得到強調。我所從事的
解讀，終歸不能算是形式主義的，因為我在解讀之前已經認
定，作者的內心，驅使他要去嘗試著表徵出歷史的真實。作
者對於語言形式上各種資源的運用，都是服務於此。我想我
喜歡讀小說，是因為我喜歡故事，也因為我對世界感興趣，
同時還因為我對咬文嚼字上癮。不過在我看來，這種上癮是
有收益的——面對那些被創造性地排列出如此精微序列的言
語，如果我們認真傾聽，它們就能夠回饋給我們流溢著理解
力的美好時刻。

【原文】I am conscious of the fact that I have presented less my procedures
as a reader than their consequences. I have done this deliberately because I do
not believe in checklists or set techniques for reading. If reading is, among
other things, a craft, it is a craft that depends on experience, patience,
flexibility, and improvisation, and that must be practiced according to the
sensibility of the individual reader. Not every reader will admire or be moved
by the same things that move me, or attend to the same details. My own
experience is that a writer's special power is often manifested in a particular
stylistic feature, and for me that feature in Dickens is metaphor. By reading
slowly, rereading, reading out loud, I begin to see where the figurative
language leads, how it doubles back on itself, how it extends the figure in the
carpet of the novel as a whole, generating a dense vision of the world. The
idea of a vision of the world should be underscored. The reading I have
undertaken is not finally formalist because it presupposes that writers'
deployment of formal resources leads to a probing representation of the
historical reality that presses in on them. I suppose I read novels because I love
stories and because I am interested in the world but also because I am a word-
junkie, but it seems to me a salutary addiction because words ordered on this
level of originality, if we listen to them carefully, can in fact reward us with
moments of overflowing comprehension.

University of California, Berkeley

【二】

下一篇例文，是我自己寫的一篇非學術體的通俗文章。但這並不是放在泰斗羅伯特・奧爾特例文之後的狗尾續貂，而是真心展示在中文語境下對本土文本的細讀，可以是什麼樣子。

我既然在這本書裡面講解讀問題，展示文本細讀的好處，本人也應該是「檢驗合格」的吧？否則我也不配肩負寫此書的使命了。寫這樣一本關於解讀、細讀的書，其實也是為了滿足我內在的需要，因為這關係到「我是誰」的問題。我是誰？首先，我是一個酷愛「打開文學」的人，一個「解讀」這門手藝的從事者，你可以叫我「王師傅」。其次，才是回國求職後的「文藝學」教師和研究者的身份。

也就是說，就算我把回國以後加入的「文藝學」這一行都忘光了，（比如說，假想我歲數很大很大了以後，開始遺忘事情，先從後半生忘起，）我也很難忘掉文本細讀，因為那是我在加州大學柏克萊分校東亞語言與文化系，在碩士博士學習中，學習到手的刻骨銘心的看家本領。

我的博士論文的題目叫作「Give Me a Day, and I Will Give You the World: Chinese Fiction Periodicals in Global Context,1900-1910」（《「您給我一天，我給您一個世界」：全球語境下的中國小說期刊（1900～1910）》）。「您給我一天，我給您一個世界」是當年（二〇〇五年）賈樟柯導演的電影《世界》裡面那個「微縮世界景觀」的霓虹燈廣告，也可以當作一個意味深長的修辭來解讀。它的含義是用最短、

最快、最廉價的歷史進程來換取夢寐以求的現代性世界空間。賈樟柯這個寓意，不僅表述了當代中國的潛意識，也道出了一百年來中華民族的生存主題——「世界」。我在博士階段，在國外致力於研究晚清時期的小說及期刊，其實就是從一九〇〇年這個早期階段來看看關於現代中國的故事，是如何一步步開始講起來的。於是就有許多的文本需要「打開」並通向古今中外的更多文本，有許多的喻表需要解讀。於是也就苦苦學習了各種理論，為的是能得心應手地使用這些理論框架，去打開文本。

長話短說……或者暫且不說了吧。（此處省略兩萬字。）

在即將直播文章之前，我也強調一下：文本細讀是個解讀的手段，並不是目的。就如同一把寶刀本身不是目的，是要握在武士的手裡，服務於武士他自身的目的一樣。在這個意義上，理論框架、考據、歷史研究等等方法，往往也都是不可或缺的。千萬不要把文本細讀與其他的好東西對立起來。——一個武士可以擁有好幾把寶刀。

道理的另一個方面是：不僅是武士選用寶刀，而且寶刀也造就武士。在練習刀法的過程中，學徒才會成長起來，將功力和素養，一一領略、內化。同理，文本細讀的訓練，造就解讀者。

在這個意義上，文本細讀的功力，或者說刀法的訓練，就不僅是工具，而且自有其靈魂。

偉大的武士，是刀與人的合體，一種默契。

再利用與再創造

細讀晚清小說《新石頭記》的第一回

王　敦，2009 年 11 月《文景》

　　《聊齋志異》裡有個故事（《鴿異》）講某公子用觀賞鴿孝敬長輩，幾天後公子問：「鴿子怎麼樣？」長輩說：「還挺肥。」公子大驚，忍不住說起鴿子的妙處。長輩說：「吃起來倒沒覺得不一樣。」讀到此處已令人莞爾。然而蒲松齡意猶未盡，又說靈隱寺某和尚精心為貴客烹茶，換來的卻是漠然。和尚急了，乾脆問：「茶如何？」貴客回禮：「還挺燙。」以上面故事為引子是為了指出，類似的錯位也發生在文學批評中，比如阿英先生對晚清吳趼人所寫小說《新石頭記》（1905）的否定。

　　《新石頭記》寫了賈寶玉在晚清再度入世並遊歷「文明境界」的經過。他又踏入了社會，參觀江南製造局，學習英文、研讀西學，經歷了庚子國變和高官陷害，對現實再次幻滅，卻偶然進入了一個昌明的「文明境界」，體驗陸軍和水師的精良，感受人造四季。「文明境界」在政治上也發展出了「文明專制」，晚清的種種痼疾似乎在這一「文明境界」中滌蕩一清。阿英先生以其學養和背景，有足夠的理由厭惡這類小說。首先，他對舊小說續寫（他稱之為「擬舊小說」）是很反感的：「窺其內容，實無一足觀者。」（《晚清小說

史》，上海：商務印書館 1937 年版，頁 270；見第十三章
「晚清小說之末流」）他指控《新石頭記》「何必定要利用
舊書名舊人物呢？從地坎裡掘出死人，來說明新思想與新智
識，不但失掉事實的嚴肅性，也會使讀者感到無聊，這效果
又在什麼地方？」（頁 270）……「明知如此，卻偏偏要
做，這可以說是在文學生命上的一種自殺行為。」（頁 270）

　　下面先將阿英先生的批評放在一邊，進入細讀——細細
地賞鴿、品茶，看看《新石頭記》是不是真的如同「從地坎
裡掘出死人」，是不是「文學生命上的一種自殺行為」。

　　先從小說題目讀起，可以讀出兩個偏正結構：「新的石
頭記」或「新石頭的記」。對前者可以追問：「新」《石頭
記》和舊《石頭記》有何不同？對後者可以追問：新的「石頭」
和舊的「石頭」有何不同？要想全面解答，應該以讀完整部
小說為前提。限於篇幅，就運用奧爾巴赫（Auerbac）在《摹
仿論》（*Mimesis*）中的方法——通過對有限篇幅的閱讀——
來求解。下面是第一回中大約二百字的一個敘事段落：

　　從此又不知過了幾世，歷了幾劫，總是心如槁木死灰，
　　視千百年如一日。這一天，賈寶玉忽然想起，當日女媧
　　氏煉出五色石來，本是備作補天之用，那三萬六千五百
　　塊都用了，單單遺下我未用。後來雖然通了靈，卻只和
　　那些女孩子鬼混了幾年，未曾酬我這補天之願，怎能夠
　　完了這個志向，我就化灰化煙，也是無怨的了。如此凡
　　心一動，不覺心血來潮，慢慢的就熱念如焚起來，把那

前因後果都忘了……（第一回「逢舊僕往事怪迷離，睹新聞關心驚歲月」）

　　設想若「脂硯齋」再世，一定會批這「忽然」兩字來得突兀，因為不管第三人稱敘事者還是寶玉的內心獨白，都沒有對這個突然性提供解釋。在這個敘事單元裡，與「突然想起」對應的緊要之處是「忘」──「把那前因後果都忘了」。還有，「前因後果」也是個關鍵之處，因為新的《石頭記》」或「新石頭的記」必然要與舊「記」、舊「石頭」有千絲萬縷的「前因後果」。這一點，作者吳趼人不會不知，所以這「忘」字其實是敷衍。遺忘總是有選擇性的。其實到底遺忘了什麼，繼承了什麼，確實不應該由小說家自己坦白，而應當通過細讀去追問。新與舊的關係就徘徊在「想」和「忘」之間的「前因後果」裡。

　　由「忽然」而「想起」的結果是「熱」──「熱念如焚」。「脂硯齋」也該不會放過這再次出現的「熱」字。在《紅樓夢》原本裡，薛寶釵有「從胎裡帶來的一股熱毒」。不言而喻，薛寶釵的內熱即她深藏的欲望。此時寶玉熱念如焚，也是欲望在作怪。寶玉的「玉」與同音之「欲」的聯想，已經首先被王國維在其《紅樓夢評論》（1904）中提出了：「所謂玉者，不過生活之欲之代表而已矣。」不管這一關聯是否出自曹雪芹本意，「玉」、「欲」兩者的複雜關係在這位寶公子身上體現得很戲劇性。「欲」不是個人所能控制得了的。貌似完人之寶釵，尚也不能根除其「內熱」，遑論

衛「玉」而生的寶玉了。衛「玉」而生的寶玉又是頑石，雖具天資，卻無所用於君父。

以上對「熱」、「玉／欲」、「玉／石」等的梳理，不是出於什麼「索引」癖好，而是因為這些「複雜詞」（complex words）很關鍵。燕卜蓀（William Empson）[10]所謂的「複雜詞」是指在文學作品裡某些詞語裡面包含著複雜甚至矛盾的含義，是參透作品的要緊之處。像「熱」、「玉／欲」、「玉／石」這樣的「複雜詞」是吳趼人塑造新寶玉，新石頭時候不可能「忘」的意象關鍵；阿英先生一句「文學生命上的一種自殺行為」委實不足以窮盡文本裡面的微妙。保羅・德・曼（Paul de Man）也曾提出「中心意象」（central figure）是衍生意義與敘事的十字路口。高超的文學敘事如《紅樓夢》離不開這樣的關口。只有利用這些關口，《新石頭記》才能獲得廣闊的再敘事空間，而不像阿英先生所說，「擬舊」便導致文學的「自殺」。

分析了上述「複雜詞」，就可以回到前面那個二百字中去深究「發熱」的原因了。寶釵要從根子上去熱，就要實現她的欲望，而不是去吃「冷香丸」。《新石頭記》裡寶玉要想從根子上去熱，還是要去補天，而不是再去「和那些女孩子鬼混」。從這個角度上理解，無涉閨闈情趣的《新石頭記》根本不是一部狗尾續貂的「擬舊」。相反，它回溯到《石頭記》的第一回從頭再來，其實是「創新」。也可以說，《新石頭記》的創作動機是建立在「糾正」舊《石頭記》偏離補

10 編注：英國著名文學批評家與詩人，擅長研究中國現代派詩歌。

天主旨的基礎上。這一點，晚清人看得很真切，比如有時人評道：

> ……舊石頭使閱者淚承睫。新石頭使閱者喜上眉。舊石頭浪子歡迎。新石頭國民崇拜。舊石頭如曇花也。故富貴繁華一現即杳。新石頭如泰嶽也。故經營作用亙古長存。……（《月月小說》1907-1.6, 229-230.）

該評論署名「報癖」。不管此位「報癖」是不是吳趼人的「托兒」[11]，他的話完全不同於日後阿英先生「地坎裡掘出死人」的貶損，更不認為它「會使讀者感到無聊」。其實王國維的現代紅學開創之作《紅樓夢評論》只比吳趼人的《新石頭記》早了一年。所以說，晚清的「新」和「舊」是相輔相成的。就算吳趼人用《新石頭記》來「自殺」，也是自殺在新紅學誕生的那一刻。那麼晚清人為什麼會在內憂外患的境況下「忽然」又讓《石頭記》「熱」起來？借用阿英先生的設問：「這效果又在什麼地方？」

這就應該對「天」這個詞作一番分析了。在舊《石頭記》裡，女媧所補之天暗示傳統政治與道德秩序。既然天已經被補，此石之出現便純屬多餘，其不務正業實屬必然。然

---

11 編注：商人雇用來假扮顧客的人，作出種種姿態，引誘真正的顧客購買。

而作為一個「中心意象」，這個天一直隱含著「解構」的可能。二百年之後到了晚清，解構的時機到了。天已經不是皇天后土的天，而是《演化論》所說「物競天擇，適者生存」的天，不要說君父，就連家國都將不保。寶玉在此時幡然振作於經濟實業，也便可以解釋為新歷史條件下的補天術了。把「天」的含義搞通後，寶玉的「發熱」也就可以理解成又一個「煉」石的過程；前番是被動地由女媧所煉，這回是自我加溫。如果把前面分析的一連串「複雜詞」或曰「中心意象」，比如「熱」、「欲」、「石」、「天」一一審視，就會發現它們均已經解構了舊《石頭記》裡的意識形態，足可以撐起一個新的故事了。

第一回還有大約兩千字。寶玉已經決意還俗，離了青埂峰。在一個破廟避雨時他碰到一個熟睡之人竟是舊僕焙茗。焙茗對自己為何睡在這裡，睡了多長時間也不甚明白。該廟中本有個道人在煮粥，這時也已閃開了。這段情節裡面的意象：粥、破廟、道人，推想起來，似乎與舊《石頭記》的第二回「賈夫人仙逝揚州城　冷子興演說榮國府」裡的一個敘事單元又扣上了。其中，革員賈雨村做了林如海家西塾，偶至郭外，見到一座破廟「智通寺」，內有一個老和尚在煮粥，又聾又昏，答非所問。此粥、此廟、此僧，又與更早些的《枕中記》、《邯鄲記》等建立了關聯，其原型又可以追溯到唐傳奇《黃粱夢》。把這些「前因後果」串起來，寓意就出來了：寶玉個人乃至近現代中國人的「摩登」之旅最終可能是「黃粱夢」一場也未可知；就如同賈雨村的青雲直上，到頭來還是一場空。這一警示，似乎把近現代和當代的

好幾代中國人的發展史觀都給「解構」在這個黃粱夢裡了。晚清小說的歷史穿透力不可小瞧。

第一回的結尾是這樣的：

寶玉來到里間，只見窗下放著一個書桌，桌上橫七豎八擺了幾本書，就坐在旁邊，順手取過一本書來，要想坐著看書解悶。翻開來一看，是一本《封神榜》。放過不看，又取過一本，卻是《綠野仙蹤》，這些書都沒有看頭。又見那邊用字紙包著幾本書，取過打開一看，卻是些經卷。覺得包書的字紙，甚是古怪，攤開一看，上面橫列著「新聞」兩個字。聞字旁邊破了一個窟窿，似乎還有一個字，卻不知他應該是個什麼字了。底下卻是些小字，細細看去，是一篇論說。看到後面，又列著許多新聞時事，不覺暗暗納悶。拿了這張紙，翻來覆去的看了又看，也有可解的，也有不可解的，再翻回來，猛看見第一行上，是：大清光緒二十六年 X 月 X 日，即西曆一千九百零一年 X 月 X 日，禮拜日。不覺吃了一大驚。要知驚的是什麼？且聽下回分解。

這一段，與舊《石頭記》賈雨村離開智通寺後的事情仍然有關聯。賈雨村踱入村肆，碰到骨董商人冷子興，便問：「近日都中可有新聞沒有？」由此便引出了「冷子興演說榮國府」，對處心積慮的賈雨村來說，不啻是極有價值的新

聞。在《新石頭記》所反映的時代裡，獲取新聞的途徑不必靠冷子興，可以通過閱讀新式報紙獲取。這對重生的寶玉來說不啻是很新鮮的資訊源。他的態度也象徵性地代表了晚清新小說家的求新姿態。作為晚清一部「新小說」裡的主角，他覺得《封神榜》、《綠野仙蹤》等舊小說和佛經「都沒有看頭」。與此相對照，寶玉感興趣的是包裝紙——他所沒見過的新式報紙。顯然，新式報紙無論從形式還是到內容來看，都是與舊日的邸報、閣抄大不一樣的媒體。

如此重振補天之志，熱念如焚的寶玉，如饑似渴地閱讀新報紙；其雄心不亞於當年的賈雨村。這僅僅是《新石頭記》的開頭而已。這些個舉動難道還不夠「新」嗎？這些個舉動，必須由賈寶玉——從「地坎」裡掘出的「死人」——來做，才愈發顯得新。孔子說，溫故而知新。諾斯羅普・弗萊也從不同的文化傳統裡說出了類似的話。晚清人對未來的敘述必然是對中國傳統故事的再利用與再創造。如果起吳趼人於地下，聽到說他寫《新石頭記》是「文學生命上的一種自殺行為」，那份失落，恐怕比那獻鴿子的公子更甚。直接截了當說，文學永遠都是在幹著「從地坎裡掘出死人」的勾當，因為文學必須以此來滋養其千年不壞之身。設想如果文學與舊傳統真的決裂了——開始「大變活人」——筆者認為那才一定是「文學生命上的一種自殺行為」。公平地說，《新石頭記》的新，必須要有舊《石頭記》做底子：沒有舊，新就無從談起。其實，文學批評不也是「從地坎裡掘出死人」的勾當嗎？新的批評也要不斷地以過去的批評為敵、為師、為友，以此來滋養文學批評的千年不壞之身。

　　有趣的是，王德威對新與舊的解釋，與阿英正好相反。阿英以五四新文學為新，晚清的「擬舊」為舊；而王德威則認為晚清《新石頭記》這樣的小說飽含著為被後來五四所「壓抑」下去的「現代性」，大談其新，認為比五四橫插一槓子的「感時憂國」傳統更「新」。如此逐鹿於現代文學之野的攻防，如果不通過對文本的細讀來穩紮穩打，那真成了「亂哄哄你方唱罷我登場，反認他鄉是故鄉。」

伍——讓「你想多了」和「過度闡釋」都滾開

「你想多了」和「過度闡釋」這兩個片語，在日常生活裡是無辜的，不需要它們滾開。

但現在，在這裡，則需要它們滾開。

這是因為，一旦你聚精會神、摩拳擦掌想做點兒文本細讀時，就總會有人拿這兩個片語來嚇唬你。其結果，根本不是「你想多了」，而是你不敢去想了，根本不是「過度闡釋」，而是不敢闡釋了。（特別是在我國「應試教育」的多年陰影之下，事關「想些什麼」、「怎樣去想」的事，本來就意味著潛在的「引蛇出洞」的危險。在沒有得到足夠的權威性暗示之前，最好不如多一事不如少一事，對不？——這種不敢去多想，算不算中國式的「想多了」？）

設想一下：如果羅伯特・奧爾特閱讀狄更斯的《董貝父子》、《我們共同的朋友》的時候，顧忌於這兩個片語，那就寫不出我們在前面所分享的《在閱讀中體會狄更斯的風格》了。

再看看國外理論家「大牛」[12]圈子裡面的事兒。德希達（Derrida）和拉岡

---

12 編注：中國網路用語，指某個領域很突出的優秀人物。

（Lacan）如果不是往多了去想，怎麼能分別闡發出對愛倫‧坡的小說《失竊的信》的迥異的但同樣著名的解讀？羅蘭‧巴特對於廣告、艾菲爾鐵塔、脫衣舞等的解讀，傅柯（Foucault）對於監獄、刑罰、性別和性生活的社會史闡釋，必須是先「過度」到「虐心」的地步，然後才振聾發聵，洞穿了前人的盲區。

這個時候，如果你警告德希達、拉岡、巴特、傅柯不要「想多了」，不要「過度闡釋」，他們一定會在心裡暗罵道：「滾！」（當然用的是法語。）

對一般人來說，雖然我們一無羅伯特‧奧爾特的造詣，二無德希達、拉岡、巴特、傅柯的深邃，但我們仍然要多多地去想，積極地去闡釋，因為這本來應該是人的重要存在方式，是作為動詞的存在感，出於符號化生存的內在需要。

我們生活在一個充斥著符號表徵的文化世界裡。人們的一切交流、記錄、獲取和告知，都建立在龐大複雜、千變萬化的符號之網上。不同的符號表徵，裹挾著它們被人類賦予的成千上萬種意義，和彼此之間千絲萬縷的聯繫，在我們每個人的頭腦裡，在這個社會裡翻雲覆雨，最終構成了我們的情感、思想，以及我們所看到的這個世界的面貌。語言符號，並不十分可靠。它就像是人類自己製造的無解的精巧玩具，模仿著人們觀察世界的方式，但與人們想觸及的真實沒有任何天然的聯繫，而且處在沒有盡頭的變動之中，即尼采所比方的「一支由比喻、借喻、和擬人化修辭所組成的流動大軍」。這是一場浩大的，基於巫術時代「接觸律」和「相似律」思維的作繭自縛，如同那些通過造神來膜拜人本身的

舉動一樣，人們以探索真理的名義探究並構建自己，然而卻一刻也不能停止，因為人對於「本源」與「真實」的探求是永無止境的。

而文學，是這個世界所創造出的，最強大、最富於變化、最具侵犯性的「流動大軍」了。它們在熟悉「兵法地形」的作家文人的「指揮」之下，巧妙地長驅直入，輕易地佔領我們的思想，並在其中安營紮寨、繁盛生長。這就是為什麼遭遇文學的時候，我們需要有作為武器的解讀手段，也即前面所引用的米勒爺爺的話：「尼采把文化形態 —— 包括文學 —— 看作是戰鬥性的和具有攻擊性的，是必須要由批評家手中同樣具備戰鬥性的批評武器來抵禦的。」

在這種情況下，首先需要考慮的，肯定不是「你想多了」或「過度闡釋」的問題。

再者，在學會文本細讀的本領之前，也完全不必操心這樣的事兒。在邏輯上，也要先精通多想和充分闡釋的本領之後，才有可能去思考「過度闡釋」是否是一個真的命題。否則，就好比溫飽尚未解決，就發愁今後血脂高起來了怎麼辦，或者連個女朋友還沒有，就已經看破紅塵了一樣。

其實，與其糾結在闡釋是否「過度」上面，還不如不去管它，只管一個闡釋是否「有效」。

下面我就來即興闡釋一下電腦界的五個商標：Windows、Intel、Apple、Surface、Word。有效與否，你自己來判斷。

1 Windows

意義絕不僅僅就是個窗戶（視窗）而已。

那個當年給微軟的作業系統命名為「Windows」的傢伙，如果不是太有才，就一定是「想多了」，一直想出了這樣一個雖然沒有「土豪」式的張揚，但真的是「光華內斂」的牌子。它紮根於西方文化的「本土」，紮到了西方人自己都往往意識不到的文化潛意識裡面，不成為「神話」才怪。

他腦子裡很可能想到了，或者在潛意識裡想到了《聖經》開篇《創世紀》的第一章開頭部分。我這裡並置一下中文通用譯本和英文的 NIV（New International Version）版本：

（1:1）起初，神創造天地。/ In the beginning God created the heavens and the earth.（1:2）地是空虛混沌，淵面黑暗，神的靈運行在水面上。/ Now the earth was formless and empty, darkness was over the surface of the deep, and the Spirit of God was hovering over the waters.（1:3）神說，要有光，就有了光。/ And God said, "Let there be light," and there was light.（1:4）神看光是好的，就把光暗分開了。/ God saw that the light was good, and he separated the light from the darkness.（1:5）神稱光為晝，稱暗為夜，有晚上，有早晨，這是頭一日。/ God called the light "day," and the darkness he called "night." And there was evening, and there was morning—the first day.

引用到這裡，就足夠使了。你想，窗戶是幹啥用的？——我的頭腦裡快速閃回了我從一九九二年到現在，用過的和見到的從 win3.1、win95 一直到現在的 win10，都是在強調推開一扇扇窗，帶來了一片片新天地，和光明！簡而言之，就是「要有光，就有了光」……總之在這個意義上，微軟公司簡直形同「再造天」。在其為這個世界打開新的天窗之前，世界形同一直處在黑暗混沌之中……

2 Intel

以前一直只知道「英特爾」很牛，從來沒有仔細想過是來自哪個單詞。最近才突然想到，來自於「Intelligence」。這時再想想商標上寫的「Intel inside」——這個牌子不成為「神話」才怪。

3 Apple

這蘋果，還是咬了一口的——在蛇（撒旦）的誘惑下，被人類始祖咬過的——分明就是誘惑本身呀。誘惑導致人類受到上帝詛咒，從伊甸園「墮落」到凡間的開始，但從文藝復興以來的文藝想像中，又是人之為人、展示人之主體性的開端。這又與舊金山—矽谷一帶的嬉皮一代的反傳統文化趣味一脈相承。——這個牌子不成為「神話」才怪。

4 Surface

這是微軟公司近年推出的，融合平板電腦與筆記型電腦兩種東西的合體產品，可觸屏，又可靈巧鍵入，重量不到一

公斤。也就是說，從做軟體而發家的微軟公司，這次是進軍硬體業，開發出了這款極其輕和薄的硬體產品。

當然，「Surface」一詞，很好地說出了該產品的輕與薄，如同一層「表面」。但我覺得還不僅於此。這個給新硬體產品命名為「Surface」的傢伙，如同那個當年給微軟的作業系統命名為「Windows」的傢伙一樣，如果不是太有才，就一定是「想多了」，一直想出了這樣一個雖然沒有「土豪」式的張揚，但真的是「光華內斂」的牌子。它紮根於西方文化的「本土」，紮到了西方人自己都往往意識不到的文化潛意識裡面。——是的，說的還是《聖經》，還是其開篇的「創世紀」，而且仍然是美國人愛用的 NIV 版本，因為早先的詹姆士王（King James）欽定版（KJV）裡面的這段，沒有出現「Surface」一詞。

再看一下中文通用譯本和英文的 NIV 版本：

（1:1）起初，神創造天地。/ In the beginning God created the heavens and the earth.（1:2）地是空虛混沌，淵面黑暗，神的靈運行在水面上。/ Now the earth was formless and empty, darkness was over the surface of the deep, and the Spirit of God was hovering over the waters.（1:3）神說，要有光，就有了光。/ And God said, "Let there be light," and there was light.（1:4）神看光是好的，就把光暗分開了。/ God saw that the light was good, and he separated the light from the darkness.（1:5）神稱光為晝，稱暗為夜，有晚

上，有早晨，這是頭一日。/ God called the light "day," and the darkness he called "night." And there was evening, and there was morning—the first day.

看到「Darkness was over the surface of the deep」了嗎？中文通譯做「淵面黑暗」，直譯則為「深淵的表面被黑暗覆蓋」。「淵」字本義，在中文裡就是深水──「deep water」。該句裡的 Surface，指的是深淵的表面了。然後看後面，神的靈，運行到了黑暗之水的 surface 之上了，並發出了第一個命令：「要有光。」在這個命令的感召下，事情就這樣成了。（「就有了光。」）

前面說了，在隱喻層面，微軟的 Windows 就如同是在推開天窗帶來光明，簡而言之，就是「要有光，就有了光」。現在，微軟的作業系統的軟體之「光」，點亮了其硬體產品 Surface，如同上帝的光，照耀在「the surface of the deep」……

這樣的牌子，不成為神話才怪。……至少我就買了一個 Surface Pro 3，覺得真不賴，已經淘汰筆記型電腦，成為我現在正在鍵入這部分文章以及所有上網、寫作工作的主要裝備了。每次開機，看到 Surface 一字在黑暗的液晶螢幕上亮起來時，都會陷入對耶和華在創世第一日，在淵面之上將光與暗分開的遐想……

5 Word

　　我一直在說，解讀之事，無標準答案，細讀的收穫，是私有財產。某甲作出的解讀，可能某乙看了會覺得過敏、想多了，而某丙則覺得特別過癮、準確、有效。孰對孰錯？當然沒有定論，也不應該有定論。——否則，對莎士比亞的戲劇進行闡釋的「莎學」，和對《紅樓夢》進行闡釋的「紅學」，早就該自掛東南枝了——因為歷朝歷代有太多互相不買帳的專家，作出了完全不同但同樣精彩的闡釋，對不對？

　　還是回來闡釋「Word」吧。最近二十年來，大學師生、廠礦單位、公司機關，每日的論文、文件、文宣，基本都離不開使用微軟公司的 Word 文書處理軟體來寫作。如果你已經對我前番對 Windows、Intel、Apple、Surface 的闡釋覺得不爽了，也許會覺得我這個人已經過敏到連最最普通的 Word 軟體也不放過的地步。

　　好吧。不要說我過敏了。我亮出最後一張強悍的王牌，讓你見識一下 Word 的不一般。《新約全書·約翰福音》的開篇：「In the beginning was the Word, and the Word was with God, and the Word was God.」中譯：「太初有道，道與神同在，道就是神。」……這樣的品牌，不成「神話」才怪。

　　說完了這些「神一樣的品牌」，忍不住還想借著剩餘的光輝，再說說我的母校，加州大學柏克萊分校的校訓：「Fiat Lux/ Let There Be Light/（要有光）」——也是出自《創世紀》的開頭。我就不詳細展開闡釋了。有這樣精彩校訓的學校，不是名校才怪！︿︿

陸 關於文本細讀的各種疑問

如下是在課上和課後浮現的，關於文本細讀的各種疑問。它們產生於在中山大學和中國人民大學先後開設的「解讀課」。現撮錄為一節。

提問：您一直在強調解讀、細讀、闡釋，講得如火如荼。但美國的一位大牛人，蘇珊・桑塔格（Susan Sontag），有一本批評文集卻叫《反對闡釋》（*Against Interpretation*），裡面有一篇同名文章，也很火。您怎麼看？

回答：話說「Interpretation」一詞，也可譯為「解讀」，那不就成了「反對解讀」。這難道是在向我們這「解讀」課示威嗎？」……當然，這篇曾經在美國文人圈子裡面很有反響的文章，是出現在一九六四年的，比我們這門課早多了，所以不是來專程「示威」的。

細看桑塔格的這篇文章，其實與我們課上的提法並不矛盾，只是發言的角度不同，概念的側重不同。於是就又能夠找到與我們相通的地方了。桑塔格說：「在某些文化語境中，闡釋是一種解放的行為。它是改寫和重估死去的過去的一種手段，是從死去的過去逃脫的一種手段。在另一

些文化語境中，它是反動的、荒謬的、懦怯的和僵化的。」桑塔格反對的「闡釋」，是後一種。而前一種，是我們課上所同樣追求的。

桑塔格真正「反對」的，不是「闡釋」活動本身，而是那些令她不爽的一些闡釋行為。總之，當時的桑塔格，作為一名「憤怒的年輕人」，肯定是不太爽於當時大西洋兩岸（即英美兩國）的文藝批評界和學術圈的。她的「反對闡釋」，本質上是「反對別人的闡釋」，不反對自己的闡釋，更不反對自己對別人的闡釋。畢竟，她本人還是很能闡釋的，對不對？《反對闡釋》整本文集，不都是她一個人在闡釋這個闡釋那個嗎？

所以我們還是以這位已經去世的老奶奶為榜樣，先自己精通闡釋，然後再反對別人的「壞」闡釋也不遲。

提問：您帶領我們學這個解讀的本領，但問題是，如果我們忙活了半天，解讀出來的卻不是原作者的原意，那還有什麼意義呢？

回答：你這個問題問得太有代表性了，這個疑惑也是再正常、平常不過。但還是特別要請你把這個心理包袱放下來，因為這疑慮是沒有必要的。你看那文學院的傢伙們，他們知道（二十世紀四五十年代在英美首先興起的）「新批評」理論裡面早就有針對這個問題的答案，所以他們的嘴角露出了神祕的微笑。……其實他們也別笑。他們在理論上見多識廣一些，但也並不意味著「腦洞」就真的填上了。

我先介紹「意圖謬誤」和「感受謬誤」這兩個概念。它

們是由所謂的「新批評」學派所貢獻的。然後再來指出你這個疑問，對新批評學派來說，就是「意圖謬誤」的體現。

「意圖謬誤」，見於 Wimsatt, William K. and Monroe C. Beardsley. "The Intentional Fallacy. "*Sewanee Review*, vol. 54, no. 3 (1946): 468-488：

Criticism which takes account of authorial intention in a work is commiting a fallacy--the intentional fallacy. ... The intentional fallacy "is a confusion between the poem and its origins . . . it begins by trying to derive the standard of criticism from the psychological causes of the poem and ends in biography and relativism."/⋯⋯意圖謬誤在於將詩和詩的產生過程相混淆⋯⋯始於想從詩歌的心理上的起因裡推究出評判的標準，終結於傳記式評判和相對性思維。

在二十世紀中期英美「新批評」比較狹隘的話語體系中，所謂「詩」，可以約等於「文學」。（新批評學派裡面的幾位宗師比較擅長分析詩歌。）用我們的大白話來講，「意圖謬誤」就是說，太把作者所解釋的「原意」當回事兒，把作者的原意，當成了文學作品的意義。於是就把闡釋的權柄，讓給了想像中的作者，拼命想知道他是怎樣想的，結果都去看作家傳記，反而疏遠了作家寫出來的作品本身了。在「新批評」巔峰期的清規戒律看來，作品就是作品。作者的

話，以及想像中的作者的話，不應與作品裡面的話語，相混淆。各種可能的含義，都儲存在作品（文本）中，需要通過我們的解讀，來釋放出來。總之，你提出的這個問題，本身就是犯了人家所說的「意圖謬誤」。

再看另一個「謬誤」，就是你所並沒有犯的「感受謬誤」，見於 Wimsatt, W.K & Monroe Beardsley, "The affective fallacy", *Sewanee Review*, vol. 57, no. 1, (1949): 31-55：

The affective fallacy "is a confusion between the poem and its results (what it is and what it does). It begins by trying to derive the standard of criticism from the psychological effects of the poem and ends in impressionism and relativism." / 感受謬誤則在於將詩和詩的結果相混淆。始於想從詩歌的心理上的結果來推究出評判的標準，終結於印象式評判和相對性思維。

用大白話來講，這個「感受謬誤」，就是用自己的主觀好惡，來代替對作品本身的客觀分析、闡釋。例如，看小說，被煽情煽得死去活來，「陷進去」了，從而無法比較有智商地去打開這個作品，只知道被感動了，而說不出為什麼感動，如何被感動。這顯然也是有違於我們這門課的解讀原則的。這時的問題，是陷入了意淫和自戀，並沒有從解讀中得到以他者為鏡的收益，滿眼看到的仍然全是自己那感人的

被感動的樣子，百看不厭。

兩種「謬誤」的結果，都是忽略瞭解讀物件——作品本身，跳躍到對作者或讀者自己的主觀感受上去了。

我承認，新批評巔峰時期的這兩條清規戒律，對於「作者」、「讀者」和「世界」這三個維度，確實過於狹隘和簡單化了。但也確實強有力地打開了對文本本身進行解讀的理論支撐。比如說對於破除「作者至上」的迷信，還真是「話糙理不糙」，一針見血。

提問：您說了，細讀並無客觀的正確答案，其結果是「私有財產」。但同時，您還講了，細讀它同時還具有「公共價值」，可以通過人類共同的焦慮之夢與願望之夢來說明這種公共價值確實是存在的。那麼，作為私有財產的細讀，如何才可以具有公共價值呢？

回答：在所謂「專業分工」日趨猥瑣的今天，我首先要說，「解讀」活動的「公共價值」，可以是在文學研究的專業之外。然後我要說，在比較「給力」的環境下，每一個個體的「私下」解讀的「私有財產」，雖然各不相同，但這樣一種生機勃勃的「私有財產」的豐富多樣性的實現，其實就是我所說的「公共價值」的實現。

卑之無甚高論——沒有私有，就沒有真正的公共。公共是建立在私有的基礎上的，而不是取消私有。「巴別塔之後」，人類開始互相之間「談不攏」。這一難題的解決之道，不在於統一思想，用一種聲音取代所有聲音，或者甄別誰有資格說話，而應該是各種聲音的共存。在這樣的多元的公共

性之下，人類才會不斷發出更高明的各種聲音，大家在整體上都會收益，以各自的方式，變得越來越聰明、靠譜。

提問：感覺您單槍匹馬打開了一個從文學切入文學理論的路徑！有沒有？

回答：單槍匹馬打開一個從文學切入文學理論的路徑！？聽起來很有老西部片《原野奇俠》（*Shane*）的感覺？謝謝！好吧，禁止進一步想像（過度闡釋）了⋯⋯這門課已經伴隨我六年了。這門個課，還真的是從文學經驗來切入文學理論，而不是文學理論的霸王硬上弓。而且，仍然讓理論在課堂上服務於文學經驗。這種「服務」，才是我最看重的。但不是所有人都理解這份熱情，反而會認為是浪費精力和才華。

提問：如果文化真的是人類符號表意之網，在高度「文化化」的現代社會，對於滿載著「符號」的各式「文本」的解讀能力，幾乎就等於認識世界的能力。如果更加寬泛地理解「解讀」，將其理解為對廣義的文化現象的解析，這種解讀更多的時候並不僅僅意味著去發現「文本」中符號的「所指」，更是能以「文本」作為支點而撬動某種龐然大物。上課至今，通過上課聽講、課上交流以及流覽豆瓣上的留言與回覆，我發覺老師確實是在非常明確地教授解讀的方法本身，正如在第二彈「細讀」中所言，細讀的結果是某種「私人財產」，並不存在什麼「標準答案」，老師在評價學生的解讀以及表述自己的解讀成果時都顯得相當節制與謹慎（很

多時候是避免去談）。我想這為了讓大家把注意力更集中於解讀的實踐過程，而儘量減少任何可能與「參考答案」相關的資訊（老師對兩段「阿根廷別為我哭泣」視頻的細讀，以及對《革命時期的愛情》的第一章第一段的細讀都給我留下極其深刻的印象）。為了「授之以漁」，就要避免學生在學習中「得魚忘筌」。在我看來，這是一門不拘於特定結論、不拘於特定理論的方法課，具有相當的開放性，同時也是直奔目標、相當務實的。然而，我一直有這樣的一個疑惑——第一彈中所介紹的與「符號」相關的話語，似乎是構成了之後知識與實踐不斷積累的基點。從「符號」的角度建立對文化、文本的理解，是否就不存在縫隙呢？除了從符號的角度來理解，是否還有其他的角度呢？

回答：謝謝！在你的「然而」一詞出現之前的部分，其實不是提問，是對這課的評判。我覺得你說得很透。下面就回答你「然而」之後的提問。是的，肯定有別的角度，比如「現象學」的角度，「超驗」（超越日常經驗和邏輯驗證的，比如說宗教）的角度、文學人類學的角度等。當然，話又說回來，其實就連精神分析，和一部分的現象學、人類學，也符號化了。對那些其他角度，我本人的瞭解，更顯單薄一些，不足以在課堂上討論、傳授。但，對於你來說，我的疆界，不是你的疆界。歡迎去探索！

第三講　聚焦於解讀敘事

我們為什麼非要故事不可？

壹

我們為什麼
非要故事不可？

在我繼續寫下去，在你繼續讀下去之前，這本書在這裡，在第三講的開頭，暫停片刻，回顧前面已經談了些什麼。

先有導言部分，說明如何才算是這本書裡所說的「打開」文學，以及怎樣才叫「解讀」。簡單講，就是把閉著嘴的被動閱讀，變成能讀出作品裡面的「how」（怎樣好）和「why」（為什麼好）的主動解讀。至於「What」——是「什麼」感動了你，不論是波赫士（Borges）還是渡邊淳一，張承志還是郭德綱，都是你的私人事務，是我們每個人的私人事務，不歸這本書去干涉。這本書不管你是為「什麼」而感動，只管幫你「打開」這份感動，說出「怎樣感動」和「為什麼感動」。

那我們從什麼東西上入手，去「打開」、「解讀」呢？緊接著的第一講，明確瞭解讀的物件，就是符號。第一講從介紹文化的「符號」性入手，把構成文學書寫的語言文字，和構成視覺、聽覺等的表意符號（線條、圖形、音符等）的編織，統稱為人類「文化」這一符號表意之網。「解讀」，就是基於對這一「符號之網」中任何文學、文化產品的破解。

要實現對「符號之網」中文學、文化

產品的破解，還需要一件解讀的利器──「文本細讀」。於是就有了第二講，從頭到尾都在言傳（為何做）和示範（如何做）此物（文本細讀），特別是通過對希利斯‧米勒一段深入淺出的話的解讀，展示出文本細讀的方法，以及這樣做的好處和複雜性。

　　前面的內容，已經回顧完。這本書從第三講開始，進而講述，如何來打開一些具體的文學樣式，比如說如何來打開「敘事」（故事的講述），特別是與青年讀者自身成長相關的「成長敘事」。然後，這本書會來討論，為了能打開文學，除了具備文本細讀的方法之外，還應該想到啥，比如說「互文性」，和物質文化因素。最後，再在盤點全書內容的基礎上，推出解讀一事的更深層意義。當然這都是後話了。

　　這第三講，承接上一講裡面米勒爺爺所說的文本細讀，索性把文學樣式裡面最無法回避的一個大塊頭──敘事（故事講述）──挑出來單練。講故事，就是用語言來類比和製造事件的方式。就是說，用語言來說出一件事，這件事也不一定是真發生過的。

　　敘事活動，是我們獲得人生經驗的必備途徑。我們需要通過文學性虛構，來品嘗可能的自我，並且在實際世界中進行推演和角色扮演，審視目前的生活，設想尚不存在的生活之可能。（沒吃過豬肉，還沒見過豬跑嗎？沒談過戀愛，就更要看小說，看韓劇。科幻小說裡面發生的事情，雖然在今天還是科幻，但未必不會在今後的社會裡發生，對不對？）

　　下面就仍然以米勒爺爺的一篇文章來作為主打，來開啟新的一講。文章裡面雖然全是寶貝，但讀過兩三頁之後，仍

然會讓一般讀者大腦缺氧。這時，我的【批註】會幫助你來理解。

米勒爺爺的這篇文章就叫作「敘事」，（J. Hillis Miller,「Narrative」），是著名的《文學研究批評術語》（*Critical Terms for Literary Study*）一書裡面的「敘事」詞條。（Frank Lentricchia and Thomas McLaughlin eds, Chicago: The University of Chicago Press, 2nd edition, 1995.）

我節選的部分，是揢去了比較理論化的開頭，保留了後面比較通俗易懂的部分。這部分先是設問並解答了三個重要的問題：一、「Why do we need stories at all?」——「我們為什麼非要故事不可？」二、「Why do we need the 'same' story over and over?」——「我們為什麼對『同樣』的故事要個不停？」三、「Why do we always need more stories?」——「我們為什麼總是要更多的故事？」說實在的，我們這些普通人，與米勒爺爺這樣的大牛人的差距，首先還不是在於解答不了問題，而是在於提不出有意義的大問題來。我們為什麼沒有「問題意識」呢？就是因為在日常生活中對身邊出現的事物熟視無睹，而不去動腦筋發問「為什麼」，就如同祖祖輩輩的人類都對蘋果從樹上掉下來這事兒熟視無睹，直到有個叫牛頓的人開始發問。……解答第一個問題，米勒調用了心理分析和認知科學的論述。解答第二個問題，米勒調用了結構主義敘事學／符號學的論述。解答第三個問題，米勒調用了解構主義式文本分析的方法。——解構之成其為解構，在實踐上，不通過文本細讀，是無法打開語言的細微縫隙的。在解答這第三個問題上，米勒爺爺再一次發揚了其「理

論和實踐相結合」的文本細讀優秀傳統。他先是通過解讀古希臘悲劇《伊底帕斯王》（*Oedipus Rex*），來讓我們領略敘事行為是人探索「我是誰」的內在需要，永不停息。然後，米勒爺爺又細讀兩首出自名家之手的極其短小的微型詩，把它們當作極短的故事來看，給我們「解剖麻雀」，看到敘事是怎樣運轉起來的。

《文學批評術語》該書所有的術語詞條，都出自名家之手。這書的第一版，在二十世紀九十年代年代就被張京媛等翻譯為中文。（香港的牛津大學出版社，1994 年，繁體字版。）但我備課時，是從這篇的英文看起的，隨手也就節選並自己譯了一遍。

我們為什麼非要故事不可？

摘自 J. Hillis Miller,「Narrative」

我們為什麼非要故事不可？為什麼兒童聽起故事來會那麼貪婪？為什麼我們甚至在長大以後對故事的需求也不會終止，而是繼續要讀小說和神祕故事，看電影和電視連續劇？如果你細想一下，會覺得閱讀或觀看虛構的故事是一件奇怪的舉動。在閱讀的時候，小說的讀者讓自己從緊密環繞他的世界真實生活責任中超脫出來。借助紙上的那些黑色印記或者螢幕上的圖像，讀者或觀賞者進入到一個想像的世界中棲居；那個世界與現實世界的關聯或多或少有些模棱。人們可能覺得，隨著人類文明

的發展，現實居於主導地位，故事的講述似乎應該過時了。事情並非如此。這就像彼得·布魯克斯（Peter Brooks）所指出的，如果說人是會使用工具的動物，這種動物也早就是使用象徵符號的動物，是能夠辨識意義的動物。並且，這種動物具有虛構能力——辨識意義的重要形態。「虛構」（fiction）一詞源自拉丁文 fingere，意思為「建造」（「to make」）和「編造」（「to make up」）。彼得·布魯克斯認為「文學虛構」含有上述「建造」和「編造」的雙重性。虛構—認可機制是人類的一個基本活動，囊括了博弈、角色扮演、白日夢和其他林林總總的表現形式，其中也包括文學。

【原文】Why do we need stories at all? Why do children listen so avidly to stories? Why do we never outgrow the need for stories and go on reading novels, mystery stories, seeing movies, or watching soap operas on television even as adults? Reading or watching fictive stories is, when one thinks of it, a strange activity. The reader of a novel detaches himself or herself from the immediately surrounding world of real-life obligations. With the help of those blackmarks on the page or images on the screen the reader or spectator comes to dwell in an imaginary world whose links to the real world are more or less indirect. One might have thought that by now the reality principle, growing more dominant as civilization grows, would have made storytelling obsolete. Nothing of the sort has happened. As Peter Brooks has observed, if man is the tool-using animal, homo faber, he is also inveterately the symbol-using animal, homo significans, the sense-making animal—and, as an essential part of the latter, the fiction-making animal. The word "fiction" comes from the Latin fingere, "to make" and "to make up". A fiction, as Brooks says, is made up in the double sense of being both fabricated and feigned. This make-believe is a fundamental human activity. It includes game playing, role-playing, daydreaming, and many other such activities, as well as literature proper.

為什麼我們需要虛構作品並且癡迷於此？亞里斯多德在他的《詩學》的開頭給出了雙重的解釋。他認為，我們人類出於兩個原因而喜歡藝術模仿（他用的古希臘語 mimesis 一詞差不多就相當於我所說的「虛構」）。其一，藝術模仿是有韻律有規律的——人類在有韻律的形式中會獲得自然而然的愉悅。其二，人類的學習是通過模仿進行的，人在學習過程中亦會獲得樂趣。那麼，我們從文學虛構中學到了什麼？我們學到了事物的本來面目。我們需要通過文學性虛構來品嘗可能的自我並且將我們的狀況在實際世界中進行推演和角色扮演。想想在虛構文學裡有多少是關於成長的故事就知道了——比如說童話故事。在成長故事裡更包括像《遠大前程》或《哈克貝利·費恩》這樣偉大的小說。如果用更現代的論述方式來表達亞里斯多德的意思，那可以說通過虛構作品，我們得以塑造並且重塑我們的生活經驗。我們賦予從生活中得來的經驗以形式、意義，和一個線性發展的結構——其中包含著形態嚴整的開端、中間部分、結局，和中心主題。人類講述故事的能力是男人女人——共同圍繞著他們的生活——構築一個有意義和秩序之世界的方法。我們通過虛構文學來盤查人類生存的意義，或許也能夠創造出新的意義。

批註

「為什麼我們需要虛構作品並且癡迷於此？」——開頭米勒爺爺引用亞里斯多德，是從個體發生（ontogeny）的角度來說的。個體發生的所需階段及其要素，對每個人的成長來說都是不可或缺的。而個體發生與群體發生（phylogeny）具備相同的結構。從個體發生學角度來論述的有力之處在於，如果虛構的作品，在個體發生的意義上不可或缺，那也就是說，對於人類社會群體來說是不可或缺的。兒童如果缺失了從童話等故事中學習到角色扮演、倫理辨別、性別差異等的條件，就無法成長為具備正常思維能力的成人。

米勒爺爺在這段後部還說，通過敘事活動，「我們賦予從生活中得來的經驗以形式、意義，和一個線性發展的結構——其中包含著形態嚴整的開端、中間部分、結局，和中心主題。」——這話的含義很深，待後面再展開詳談。

【原文】Why do we need fictions and enjoy them so much? Aristotle's answer at the beginning of the *Poetics* was a double one. We enjoy imitation, mimesis (his word for roughly what I have been calling "fiction") for two reasons. For one thing, imitations are rhythmic, orderly, and it is natural to human beings to take pleasure in rhythmic forms. In addition, man learns by imitation, and it is natural to man to take pleasure in learning. What do we learn from fictions? We learn the nature of things as they are. We need fictions in order to experiment with possible selves and to learn to take our places in the real world, to play our parts there. Think how many works of fiction are stories of initiation, of growing up—fairy tales, for example, but also great novels like *Great Expectations* or *Huckleberry Finn*. A more modern formulation of what Aristode asserts might be to say that in fictions we order or reorder the givens of experience. We give experience a form and a meaning, a linear order with a shapely beginning, middle, end, and central theme. The human capacity to tell stories is one way men and women collectively build a significant and orderly world around themselves. With fictions we investigate, perhaps invent, the meaning of human life.

那麼你會問：到底是「創造」還是「揭示」呢？我們在二者之間的不同選擇意味著諸多差異。如果說是「揭示」，那就預設了我們的世界已經有這種或那種預先存在的安排，於是虛構的作用就是以這種或那種方式來精確地模仿、翻版，或者再現那樣一種秩序。依此說來，對一個虛構作品的終極評判就是它是否對應上了事物本來的樣子。從另一方面說，如果我們承認是「創造」，就預設了這個世界本來並沒有自身的秩序安排，那麼虛構的社會和心理功能就是言語—行為理論（speech-act）派的理論家所說的「表演性」的。如此說來，故事就是用語言來製造事件的方式；它能使事情在真實的世界發生。比如說，它能夠為我們建議自我的存在形態或者行為方式，使我們在真實的世界中去模仿它們。順著這個思路也可以這樣說，我們讀過戀愛小說後，才會在生活中墮入愛河時意識到如此。從這個著眼點來看，虛構文學可以說具有無比的重要性。它不是文化的精確反射產品，而是不事張揚從而愈發具有效力的文化之員警。小說使我們不去越界，並且使我們更像我們的鄰居。如果在主導媒體裡——從開始的口頭講述變成了印刷讀物，然後又從印刷讀物變成影視——這一點成立的話，那麼不同敘事類型的流行程度在時間裡的消長，會對文化形態的塑造具有不可估算的重要作用。

【原文】Well, which is it, create or reveal? It makes a lot of difference which we choose. To say "reveal" presupposes that the world has one kind or another of preexisting order and that the business of fictions is in one way or another to imitate, copy, or represent accurately that order. In this case, the ultimate test of a good fiction is whether or not it corresponds to the way things are. To say "create," on the other hand, presupposes that the world may not be ordered in itself or, at any rate, that the social and psychological function of fictions is what speech-act theorists call "performative." A story is a way of doing things with words. It makes something happen in the real world: for example, it can propose modes of selfhood or ways of behaving that are then imitated in the real world. It has been said, along these lines, that we would not know we were in love if we had not read novels. Seen from this point of view, fictions maybe said to have a tremendous importance not as the accurate reflectors of a culture but as the makers of that culture and as the unostentatious, but therefore all the more effective, policemen of that culture. Fictions keep us in line and tend to make us more like our neighbors. If this is true, then changes in the rise and fall in popularity of different genres over time or changes in the dominant medium—first from oral storytelling to print, then from printed books to cinema and television—will have an incalculable importance for the shape of that culture.

然而，敘事還有一種功能，這與我上面剛說的「員警」功能相反。敘事是一個相對安全或無害的空間；在這裡，人們可以批評在一個文化裡占主導地位的那些觀念。在小說裡，那些其他的觀念可以給我們提供娛樂，可以被嘗試。這不像在現實世界裡的情形——在現實世界裡如此的嘗試可能會導致糟糕的後果。在想像的王國裡，人們卻可以很容易地假定：因為事情只不過發生在虛構文學的假想世界裡「什麼都沒有真的發生」。比如，如果某小說調教我們去相信「墮入愛河」，它同時也對我們的這種相信進行祛魅。進而，也許在最後，該小說

展示給我們：儘管祛魅是其考量之一，愛情的壯烈則超乎於此。莎士比亞的喜劇《皆大歡喜》是這方面一個輝煌的例子。其實許多偉大的小說，比如喬治・梅瑞狄斯的《利己主義者》，就採用了同樣的形式。所以我們有理由相信，敘事一方面能夠強化主導文化，同時也可以對其質問；兩者是同時存在的。在小說裡我們可以間接地肯定我們對主導文化的質問：在安全的小說領域裡，對我們文化裡占統治地位的觀念和意識，我們可以表達對其脆弱性和弱點的擔憂，而不用擔負風險。其實，那些服務於壓抑性政權的官員，他們更可能精明地懂得小說裡的政治能量，因為在長時間的生涯中他們審查、刪改並禁止具有威脅性的小說面世。如果說司各特的小說在美國激化了南北戰爭，把那些被浪漫古風所癡迷的南方種植園主帶向了毀滅，這也不完全是無稽之談。

批註

米勒爺爺的這些話，確實是深入淺出，讀起來很直白，其實走得很深，值得反覆琢磨。我當教書匠這麼多年了，每一次備課到這裡，仍然常讀常新。「深入淺出」地說話，是最見功力的。米勒爺爺總是說得恰到好處，不枯燥，讓你繼續去領會吧。

最後說到的司各特爵士，可說是「歷史小說」寫作的濫觴。什麼蘇格蘭人的古代英雄事蹟，英法百年戰爭，都被司各特爵士的靈感加以醞釀寫成煽情的小說，供十九世紀中產階級去消費。你可以把這想像成是十九世紀的歷史「大片」和歷史「美劇」。而十九世紀中葉生活在美國南部的奴隸主，在閱讀過程中產生了自己是古老的消失的美好的階級制度的最後捍衛者的幻覺，也是病得不輕。

【原文】There is, however, another cultural function of narratives, one going counter to the "policing" function I have just noted. Narratives are a relatively safe or innocuous place in which the reigning assumptions of a given culture can be criticized. In a novel, alternative assumptions can be entertained or experimented with—not as in the real world, where such experimentations might have dangerous consequences, but in the imaginary world where, it is easy to assume, "nothing really happens" because it happens only in the feigned world of fiction. If novels coach us to believe that there is such a thing as "being in love," they also at the same time subject that idea to effective demystification, while perhaps at the end showing the triumph of love beyond or in spite of its demystification. Shakespeare's *As You Like It* is a splendid example of this, but many great novels, for example George Meredith's *The Egoist*,take the same form. There is reason to believe, then, that narratives reinforce the dominant culture and put it in question, both at the same time. The putting in question may be obliquely affirmative: we can ward off dangers to the reigning assumptions or ideologies of our culture by expressing our fears about their fragility or vulnerability in a safe realm of fiction. The officials of repressive regimes who have over the years censored or suppressed threatening novels may, however, have a shrewder sense of the political force a novel can have. It is not entirely an absurdity to say that the novels of Sir Walter Scott caused the Civil War in the United States and sent all those romantically infatuated plantation owners to their doom.

接著看米勒爺爺第二個設問和解答：

我們為什麼對「同樣」的故事要個不停？

摘自 J. Hillis Miller,「Narrative」

第二個問題：我們為什麼對「同樣」的故事要個不停？這一問題的答案，更多地同敘事的那種肯定式的文化塑造功能相聯繫，而與敘事的另外的批評功能或顛覆功能則較少聯繫。如果我們需要故事來賦予世界以意義，那麼，該意義的呈現形態，就是該意義的最基本的載體。當孩子堅持要大人一字不易地給他們講述他們早已熟悉的故事時，他們是很懂這一點的。如果我們需要故事來理解我們的經歷的含義，我們就一再地需要同樣的故事來追加那種理解。也許，這種重複性，在反覆地遇到那賦予故事以活力的形式時，不斷地得到了確認。又也許，對於有韻律的結構型的重溫，不管這個結構型具體如何，內在地就是令人愉悅的。在同一結構型中的反覆重溫，本身就令人愉悅。當它們被重溫時，為人們提供了愉悅。

貳　我們為什麼對「同樣」的故事要個不停？

批註

這是真事。——當年我還沒有孩子的時候，在國外留學，就對鄰家小孩兒無數次看同一個動畫片這事感到驚奇。等到後來自己有孩子了，發現自己孩子也是這樣。經米勒爺爺一解釋，才懂得原來孩子們看來是在通過刻苦的「自學」，來體會「賦予世界以意義」的形式呀！回想起來，我小時候也是要大人講同樣的故事，自己也把一些書看了無數遍。

還有，我所說的文本細讀，不僅是面對文學性文本的，也可以是面對米勒爺爺這樣的「理論」或「批評」性文本。你看這一段的最後兩句「Or perhaps the repetition of a rhythmic pattern is intrinsically pleasur-able,whatever that pattern is. The repetitions within the pattern are pleasurable in themselves, and they give pleasure when they are repeated.」如果你出聲念一下，就會發現「repetition」（重複，或者重溫）這種行為（或其動詞 repeat）出現了三次，「pattern」（結構型）出現了三次，「pleasurable」（令人愉悅）出現了三次。我給試著翻譯過來，就是「又也許，對於有韻律的結構型的重溫，不管這個結構型具體如何，內在地就是令人愉悅的。在同一結構型中的反覆重溫，本身就令人愉悅。當它們被重溫時，為人們提供了愉悅。」這時要忘記理論論述，回到語言本身的經營裡面，去思考米勒爺爺到底在幹什麼。米勒爺爺的這兩句話，在語言的聽覺和視覺效果上，我覺得確實是讓我頗為「愉悅」的，因為上述三個關鍵字在有韻律的「結構型」裡面的反覆「重溫」，造成了強烈的表述效果，成功地在我的腦子裡輸入了「the repetition of the pattern is pleasurable」（對結構型的重溫＝愉悅）的強烈印象。這樣的強烈印象，絕不是乾巴巴的概括之後所達成的枯燥公式「對結構型的重溫＝愉悅」所能帶來的，而是米勒爺爺通過語言效果的現身說法所營造出來的：「Or perhaps the repetition of a rhythmic pattern is intrinsically pleasurable, whatever that pattern is. The repetitions within the pattern are pleasurable in themselves, and they give pleasure when they are repeated.」我對這兩句的細讀，算是給大家的又一塊小甜點：不要迷信理論，理論

只是一個傳說，而文本永恆。米勒爺爺這兩句的意思，絕對是要仰
仗他所營造的文本形式效果。而所謂「理論研究」，往往就是「買
櫝還珠」。
　　另外再請注意，這第二個問題裡面，段落開始的「同樣」的故事，
「同樣」一詞是打引號的。這意味著這「同樣」也可以是「不完全
一樣」的。具體還可以怎樣「不完全一樣」？則請看下段。

【原文】Second question: Why do we need the "same" story over and over?
The answers to this question are more related to the affirmative, culture-
making function of narrative than to its critical or subversive function. If we
need narratives in order to give sense to our world, the shape of that sense is a
fundamental carrier of the sense. Children know this when they insist on
having familiar stories recited to them in exactly the same forms, not a word
changed. If we need stories to make sense of our experience, we need the
same stories over and over to reinforce that sense making. Such repetition
perhaps reassures by the reencounter with the form that the narrative gives to
life. Or perhaps the repetition of a rhythmic pattern is intrinsically pleasurable,
whatever that pattern is. The repetitions within the pattern are pleasurable in
themselves, and they give pleasure when they are repeated.

　　「同樣」一詞所加的引號，暗示了「同樣的故事」的
「同樣」的另一種含義。如果說，我們像小孩一樣，總
是在索要用完全同樣的方式所講述出來的同樣的故事，
彷彿那是魔法，一字之易就會效力盡失的話，那我們還
總是在索要在另一個意義上的，「同樣的故事」。——
我們需要重溫許多的，在同樣的套路之中又見到變化的
大量故事。如果說兒童總是不停地要大人重複講熟悉的
兒歌和睡前故事，一個字也不能念錯，那是因為這樣他

們就能很快地，甚至在五六歲以前，就能學會正常地講故事的規則。他們學會了故事開頭和結尾的套路：「很久很久以前」和「他們從此過著幸福的生活」。他們學會了要遵守那些能讓故事成為故事的規則。很多種類的敘事，都可以辨識為是由在約定俗成的套路上所衍生出來的。希臘悲劇、兒歌、童話、民謠、福爾摩斯探案故事、詹姆斯‧龐德小說、五行體打油詩，甚至像「維多利亞式的小說」這樣一個大類，或者在其中的安東尼‧特洛普的四十四部小說，都是同一個叫作「敘事」的大家族中的可識別的成員。這種「可重複性」，是許多敘事形式的內在特徵。這也就是五行體打油詩的全部意義所由——所有針對同一模仿原本的打油詩，都分享了一種「家族類似」。對於神祕小說也可以這樣來說。從對常規的偏離所產生的大部分意義，就來自於它們偏離了規則這一事實。用偵探小說舉例言之，阿嘉莎‧克莉絲蒂的《羅傑‧艾克洛命案》，就是這樣。在這部偵探小說偏離規則之處在於，敘述者本人就是兇手。或者舉一個維多利亞時期小說的例子，如梅瑞狄斯的《理查‧費佛拉的考驗》，出人意料地有一個不幸的結尾。

批註

想想為什麼兒童癡迷於觀賞同一集動畫千百遍，而對你來說，「熊出沒」的每一集都與別的集並無不同？——答案是，你已經懂得了米勒爺爺所說的，加了引號的「同樣」的故事為何物。你需要的，是另一種「同樣」的故事——對於套路的反轉、嫁接、戲擬等等。

「從對常規的偏離所產生的大部分意義，就來自於它們偏離了規則這一事實。」——我前面對王小波《革命時期的愛情》開頭的細讀，說該小說是對於「金屋藏嬌」敘述框架的採用與反轉云云，當然，這是如同米勒爺爺所說的，加了引號的「同樣」的故事，離不開王小波對舊式小說戲文裡面「金屋藏嬌」套路的偏離。——女主 X 海鷹作為年輕的女團委書記，擁有仕途上的潛力，就相當於「革命時期」一位「進京考試的舉人」。在豆腐廠所在的曾經的會館的深宅大院裡，金屋藏嬌的欲望劇，將以改頭換面的方式得到重演。具體而言，落後男青工王二成了女團委書記 X 海鷹所專人負責的「幫教（明教育）對象」，每天從早到晚要自行去 X 海鷹的單人宿舍裡枯坐，形同「藏嬌」。（小說裡面也特意說了，這裡作為會館的後院，被槐樹的綠蔭環繞，相傳在歷史上，有一個被趕考書生所拋棄的女人，就是在此上吊自殺的。）而男主角王二下一步的命運，就直接取決於 X 海鷹的「拯救」。

【原文】The quotation marks around the word "same"indicate another meaning for the sameness of the same story. If we, like children, want the same story over and over in exactly the same form, as though it were a magical charm that would lose its efficacy if a word were changed, we also need the same story over and over in another sense. We want repetition in the form of many stories that are recognizably variations on the same formula. If children want nursery rhymes and bedtime stories over and over in exact word-for-word order, they quickly learn even before the age of five or six the rules for proper storytelling.They learn the conventions of formulaic beginning and ending, "Once upon a time"and"They lived happily ever after."They learn the conformity to normof a story that "works."Many kinds of narrative are demonstrably variations on a conventional form or formula: Greek tragedies, nursery rhymes, fairytales, traditional ballads, Sherlock Holmes stories, James Bond novels, limericks, even such large genres as "the Victorian novel"or, within that, the forty-four novels of Anthony Trollope, all recognizably members of the same family. This repeatability is an intrinsic feature of many narrative forms. It is the whole point of limericks that there be lots of them and that they all have a family resemblance. The same thing can be said of mystery stories. Variations from the norm draw much of their meaning from the fact that they are deviations from the rules. An example would be a detective story in which the narrator is the murderer, for example Agatha Christie's *The Murder of Roger Ackroyd*, or a Victorian novel, such as Meredith's *The Ordeal of Richard Feverel*, that unexpectedly has an unhappy ending.

敘事中這種「異中存同」的形式的普遍性，有兩重含義。一方面，它意指我們需要故事是因為故事能為我們所用，而我們對其的需求也無厭。另一方面，它又暗示這種功能並不是主要地由角色、逼真的環境甚至「主題」或「要旨」、「道德寓意」來履行，而是由事件的序列結構及情節來履行。看來，亞里斯多德在敘事中給予情節以首要地位是正確的。一個既定敘事的情節結構，似乎可以從一個故事轉移到另一個可能具有與之迥異的角色和環境的故事中去。情節是可分、「可譯」的。這樣一種看法，是晚近的斯拉夫形式主義者、法國結構主義者、符號學家和「敘事學家」所做的大量敘事分析能得以進行的主要基礎。這些理論家已試圖用這種或那種方法找出敘事形式的祕密，或者說它的「深層結構」。例如，斯拉夫形式主義的典範著作之一，普羅普的頗有影響的《民間故事形態學》就試圖證明，一百個俄國民間故事是同一結構形式的變體。功能性元素的數目是有限的。雖然並非所有的元素在每個故事中都出現，但這些元素的序列（諸如「阻撓」、「詢問」、「離開」、「回來」等情節元素）總是類同的。敘事學家認

為，敘事的規則類似一種如符碼，或自帶語法的語言一
樣的東西，或許就是更大規模上的句法。亞里斯多德在
西方敘事理論的第一本偉大著作《詩學》中，已經是一
個事實上的「結構主義者」。亞里斯多德不僅肯定了情
節的首要性，而且相信他能辨別出使一部悲劇成其為悲
劇的基本結構特徵。

批註

我注意到，米勒爺爺在進行理論性論述時，常常愛用短語「it
seems that」——中文為「看來似乎」或「貌似」。這種口氣，是比
較低調甚至是刻意降低權威性的。雖然軟弱，但是在得不出定論的
前提下，顯得很實在。這給我一種比較謹慎的、「商量著來」的感
覺，不武斷。相比於中國文藝理論讀物裡面愛用的強悍的「我們認
為」，兩種口吻，孰優孰劣，讀者您自行判斷吧。

【原文】The universality of this form of "the same in the different"in
narrative has two implications. It implies that we want stories for something
they can do forus, something we inexhaustibly need. It implies that this
function is not performed primarily by the characters, the true-to-life setting,
or even by the "theme"or"message", the"moral",but by the sequential
structure of events, the plot. Aristotle, it seems, was right to give plot primacy
in narrative. The plot structure of a given narrative seems to be transferable
from one story to another with perhaps very different characters and setting.
Plot is detachable,translatable. Much recent analysis of narrative—by the
Slavic formalists, by French structuralists, by semioticians, and by
"narratologists"generally—hasbeen based on this notion. Such theorists have
sought in one way or another to find out the secrets of narrative form, its"deep
structure."Vladimir Propp's influential *Morphology of the Folk Tale*,for
example, one of the classics of Slavic formalism, attempts to demonstrate that
one hundred Russian folk talesare all variants of the same structural form. The

number of functional elements is limited. Though not all of the elements are present in every story, the sequence of such functions (plot elements such as "interdiction," "interrogation,'"departure,'"return") is always identical. Narratologists have thought ofthe laws of narrative as something like a code or a language with a grammar of its own, perhaps something on a larger scale like the grammar of a sentence. Aristotle, in the *Poetics*, the first great work of Western narrative theory, was alrcady a structuralist beforethe fact, not only in according primacy to plot but in believing he could identify the essential structural features making a tragedy a tragedy and not some other thing.

從結構主義或符號學的角度來看，敘事就是對已經發生的或被設定為已經發生的事情進行整理或重新整理、陳述或重新講述的過程。進行這種講述，需要遵從一些明確的規則。這些規則的作用，就類似於我們造句時所要根據的一些規則。這意味著，故事的講述法則裡面的祕密，經由經驗和科學的探究，是可以弄清楚的。這就使敘事理論成為「人文科學」的一部分。所以，普羅普使用了一個既來自語言學又來自生物學的術語：「形態學」。存在於既有的文化、文類，和具體時空裡面的故事的講法，總是服從那些雖未明文規定，但卻可辨識的規律。於是，一個成功講述出來的故事，就可以與講述得糟糕的故事區別開來，故事可以同非故事區別開來。

批註
這是對結構主義敘事學原理、價值和應用的十分「正點」的總結。

【原文】Seen from this structuralist or semiotic perspective, narrative would be a process of ordering or reordering, recounting, telling again what has alreadyhappened or is taken to have already happened. This recounting takes place according to definite rules analogous to those rules by which we form sentences. This means that the secrets of storytelling are ascertainable by empirical or scientific investigation. This makes narrative theory part of "the human sciences."Hence, Propp's use of a term from biology as well as from linguistics: "morphology."The process of storytelling in a given culture orwithin a given genre at a particular place and time will be bound by certain unwritten but identifiable laws, so that a good story can be distinguished from abad story, a story from a non-story.

應當強調的是，根據一定的連接它們的常規軌道設計的事件結構絕非一派天真，因為它並不按事件的原樣處理事物。敘事所做的重新整理也就可以有它的功能，就像我已提到的，對一種文化中關於人類存在，關於時間、命運、自我，關於我們的過去、現在和將來等等人類生活的最基本的假說進行肯定、鞏固甚至創造的功能。我們之所以一再地需要「相同」的故事，是因為我們把它當作最為有力的方法之一，甚至就是最有力的方法，去宣揚我們文化裡面的基本觀念。

批註

我們為什麼對「同樣」的故事要個不停？──米勒主要是從結構主義敘事學／符號學的角度來深入淺出地回答這個問題。應該說，結構主義敘事學，如同分析敘事內部齒輪運轉的鐘錶匠，骨子裡主要就是來解答這個問題的。第一個問題，我們為什麼非要故事不可，追問的是人的內心，需要心理分析和認知科學來回答，結構主義是回答不了的。回答第三個問題，「我們為什麼總是要更多的故事」，顯然更不能靠結構主義敘事學了。人總是需要更多的故事，就是因為既有的故事仍然不能讓我們滿意，總是在自我解構。

【原文】This structuring of events according to a certain design of beginning, end, and conventional trajectory connecting them is, it should be stressed, by no means innocent. It does not take things as they come. Reordering by narrative may therefore have as its function, as I have suggested, the affirmation and reinforcement, even the creation, of the most basic assumptions of a culture about human existence, about time, destiny, selfhood, where we come from,what we ought to do while we are here, where we go─the whole course of human life. We need the "same" stories over and over, then, as one of the most powerful, perhaps the most powerful, of ways to assert the basic ideology of our culture.

參

我們為什麼總是要更多的故事？

接著看米勒爺爺第三個設問和解答：

我們為什麼總是要更多的故事？

摘自 J. Hillis Miller,「Narrative」.

第三個問題：為什麼我們總是要更多的故事？這是我的問題中最難的一個。人們似乎覺得，一旦一個男人或女人達到成年階段，在伴隨其成長的青少年時期的那些故事的幫助下，他／她這時已經應該被文化所充分地同化了，在社會中有了一個明確的自我和一個明確的角色，因此也就不會再需要更多的故事了。但事實顯然並非如此。下面，我在這裡不過是先來暗示一個可能的解釋。但我在這之後，還要對幾個文本案例來進行討論，相信會讓這個問題變得更清晰。我們總是要更多的故事，也許是因為在某種意義上，已有的故事從未讓我們徹底滿意。一個故事，無論構思得有多麼完美，寫得有多麼淋漓盡致，無論多麼令人感動，也不能完美地完成它們應盡的功能。根據某種不以人的意志為轉移的定律，每一個故事，每一次重述

或變異，總會留下某種不確定性，或包含某種散漫的尚未訴說得徹底完結的結局。這一定律，與其說是心理學或社會學方面的，還不如說是語言學的。這種必要的不完美，意味著沒有故事能完美地、一勞永逸地履行其賦予秩序和確認意義的功能。於是，我們需要另一個故事，然後又一個，再一個。我們對故事的需求不會終結。我們從它們那裡尋求滿足的饑渴，從未得到緩和。

批註

米勒爺爺提出的第三個即最後一個敘事問題，是「我們為什麼總是要更多的故事？」米勒爺爺用了遠遠多於解答前兩個問題的篇幅，來解答這個問題，解答得也更為不確定，需要悟性才能理解。最後，在這一段裡，給出了一個「可能的解釋」——「我們總是要更多的故事，也許是因為在某種意義上，已有的故事從未讓我們徹底滿意。一個故事，無論構思得有多麼完美，寫得有多麼淋漓盡致，無論多麼令人感動，也不能完美地完成它們應盡的功能。根據某種不以人的意志為轉移的定律，每一個故事，每一次重述或變異，總會留下某種不確定性，或包含某種散漫的尚未訴說得徹底完結的結局。……」——這一段所給出的解釋或者說結論，顯然還不是重頭戲。從篇幅上看，重頭戲是在後面洋洋灑灑的案例分析。

【原文】Third question: Why do we always need more stories? This is the most difficult of my questions. It would seem that once a man or woman has reached adulthood, with the help of all the narratives with which a growing youth is surrounded, he or she would then be fully assimilated into the culture, with a definite self and a definite role in society and therefore with no more need for stories. This is obviously not the case. I can only hint at a possible explanation for this. But my discussion afterward of several examples may make the issue clearer. It could be that we always need more stories because in someway they do notsatisfy. Stories, however perfectly conceived and powerfully written, however moving, do not accomplish successfully their allotted function. Each story and each repetition or variation of it leaves some uncertainty or contains some loose end unraveling its effect, according to an implacable law that is not so much psychological or social as linguistic. This necessary incompletion means that no story fulfills perfectly, once and for all,its functions of ordering and confirming. And so we need another story, and then another, and yet another, without ever coming to the end of our need for stories or without ever assuaging the hunger they are meant to satisfy.

我可以先以一種敘事形式為例。這種敘事形式，幾乎總是存在於任何一種文化的神話、傳說和古代故事中，且把解釋人類的起源，人類的從何而來，作為己任。人類學家稱之為「究原性神話」（etiological myths）。吉卜林的《叢林之書》，其中有「大象如何獲得它的鼻子」之類的故事，就是一部究原性傳說的故事集。《詩學》中亞里斯多德的完美悲劇的藍本——索福克勒斯的《伊底帕斯王》，已被現代結構主義的人類學家解釋為這樣類型的一個敘事。在敘事活動裡，當找不到有效的邏輯形式來解釋某事物時，就需要神話或者說是離奇的敘事形式來提供解釋。這時，這種神話性的非邏輯前提，就會繼續埋藏在故事裡。人的起源問題，以及他如何將自己從獸類和非文明的自然界中分離出來，這是一個雞生蛋、蛋生雞式的問題。在講述的時候，無論選擇哪一個階段為起點，總是預示著前面還會有更早的階段。

批註

從這段開始，米勒爺爺用幾千字的篇幅來分析第一個文本案例：
《伊底帕斯王》。在一個「尋罪」的原型意義上，米勒爺爺似乎覺
得這個故事很有代表性，是一個關於敘事之謎本身的敘事，需要充
分分析這個敘事的容量。米勒爺爺是在跟我們商量著來，似乎在
說，敘事是人面對自身不解之謎的一個探究方式。在這個意義上，
米勒爺爺彷彿不是在解答第三個問題，卻好像回去解答第一個問題
「我們為什麼非要故事不可？」了。等把《伊底帕斯王》分析完
了，我才發現米勒爺爺是想說：為了尋找自我，必須要把人生體驗
的蛛絲馬跡編成可知可感的故事形式，而一旦我們開始需要故事，
就不是一個，而是「串燒」──在不滿足前面故事基礎上的一個又
一個。米勒爺爺這種解構主義式的行文方式，不斷地對前面推出的
論斷式臆測，予以置疑和推翻。大家一定要有耐心呀。不是米勒爺
爺生性含混，而是面對複雜問題時，含混才是不含混，不含混才是
含混。……我把米勒爺爺這部分的大致論述輪廓給透視得清晰了
些，你要耐心看下去。

【原文】One example of this might be that form of narration, almost always
present among the myths, legends, and tales of any culture, that has as its
purpose the explanation of mankind's origins, where man came from.
Anthropologists call these"etiological myths."Rudyard Kipling's *Jungle
Book*,with its stories of"How the Elephant Got His Trunk,"and so on, is a
collection of etiological legends. Sophocles' *Oedipus the King*,Aristotle's
archetype of the perfecttragedy in the *Poetics*, has been interpreted by modern
structural anthropologists as a narrative of this sort. A myth, that is, a fabulous
narrative, may be necessary when no logical form of explanation will work,
but the illogical premises will remain embedded in the story. The origin of
man, his separation of himself from the beasts and from uncivilized nature, is
a kind of chicken/egg problem. Whatever is chosen as the moment of
origination always presupposes some earlier moment when man first
appeared.

《伊底帕斯王》這個發揮了無與倫比的效力的故事，似乎「解決」了此顯然不可解的難題。在這個敘事中，亂倫和反亂倫的禁忌被認為同時既是自然的，又是文化的。伊底帕斯王既有罪，又無罪。難道他沒有謀殺了他的父親並同他的母親睡覺了嗎？有，但那時候他還不知道他們就是他的父母，所以他並不算有意識地犯下了殺父和亂倫的伊底帕斯式罪行。像獸類一樣，他是無辜的，因為他並不知道自己做了什麼。在人類眼裡，獸類無須為亂倫負責，因為它們不懂得人類反亂倫的禁令。亂倫只有在反亂倫的禁忌被觸犯時才存在。

【原文】The story enacted with matchless power in *Oedipus the King*"solves"this apparently insoluble problem by presenting a narrative in which both incest and the taboo against incest are seen as simultaneously natural and cultural and in which Oedipus is both guilty and not guilty. Has he not murdered his father and slept with his mother? And yet he did not then know they were his father and mother, and so he has not intentionally committed the Oedipal crimes of parricide and incest. Like a beast he is innocent, since he did not know what he was doing. A beast cannot commit incest because it cannot understand the prohibition against incest. Incest exists only as the transgression of the taboo against it.

反亂倫的禁忌，正如偉大的結構主義人類學家李維史陀所宣稱的，是將人類同所有其他生命的種類區別開來的基本特性。對於一隻貓、一隻狗或一隻熊，母女父子都

可以成為性物件，但是無論何時何地的人類，都禁止亂
倫。這意味著亂倫的禁忌在人類文化中佔據一個獨特的
位置。它破壞和冒犯了人類生活中的自然特徵和文化特
徵的二元劃分。由於反亂倫的禁忌極為普遍，存在所有
人類文化中，在這個意義上，它對人類來說又是自然
的，而非文化的。另一方面，它是人類社會與動物群體
相區別的特徵，所以它必須被定義為是文化的。反亂倫
的禁忌，要麼既不是文化的也不是自然的，要麼二者都
是，逾越了二者之間的藩籬。或者我們可以說，它盤旋
在二者之間的邊界上空。可以說，伊底帕斯也是這麼一
回事。他就像獸類一樣不能認識到，他的母親就是他的
母親，因而也就是一個他被禁止與之結婚的人。只有當
他認識到她是他母親時，他才認識到他已犯了一個可怕
的罪行。換而言之，反亂倫的禁忌，依賴對親緣關係的
指認。也就是說，這依賴於人類對語言的獨特的擁有。
不知情的伊底帕斯不能將他的母親稱呼他的母親，因而
他就像獸類一樣，人們不能說他犯了亂倫之罪。當他能
稱呼她為他的母親時，他才知道他已經犯了亂倫的罪
行。

批註

「也就是說，這依賴於人類對語言的獨特的擁有。」──這不是在
說「符號化」嗎？人類加入符號之網，必然導致敘事鏈條的生成和
更新──文化之網的一種編織形式。

【原文】The taboo against incest, as the great structural anthropologist Claude Lévi-Straussshas argued, is a basic trait distinguishing the human species from allother species of life. For a cat, a dog, or a bear, mother, daughter, brother, father may all be sexual objects, but all mankind everywhere at all times prohibits incest. This means that the taboo against incest occupies a peculiar position in human culture. It breaks down or transgresses the binary division between natural and cultural features of human life. Since the taboo against incest is absolutely universal, in the sense that there are no human cultures without it, itis natural to the human species, not cultural. On the other hand, it is a distinguishing feature of human, as against animal, societies, so it must be defined ascultural. The taboo against incest is neither cultural nor natural, or it is both, transgressing the barrier between the two, or, we could say, hovering on theborder between them. The same thing might be said about Oedipus, who is like a beast in not recognizing that his mother is his mother and therefore someone he is prohibited from marrying. He recognizes that he has committed an abhorrent crime only when he discovers that she is his mother. Another way to put this is to say that the taboo against incest depends on kinship names; inother words, it depends on the distinctively human possession of language. Oedipus in his ignorance cannot name his mother as his mother and so, likean animal, can be said not to be guilty of incest. When he can name her his mother he knows he has committed incest.

另一方面，伊底帕斯確實已經犯下了可怕的殺父和亂倫的罪行，不管他那時是否知道。同樣，這裡對戒律的無知，也許不能成為藉口。當然，這部戲劇的力量，依賴於給出一個驚心動魄的難題的實例。這個實例，激發起對伊底帕斯的同情，和對同樣的事也可能發生在我們身上的恐懼。伊底帕斯承認了他的罪行，通過弄瞎自己（象徵性的閹割），通過將自己放逐出人群，以懲罰自己，沿途流浪，直到死亡。但是再從另一方面說，話又

說回來：伊底帕斯又如何能對他原非有意犯下的事負責任呢？

【原文】On the other hand, Oedipus has in fact committed the horrible crimes of parricide and incest, whether he knew it at the time or not. Here too, it may be,ignorance of the law is no excuse. Certainly the power of the play depends on giving a striking example of that, an example arousing pity for Oedipus and fear that the same thing might happen to us. Oedipus accepts his guilt and punishes himself by blinding himself (a symbolic castration) and by exiling himself from the human community to wander the roads until he dies. On the other hand, again, how can Oedipus be held responsible for acts he did notintend to commit?

按照當代批評者所說的，甚至不能完全肯定伊底帕斯確實殺死了他的父親。關於伊底帕斯的父親拉伊俄斯在路口被殺害的證據中，有一個矛盾。在一個證詞中，兇手據說只有一個人。在另一個證詞中，卻有三個兇手。正如克瑞恩所評論的，「一個或三個，可不是鬧著玩的。」伊底帕斯不去分辨這些定罪於他的頗為含糊的證據，只求自責。他在這個原初的偵探故事中，同時扮演了偵探和兇手兩個角色。

【原文】Nor is it even absolutely certain, as recent critics have argued, that he did in fact kill his father. There is a contradiction in the evidence about the massacre of Oedipus's father, Laius, at the crossroads. In one account, the murderer is said to have been one man. In another account, there were three murderers. As Creon observes, "One man and three men just does not jibe." Oedipus condemns himself by putting the somewhat ambiguous evidence together in a way that convicts him. He plays the roles of both detective and murderer in this aboriginal detective story.

但是也許是這個敘述行為本身，「發明」了這項罪行，並將罪責指向伊底帕斯。如辛西亞‧蔡斯在一篇精彩的文章中所評論的，罪行不存在於起初伊底帕斯所不知道的他正在殺父或正在同他母親發生性關係的「無辜」行為中，罪行也不存在於戲劇的「進行時」裡，當伊底帕斯一點一點地拼合了給定的材料，講出了自己殺父娶母故事的戲劇情境之中。罪行存在於某個中間地帶，存在於往事，和被現在的動機所驅使的，對往事的提取和編排之間。

【原文】But it may be this act of narration itself that creates the crime and points the finger of guilt at Oedipus. As Cynthia Chase has observed in a brilliant essay, the crime exists neither in the original acts, which were innocent, in the sense that Oedipus did not know that he was murdering his father and sleeping with his mother, nor in the "now" of the play, in which Oedipus bit by bit pieces together the data he is given and makes a story out of them. The crime exists somewhere in between, in the relation between the events of the past and the present recovery and highly motivated ordering of them.

這樣說也許也言之成理：與其說《伊底帕斯王》僅僅講

述了一個故事，倒不如說它戲劇化了一個關於故事講述方法的驚人圖解——把材料放在一起，弄成一個自成一體的傳奇。這就是敘事行為自身的表演。《伊底帕斯王》是一個關於故事講述招致了可怕危險的故事。此間，故事的講述行為，使得事情變本加厲地發生了。這導致故事講述者宣判、弄瞎和放逐了他自己，也導致了他的母親——妻子伊俄卡斯忒自殺。

批註

敘事，就是將我們的生活動態予以符號化，成為符號化的鏈條，通達意義。我說的是動態的鏈條，不是靜態的。各種各樣的悲歡離合、喜怒哀樂、生離死別，都是動態的。如果要變成敘事，確實如同米勒轉述亞里斯多德，首先靠的是情節。

【原文】It might be argued that *Oedipus the King* does not so much tell a story as dramatize a striking example of the way storytelling, the putting together of data to make a coherent tale, is performative. *Oedipus the King* is a story about the awful danger of storytelling. Storytelling in this case makes something happen with a vengeance. It leads the storyteller to condemn, blind, and exile himself, and it leads his mother-wife, Jocasta, to kill herself.

所以，《伊底帕斯王》遠遠沒有對人類起源的問題給出一個清楚的答案。它是一個關於輩分錯亂的故事。在故事中，兒子是他母親的丈夫，母親是他兒子的妻子，伊底帕斯是他兒子的兄弟，諸如此類。在一個男人或一個

女人需要知道自己是誰及來自何方的意義上，親緣名分和身份是必要的。《伊底帕斯王》提供了一個關於獲取這種明晰確認的可能性被質疑和擱置的故事。是的，這部戲劇給了邏輯上不可解的人類起源的難題，賦予了一個敘事的形式。不禁可以這樣說：當我們無法做到邏輯性地表達時，我們就用故事來講。自從寫成以來，《伊底帕斯王》在許許多多個世紀中產生了巨大的影響力。這是對其作為成功敘事的見證。例如，這部戲劇給了佛洛伊德心理分析學的一個根本發現一個名稱：所謂具備普遍意義的「伊底帕斯情結」。佛洛伊德宣稱，所有的男人，都想殺死他們的父親，並同他們的母親發生性關係。對此，當代的女性主義者當然有理由對佛洛伊德的表述發出充分的異議，批評這種概括性說法是遺漏了人類的一半即所有女性。換一個說法，就是說一個特定的故事對一個女性讀者或觀眾而言，可以具有對男性讀者或觀眾來說非常不同的功能。

【原文】*Oedipus the King*,then, far from giving a clear answer to the question of man's origin, is a story about generational confusion, in which a son is also a husband of his mother, a mother a wife to her son, Oedipus the brother of his own children, and so on. Insofar as clear kinship names and identifications are necessary to a man's or a woman's sense of who he or she is and where he or she has come from, *Oedipus the King* presents a story in which the possibility of such clarity is questioned and suspended. The play, it is true, gives a narrativeform to the logically insoluble problem of the origin of man. What cannot be expressed logically, one is tempted to say, we then tell stories about. The power of *Oedipus the King* through all the centuries since it was written istestimony to its success as a narrative. The play gave a name, for example, to Sigmund Freud's fundamental psychoanalytic discovery, the universality of the "Oedipus complex." All men, Freud claimed, want to kill their fathers and sleep with their mothers. Recent feminists have had much to say about theway Freud's formulation leaves out one-half of the human race, that is, all the women. Another way to put this is to say that a given story may have a function quite different for a female reader or spectator from the one it has for a male one.

但是，即便把這個難題撇開，我們仍然要說伊底帕斯故事的持續的成功，可能更多地在於它對敘事難題的有力的敘事性表達，而不在於它就人類起源和人類特徵這個問題提供了什麼解答。到了戲劇的結尾，敘述難題依然存在，雖然觀眾毫無疑問能更好地理解這個難題究竟是什麼。若像我所做的那樣，不斷地從故事裡尋找並拎出那些並不能推動敘事走向封閉的脫散線條，會阻止敘事達到最終的明晰性，使結尾仍保留了一個根本性的謎團，即伊底帕斯何以要為並非他故意犯下的罪行而遭到懲罰。這樣我們就需要另一個將用不同的方法來解決這些難題的故事，例如，莎士比亞的《哈姆雷特》，然後又需要另一個故事，例如福克納的《押沙龍，押沙龍！》，然後再下一個故事。我們對更多的故事的需要，從來不會終止。

批註

《押沙龍，押沙龍！》是一九四九年諾貝爾文學獎得主，美國的威廉・福克納的著名長篇小說之一，設定在他所熟悉的美國南方，把時空回推到十九世紀的白人奴隸主莊園。「押沙龍」是《聖經・舊約全書》裡面大衛王的兒子，後率軍叛逆而亡。

【原文】But even if we put that problem aside, we would still need to say that the perennial success of the story of Oedipus may lie more in its powerful narrative presentation of the problem of narration than in any solution it presents to the question of man's origin and nature. At the end the problem remains, though the spectators no doubt understand better what the problem is. Nagging loose ends to the story, such as the ones I have identified, keep the narrative from reaching final clarity, and there remains at the end the fundamental enigma of why Oedipus should be so punished for crimes he has not knowingly committed. And so we need another narrative that will try in a different way to solve these problems, for example, Shakespeare's *Hamlet*, and after that another story, for example, William Faulkner's *Absalom, Absalom!*, and yet another, with never an end to our need for more stories.

要想更進一步推進問題的回答，下一步的方法，也許是來看兩個極短的敘事，以此來鑒定故事的基本元素。如果我們面對一個敘事文本，能夠同意地說「對，這是一個敘事而非別物」，那就說明必定存在著一些組建敘事的元素。那麼，那些元素是什麼呢？我把豪斯曼的《棕熊》，和華茲渥斯的《昏睡封閉了我的心靈》，作為我的微型例證。儘管它們是「詩篇」，它們當然也是敘事。請看：

【原文】A further approach to an answer to my questions may be made by looking at two extremely brief narratives in an attempt to identify the basic elements of a story. These are the elements that must be there if we are to say, yes, this is a narrative and not some other thing. What are those elements? I take as my miniature examples A. E. Housman's "The Grizzly Bear," and William Wordsworth's "A Slumber Did My Spirit Seal." Though they are "poems," they are surely narratives too. Here they are:

棕熊

The Grizzly Bear

棕熊巨大又狂暴；

The Grizzly Bear is huge and wild;

他已經把寶寶吞掉。

He has devoured the infant child.

寶寶還未發覺

The infant child is not aware

他已被大熊吞吃。

He has been eaten by the bear.

昏睡封閉了我的心靈
A Slumber Did My Spirit Seal

昏睡封閉了我的心靈;
A slumber did my spirit seal;

我已無人間的憂懼。
I had no human fears.

她似已化作一物,無法感受
She seemed a thing that could not feel

塵世歲月的觸動。
The touch of earthly years.

一動不動的她,全無動力,
No motion has she now, no force;

既不能聽也不能看;
She neither hears nor sees;

融入大地晝夜滾轉的軌跡,
Rolled round in earth's diurnal course,

連同山岩,連同樹林。
With rocks, and stones, and trees.

這兩個微型敘事包含我所提到的任何敘事的基本元素，即便是卷帙浩繁、敘述詳盡之作如托爾斯泰的《戰爭與和平》，或喬治・艾略特的《米德爾馬契》，也必定有。首先，需要有一個初始情境，和導致這個情境發生變化或反轉的情節發展，和可能是由這個情境反轉所造成的意外發現。第二，必須通過應用一些擬人修辭的手法，用符號——如成文敘事的書頁上的詞語、口述形態的故事的抑揚頓挫的聲音——創造出角色。無論情節如何重要，不用擬人化修辭，就無所謂講故事。一個敘事至少要有三個角色：一個主角、一個對手和一個有所思的見證者。有時候主角、對手或者讀者可以做見證者。第三，必須有對某種形象化要素——例如一個喻像（trope）或喻像體系，或一個「複雜詞」（complex word）——的形式編排或重複呈現。換一個說法來說，這第三點，就是必須有某種形式的敘事韻律，來調教那個核心喻像或「複雜詞」。我可以斷言，任何故事，為了成其為故事，就必須具有這些元素的某種版本：開端、推進、反轉；擬人修辭，或者，更精確並專業地說，擬人托聲法（prosopoeia），使主角、對手或見證人「栩栩如生」；使形式獨特或反覆出現的元素圍繞一個核心形象或複雜詞。甚至不符合這種範式的敘事，也通過對我們腦海裡根深蒂固的對於敘事該如何行事的期待，予以反諷，而獲得其意義。

批註

這樣的解構主義敘事學，或者叫後敘事學，一方面是對結構主義敘事學形式分析的極大簡化，另一方面的一些提法，則會從閱讀效果的角度切入，打開修辭分析的廣闊天地。米勒爺爺所說的「擬人托聲法」，不是在一般意義上所理解的「擬人」，即童話裡面阿貓阿狗都能說話那麼簡單。這裡的意思是說，讓一個人「附體」到另外一個人、動物或靜物上，讓其成為角色，來發聲說話，打開話匣子。其實就是敘述者消隱在了當事者角色的背後的意思。若該角色本來就是人，就是敘述者附身在這個角色上，甘願受到角色本身在知識、觀念和經驗等上面的一切限制，來講故事。若該角色本來是狗熊或蘋果等當然不能說話之物，現在說話了，那就是擬人。米勒爺爺在這一段靠前的地方先說的「擬人修辭手法」，也應該都當作此「擬人托聲法」裡面的一個部分來理解。

【原文】Both of these minuscule narratives contain what I claim are the basic elements of any narrative, even the longest and most elaborate, Tolstoy's *War and Peace*, say, or George Eliot's *Middlemarch*: there must be, first of all, an initial situation, a sequence leading to a change or reversal of that situation, and a revelation made possible by the reversal of situation. Second, there must be some use of personification whereby character is created out of signs—for example, the words on the page in a written narrative, the modulated sounds in the air in an oral narrative. However important plot may be, without personification there can be no story telling. The minimal personages necessary for a narrative are three: a protagonist, an antagonist, and a witness who learns. Sometimes the protagonist, the antagonist, or the reader may be the witness. Third, there must be some patterning or repetition of key elements, forexample, a trope or system of tropes, or a complex word. To put this third requisite another way, there must be some form of narrative rhythm modulating that trope or word. Any narrative, then, to be a narrative, I claim, must have some version of these elements: beginning, sequence, reversal; personification, or, more accurately and technically stated, prosopopoeia, bringing protagonist, antagonist, and witness "to life"; some patterning or repetition of elementssurrounding a nuclear figure or complex word. Even narratives that do not fit this paradigm draw their meaning from the way they play ironically again stour deeply engrained expectations that all narratives are going to be like that.

例如《棕熊》這首詩，就對那種覺得我們能從經歷中獲得長進的想法，予以了反諷。「寶寶」從被棕熊吞吃的這一經歷中，一無所獲。這個小故事是敘事形式的一種版本的範例。在這一版本中，目睹其事的敘述者知道得比主角要多。實際上，這首詩是一個誇張性修辭的例子。這種誇張性修辭的運用，本身就是笑點。無論是伊底帕斯這位歷盡苦難的曾經的嬰孩，還是詩裡面作為正面「好人」的寶寶，都根本沒有機會去反抗在詩裡以棕熊的擬人形式出現的「壞人」。

【原文】"The Grizzly Bear",for example, plays ironically against our assumption that we learn from experience. The infant child learns nothing from experience. The little story is an example of that version of narrative form in which the witnessing narrator learns more than the protagonist does. In fact, it is a hyperbolic example, and that is part of the joke. No Oedipus, this child; nor does the "good guy,"the infant child, have any chance at all against the "bad guy"in the form of the grizzly bear.

有變化有節奏的重複性結構，貫穿了這首詩。這個故事用平易好懂的陳述句式講述，一、三行用一般現在式，二、四行用現在完成式。最後兩行既可作兩句來讀，也

可作一句來讀。頭兩行，實質上都是單個的完整句子結構，使讀者預期第三行也會如此，但接著他就發現第四行實際是第三行的延續。從詩句結構來看，這首詩的形式被稱為「chiasmus」，即在橫縱兩軸上的反轉組合。棕熊最早出現在第一行的開頭，然後出現在第四行的結尾處。寶寶首先出現在第二行的結尾，然後出現在第三行的開頭。這個故事以熊開頭又以熊結尾。寶寶被包裹在文本內部，看起來還真是他被熊吃掉了，當他來吃他的時候。

批註

讀詩，是當年「新批評」學派的看家本領呀。想必米勒爺爺年輕時，從當時權傾英美大學的新批評學派的老師手裡，受到了嚴格的細讀訓練。但這並不妨礙他日後成長為北美解構主義的參天大樹，並沒有「狗熊掰棒子」。所以真誠希望國內理論界不要「炫酷」。哪怕能夠實踐任何一種文本實踐也好。在此文的後面，米勒爺爺又說了：「在德曼的模式中，解構指的是從經驗獲得知識。」——也就是說，解構首先是一種實踐，一種從經驗中獲得知識的很好的實踐，而不是空洞抽象的理論。真心希望國內學界要對這樣的話要當真，不要從保羅・德曼和米勒這樣的解構主義大師那裡拿來了芝麻而丟了西瓜，或者說買櫝還珠。

米勒爺爺寫這種理論論述的普及文章，仍然不忘去採用語言藝術可以利用的各種形式，去對所要講解的語言工藝，有條件的話，就直接在自己的講述性文體裡面進行示範。這種寫法，有多精心。所以我在進行翻譯的時候，也儘量用中文的語言機制來進行對應。你看這段最後一句「The child is encompassed within the text, as indeed he is by the bear when he is eaten by him」，貌似囉嗦，其實是為了開啟下段的擬人化問題，讓你預先注意到詩句中的兩個「他」，及其重複性。

啊，「chiasmus！」多麼熟悉的聲音，如同老電影《搭錯車》裡面的「酒幹倘賣無」一般，讓我想起我做學生期間，一門課上，關於我本人的一個私人版本的典故。對不起是我跑題了。

【原文】The pattern of rhythmic repetition with variation here takes the form of the reuse of the same grammatical pattern throughout the poem. The story is told in flat, declarative sentences, two of them turning on "is", two on "has." The last two lines can be read either as two sentences or as one. The fact that the first two lines are single end-stopped sentences prepares the reader to expect the third line to be the same, and then he discovers that the fourth line in fact continues the third. The patterning is what is called chiasmus, the crisscross reversal of elements. The grizzly bear is first at the beginning of a sentence,then at the end of a sentence. The infant child is first at the end, then at the beginning. The story begins with the bear and ends with the bear. The child is encompassed within the text, as indeed he is by the bear when he is eaten by him.

這個微型敘事的基本喻像也是一個「擬人托聲」的修辭，把熊擬人化地稱為「他」。當寶寶也被稱為「他」時，熊的「他」也得到了重複，雖然無論是這個孩子還是熊，都沒有自我意識和對語言的最低限度的掌握，可以證明能合法地應用這個人稱代詞。

【原文】The basic trope in this minuscule narrative is also a prosopopoeia, the personification of the bear as a "he". This is repeated when the infant child is alsocalled a "he",though neither the child nor the bear have the self-awareness and minimal mastery of language that justifies the use of the personal pronoun.

《昏睡封閉了我的心靈》是一個比《棕熊》複雜得多的敘事。但是，像《棕熊》一樣，它講的是一個雙重故事，一個關於一個無知無覺的主角，詩中的「她」，和一個知情的敘事見證人，詩中的「我」的雙重故事。但在這首詩裡，敘事者現身說話了，而不是像在豪斯曼的詩中，只是作為一種反諷的、簡潔的事實講述的暗示而出現。現在，詩中的「她」（在華茲渥斯的露西抒情組詩中，「她」通常被假定為露西，這首詩是露西詩之一），「既不能聽也不能看」，但華茲渥斯的敘事者則能說，實際上，「過去我一無所知，現在我明白了。我不像露西。我是那有眼能看，有耳能聽，能夠理解的人中間的一個。」它暗指《馬太福音》13:12-13，耶穌解釋關於播種者的寓言時，正是這樣說的：「凡有的，還要加給他，叫他有餘。凡沒有的，連他所有的也要奪去。所以我用比喻對他們講，是因為他們看了看不見，聽也聽不見，也不明白。」

批註

有一種螳螂捕蟬、黃雀在後的感覺——不同人物的認知狀態，處在不同的敘事許可權下。敘事者站在露西的背後，他通過說露西「既不能聽也不能看」來暗示自身：「我是那有眼能看，有耳能聽，能夠理解的人中間的一個。」敘事者的背後，則是作者華茲渥斯。華茲渥斯的後面是米勒爺爺的文本對其的嵌套。米勒爺爺的後面，則是我的文本對米勒的文本的嵌套，我的背後，則站著讀者你們。米勒爺爺又在巧妙地打一個比方，暗示能打開敘事之謎的人是「那有

眼能看，有耳能聽，能夠理解的人中間的一個。」米勒爺爺也挑明了華茲渥斯所暗示的聖經寓言裡面的一層意思，即耶穌講道理，也離不開敘事。耶穌也是通過寓言──一種暗示性的敘事，來暗示故事裡的「意義」是暗藏的，不是能簡單地陳述挑明的。

【原文】"A Slumber Did My Spirit Seal" is a much more complex narrative than "The Grizzly Bear", but, like "The Grizzly Bear", it tells the double story of anunaware protagonist, the "she" of the poem, and a knowing narrating witness, the "I" of the poem. Here the narrator speaks for himself rather than being present as an implication of ironic, laconic truth telling, as in Housman's poem. Now the "she"of the poem (usually assumed to be the Lucy of Wordsworth's so-called Lucy poems, of which this is one) "neither hears nor sees",but Wordsworth's narrator can say, in effect, "Before I was ignorant. Now I know. I am one of those, unlike Lucy, who has eyes and sees, ears to hear with and understand."The covert reference is to Matthew 13:12-13, Jesus' commentary on the parable of the sower he has just told: "For whosoever hath, to him shall be given, and he shall have more abundance: but whosoever hath not, from him shall be taken away even that he hath. Therefore speak I to them in parables: because they seeing see not; and hearing they hear not,neither do they understand."

根據保羅‧德曼的說法：「所有文本的範式是由一個形象（或一系列形象）和對其的解構所組成。但由於這個模式不能由一次最終的閱讀所固定，因此就造成了贅餘修辭的溢出，由此則講出了前面敘事的不可讀性。」德曼對「敘事」和「敘事法」這些術語的用法在此表明，對他而言，所有的文本都是「敘事」。所有的敘事，從華茲渥斯的《昏睡封閉了我的心靈》到安東尼‧特洛普的《他知道自己正確》，或亨利‧詹姆斯的《卡薩瑪西瑪

公主》這樣的大部頭小說，如果說它們不過都是對某核心形象或形象系統在表達上的探索而已，那確實是武斷了。但無論如何，人們還是可以靠譜地指出，特洛普的大部頭小說，基本上是根據如何形象地表達「我知道我正確」安排結構的，而《卡薩瑪西瑪公主》則是根據如何形象地表達「我發誓」而設計的。

【原文】According to Paul de Man, "The paradigm for all texts consists of a figure (or a system of figures) and its deconstruction. But since this model cannot be closed off by a final reading, it engenders, in its turn, a supplementary figural superposition which narrates the unreadability of the prior narration" (de Man,1979, 205). As de Man's use of "narrates"and "narration"here indicates, all "texts",for him, are narrations. To say that all narratives, including everything from *A Slumber Did My Spirit* Sealto big novels like Anthony Trollope's *He Knew He Was Right* or Henry James's *The Princess Casamassmia*, are nomore than the exploration of a single figure or system of figures is to make a large claim, to say the least. Nevertheless, it can be shown that Trollope's bignovel is genetically programmed, as one might put it, by the question of what is figurative in the expression, "I know I am right,"and that *The Princess Casamassima* turns on the question of what is figurative in the expression, "I pledge myself."

在德曼的模式中，「解構」指的是從經驗獲得知識，「不可讀性」指的是不可能一次就一勞永逸地從經驗提取真知。「不可讀性」通過反覆應用一個形象或其某種新變形而體現出來，哪怕這種反覆應用已顯得虛幻和不可信。

批註

解構原來是這麼回事呀——從語言的微觀層面入手，摒除成見，獲得新知。「不可讀性」則是解構的對象。對不可讀性的不斷解讀，似乎已經成為一種解構方法論了。這裡面還有一個潛臺詞：文本化就是敘事化。米勒爺爺在前一段已經說了：（按照德曼的「用法」），所有的文本都有敘事性。我們的各種遭遇和經驗，一旦得到表述，就成了敘事，似乎也具備了文本的結構，或者可以像文本那樣去讀，並在一次次「不可讀性」的發現中，進入我們的經驗的核心，提取出實際上已經在步步推進的求知。

【原文】In de Man's model "deconstruction"is a name for learning from experience, and "unreadability"is a name for the impossibility of doing that once and for all. The "unreadability" is indicated by the reuse of the figure or some new version of it even when it has been shown to be illusory or deceptive.

換言之，一個敘事，甚至一部像《他知道自己正確》這樣的具有生動而典型的人物、事件和真實細節的，篇幅浩繁而情節複雜的小說，也可能是對一個「複雜詞」的共振頻段的探索。「複雜詞」的提法，是從燕卜蓀那裡借來的。一個複雜詞，在特定的意義上，也就是一個形象。它是一組也許矛盾的含義的焦點。這些也許矛盾的含義由修辭置換而連在一起。如 worth 可以兼有經濟的和倫理的意義；right 可以指「有權利」（have the right）、「正確」（to be right），或者只指「直線」（straight），如「直角」（right angle）。探索這種詞在敘

事中的效果，就要看它處在一個怎樣的特定語境或情景中變得如魚得水。這就像語言課上的練習，「用下列詞語造句」，或在更難的作業裡，「用下列詞語講一個故事」。對燕卜蓀來說，一個複雜詞可以是諸般不確定性的所在。對燕卜蓀來說，無論這些不確定性如何複雜，它們都需要被結合在一起，需要被放進一個統一結構之中。相反，我認為一個複雜詞也可能是基本上不一致的含義的交叉路口。這個真相可以由絕不能還原到統一體中去的敘事殘片來揭示、披露和展示。

批註

燕卜蓀何許人也？從很多方面，都值得說說。從傳奇般的學者生涯來看，他曾經是劍橋大學一頂一的文科「牛人」，然後留校任教，不想因為在其私人抽屜裡發現避孕套而被劍橋認為是未婚「敗德」，而被掃地出門。（當然，這是過去時代的事情了。今天我們會覺得，有套總比無套好，對不對？……）從今天回頭看，燕卜蓀終其一生可以說是「德藝雙馨」，絕對是劍橋大學和當時虛偽的社會成見委屈他了。但有這樣一個恥辱的帽子扣在頭上，燕卜蓀顯然在英國的名牌大學和上流君子圈子裡待不下去啦，年紀輕輕就去了「遠東」，特別是在二十世紀三十年代到四十年代，在燕京大學和西南聯大任教，自然成為一整代中國的外文才俊所仰望和緬懷的宗師。從學術這條線索來說，燕卜蓀在學術上的地位絕不僅限於遠東，而可以說是文本細讀的一代宗師，開啟整個英美「新批評」時代的同路人，但新批評後來的那些死板的清規戒律完全框不住他。他的拿手好戲是分析詩歌，所以才會說出「無論這些不確定性如何複雜，它們都需要被結合在一起，需要被放進一個統一結構之中」這樣的話來。但研究敘事的複雜性，與研究詩歌的統一性、內在美截然不同。比如蘇聯蟄居的跛腿大俠巴赫金，其論述對話、眾聲

喧嘩等的説法，肯定不是建立在「統一結構」之中的。後面在其他的節裡，會專門細説。其實這世界上本來就有兩種文學迷，一種是讀詩的，另一種是讀小説的，是不同的思維型。前者的高端是複雜的完美主義者，後者的高端是複雜的動態主義者。在這兩種文學迷之外，還有數量較小的第三種，戲劇迷——這一種更複雜，這裡就不展開説了。

【原文】Another way to put this would be to say that a narrative, even a long multi-plotted novel like *He Knew He Was Right*, with all its wealth and particularity of character, incident, realistic detail, may be an exploration of the resonances of a single"complex word," to borrow William Empson's term for such words. A complex word is in a special sense a figure. It is the locus of a set of perhaps incompatible meanings, bound together by figurative displacements, as"worth" may have both economic and ethical meanings, or as "right" may mean to have the right, or to be right, or simply to be "straight,"as in "right angle." In a narrative such a word may be explored by being given contexts or situations in which it may be appropriately used. This is like that exercise in language classes, "Use the following words in sentences,"or, in more difficult assignments, "Invent a story in which the following words are used."For Empson, a complex word may be the locus of ambiguities, but these are held together in a unified structure, however complicated. I suggest that a complex word may, on the contrary, be the crossroads of fundamentally incongruous meanings. This fact may be revealed—unrolled or unfurled, so to speak—by narrative disjunctions that can never be brought back to unity.

要想「具體」一些地去把這有點兒隱晦的意思，掰開了揉碎了去講，就可以回來分析《昏睡封閉了我的心靈》。在這首詩中，用來生成敘事的主打修辭，是一個將青年女子稱為「物」（thing）的喻像。這個喻像，正

好與前一首《棕熊》將一隻熊稱為「他」的喻像，成為
對稱的鏡像。華茲渥斯的措辭風格如同家常話，就像在
一首民謠的疊句裡面所唱的那樣：「她是一個小東西，
還不能離開她的媽媽。」華茲渥斯的這個小故事裡面的
敘事者其實是在講述這樣一件事：「起先我認為她是一
個東西，因而能夠不面臨死亡，但是現在我知道我大錯
特錯了。現在我知道她是短暫的，因為她已真正變成了
一個東西，就像岩石、石碑，和樹木一樣，儘管在另一
個意義上，她也就分享了地球的不朽，這表現在它的永
無休止的旋轉中。地球不停地轉圈、轉圈、轉圈，她也
隨之運動。她不再能聽和觀望，而我卻屬於那有眼能
看，有耳能聽，還能理解的人們中間的一個。」

【原文】What these somewhat cryptic formulations might mean,
"concretely,"as one says, may be made clearer by way of a return to *A
Slumber Did My Spirit Seal.*The genetic, narrative-producing figure here is the
trope calling a young girl a "thing." This trope is the symmetrical mirror
image of calling a bear a"he." Wordsworth's figure is part of everyday speech,
as in the refrain of the folk song: "She's a young thing and cannot leave her
mother."'At first I thought she was a thing,"says in effect the narrator of
Wordsworth's little story, "therefore immortal, but now I know how wrong I
was. Now I know she was mortal because she has literally become a thing,
like a rock, or a stone, or a tree, though in another sense she shares the
immortality of the earth,expressed in its eternal revolution. The earth goes
round and round and round, and she moves with it. She neither hears nor sees,
but I am one of those who has eyes and sees, ears to hear with and
understand."

不管怎麼說，詩的第二節在表面上似乎出現了語義的疏漏，使得露西死亡一事的來龍去脈，沒有被談及，而是發生在兩節詩中間的間隔中。第二節的詩句，以戰勝死亡的宣言形式而露面，顯得有能力說出真相似的，像是說：「從前我認為她是不朽的。現在我知道所有的人都是短暫的，甚至露西。所有的人終將變為物（things）。」但是具有反諷意義的是，這個關於認識與說出真相的權力的宣言，與最初對「她看起來像不死之物」（a thing that could not die）這種虛妄的斷言，並沒有多大不同。讓我來解釋為什麼會這樣。

【原文】The second stanza, however, commits again the linguistic error that the blank space between the two stanzas demystifies by being the locus of Lucy's death. The death occurs in the blank, outside of language. Language begins again in the second stanza as the claim of a mastery over death, taking the form of the ability to say the truth about it. "Before I thought she was immortal. Now I know all human beings are mortal, even Lucy. All human beings become, at last, things." But this claim of knowledge and of the right to speak the truth may ironically be not all that different from the first illusory assertion of knowledge: "She seemed a thing that could not die."Let me explain how that is the case.

與「物」（thing）這個喻像所對稱的，是擬人化的「觸動」（touch），二者共同形成德曼所斷言的，作為敘事核心的「形象體系」的一個微型例子。如果露西僅僅是

一個物，那麼時間，更確切地說，「塵世歲月」，則被擬人化為一個有生命的存在。這個存在，試圖去「觸動」露西，但卻不能夠，因為露西是一個「物」。同樣，敘述者也在他的天真無知中「昏睡」，「封閉」在關於死亡的知識之外。在這裡，「觸動」一詞具有很強的性暗示意味。當敘述者瞭解了死亡的普遍性之後，擬人修辭不僅沒有消失，還毫釐未損地回到了第二節詩中，雖然是以沉默或隱蔽的形式。它在「滾轉」一詞中回來了。「塵世歲月」被擬人化為一個貪婪的存在，某種與豪斯曼詩中的棕熊相類似的東西，一個想觸動露西、抓住她，擁有她的人。詩中的主角不是地球（塵世），而是「塵世歲月」。在詩的第二節中，這種形象的擬人修辭，毫釐未損地留在地球循軌道而滾轉的意象中。這種滾轉，正是衡量塵世的日子、歲月的尺度，並且「滾轉」了露西。敘事者陳述露西的狀況為「一動不動，全無動力」。運動和力量，是牛頓物理學的兩個基本因素。敘事者的陳述裡面，也具備矛盾性。露西作為地球上的一部分，就像豪斯曼的詩中，嬰孩被吞併入了棕熊一樣，也被岩石、石碑和樹木所吞併，參與了「滾轉」，分享了地球的朦朧的生機、運動和力量，即便她自己已經不再能像《棕熊》裡活蹦亂跳的寶寶那樣，具備主體性的運動和力量。

批註

解構主義式細讀的特徵，盡顯於此。糾結和晦澀，說話不直來直去，是可以原諒的——這不是故弄玄虛，而是在向「不可讀性」發起強攻。若咬著牙，動腦筋，讀下來，最後盤點一下，會發現在這種模式下，收穫是大的。對於我來說，翻譯的難度也是大的。另外，米勒爺爺不斷地提到保羅・德曼，宛若好「基友」一樣。米勒爺爺分別用對《伊底帕斯王》和兩首名家短詩的解讀，來作為闡釋敘事的本質的寓言，這種做法，也像極了保羅・德曼，讓人想起其書名《閱讀的寓言》（*The Allegory of Reading*）。當然我們知道，米勒爺爺和德曼確實是好朋友。當德曼死後，其早年在比利時老家曾經為納粹管制下的媒體撰稿一事被曝光後，米勒挺身而出，捍衛德曼的學術價值不被連帶著「拉黑」。

【原文】The symmetrical counterpart of the trope in "thing"is the trope of personification in "touch."The two together form a miniature example of the sort of "system of figures"which de Man claimed might be the nucleus of a narrative. If Lucy is a mere thing, then time, or, more precisely, "earthly years,"is personified as an animate being who might try to "touch"Lucy but who cannot touch her because she is a thing. In the same way, the narrator is "sealed" from the knowledge of death by the "slumber" of his naiveté. The word "touch" has a strong sexual implication here. Far from vanishing when the narrator learns about the universality of death, the personification returns intact in the second stanza, though in muted or covert form. It returns in the phrase "rolled round.""Earthly years"are personified as a rapacious being, something like that grizzly bear in the Housman poem, a being that would touch Lucy, seizeher, take her. Not the earth but "earthly years"is the antagonist in this poem. In the last stanza that figurative personification remains intact in the image of the earth's motion, measure of earthly days and years, rolling Lucy round. The narrator's formulation also contradicts in the moment of making it his own statement that she now has no motion and no force (the two basic elements in Newtonian physics). As part of the earth, incorporated in it with rocks and stones and trees, as the infant child is incorporated in the grizzly bear in Housman's poem, Lucy now shares in the "rolling,"obscurely animate, motion and force of that earth, even though she no longer has the voluntary motion and force she had as a living child.

詩裡面的敘事者兼見證人的過失和歉疚之處，在於他成了一種知識觀念的傳聲筒，而且這種知識觀念與他自己的論述，都建立在同樣的修辭之上；他的錯用，實際上成為對他要表達的意思的反諷。此外，有一些重要的事情，是發生在敘事的「述行」（performative）和知識論層面上。我用「述行」這個詞，意思是說敘事是具備一種力量的。不同於敘事的傳遞知識或顯得要傳播知識的力量，敘事還具備這種導致事情發生的力量。從敘事是圍繞著知識的語言構型的方面去看，這詩似乎在說「從前他像小孩一樣無知。現在他認為他懂得很多，但他的話，顯出他仍然像孩子一樣無知。」從敘事是圍繞著述行的力量來構型的方面去看，這個小故事，將一種可怕的可能性，戲劇化了。這種可能性，即修辭的運用，通過語言的魔力，來讓自身喻像的情景得到真正的實現。在詩中，敘事者「他」認為「她」是一個物。死亡，在方生方死的塵世歲月的擬人化形式中，強迫性地把她變成一個物。這就好像如果我說「你是火雞」，我就是要強制性地把某人真的變成火雞；或者好像在卡夫卡的《變形記》中，格里高爾・薩姆莎由於被他的家庭和社會當作蟑螂一樣對待，他就真的變成了一隻巨大的蟑螂。在《昏睡封閉了我的心靈》中，也許是詩人的語言

的觸動，將露西變成了一個「物」。另一首露西詩可以
證明這一點：「可憐可憐我自己吧，如果我說，露西將
會死去。」然後她就真的死去了。

【原文】The narrator-witness's error and guilt may be not simply the claim of a knowledge that his own words ironically belie in his reuse of another version of the same figures he had at first mistakenly used. The performative as well as epistemological dimension of narrative may also be at stake. By "performative" I mean the power of a narrative to make something happen, as opposed to its power to give, or to appear to give, knowledge. Seen as patterned around knowledge, the poem says, "Before he was ignorant as a child. Now he thinks he knows, but his words show he is still as ignorant as a child." Seen as patterned around the performative power of narration, the little story dramatizes the terrifying possibility that figures of speech may have a tendency to realize themselves by a kind of linguistic magic. He thought she was a thing. Death, in the personified form of those half-animate earthly years, obligingly turned her into a thing. It is as if I were to transform someone literally into a turkey if I said, "You turkey,"or as Gregor Samsa, in Franz Kafka's *The Metamorphosis*, is turned into an enormous cockroach after having been treated by his family and by society as if he were a cockroach. In *A Slumber Did My Spirit Seal* it may be the poet's linguistic touch that has turned Lucy into a thing. Another of the Lucy poems would support this: "Oh mercy to myself I said, / If Lucy should be dead," and then she does die.

《昏睡封閉了我的心靈》證明，即使在這樣一個短故事
中，我所界定的那些基本元素也都在場。它還證明，敘
事一方面要依賴擬人修辭的喻像，另一方面，敘事可能
就是需要先被解構然後又被盲目重新得到肯定的形象的
體系。在這個例子中，似乎敘事者並不知道他所宣稱知

道的。換而言之，擬人修辭作為基本的敘事修辭，是語言機制裡面必要的組成部分，以至於不能被抹除，即使我們清楚地認識到它是虛幻的。

批註

為什麼米勒爺爺總是如此反覆強調擬人化修辭或「擬人托聲」？因為敘事總是關於欲望——比如說佔有的欲望（如奧賽羅），和探求實情的欲望（如福爾摩斯）。欲望歸根結底是屬於私人的、個體的。不管不同人的欲望可以多麼相似，但仍然不能換位——私人的欲望，使得每個個體變得獨一無二。是私人的欲望和好奇心，驅使著講述和收聽。欲望和好奇心，往往也是一回事，不論是佔有女人、男人、財富、真理還是心靈。在這個意義上，如同我們常說的是「黨指揮槍」而不是「槍指揮黨」一樣，是欲望啟動了敘事結構，而不是敘事結構啟動了欲望。在這個意義上，在米勒爺爺的敘事三問：「我們為什麼非要故事不可？」、「我們為什麼對同樣的故事要個不停？」和「我們為什麼總是要更多的故事？」裡面，只有第二問，與類似於「機械工程」的結構主義敘事學的關聯多些。米勒調用了心理分析和認知科學的話語回答了第一個問題。他又調用瞭解構主義式文本分析的方法，解答了第三問。——先是通過解讀古希臘悲劇《伊底帕斯王》，來讓我們領略敘事行為是人探索「我是誰」的內在需要，永不停息。然後，又細讀兩首出自名家之手的極其短小的微型詩，把它們當作極短的故事來看，給我們「解剖麻雀」，看到敘事是怎樣運轉起來的。那麼，欲望如何參與到了故事的講述和閱讀、傾聽中？下一節就來好好談談欲望是如何啟動敘事、驅動敘事結構的。

【原文】"A Slumber Did My Spirit Seal" is an example of the presence even in such a brief story of all those basic elements I identified. It is also an example both of the way a narrative depends on the trope of personification and of the way it may be a system of figures deconstructed and then blindly reaffirmed. It seems in this case that the narrator has not really learned what he claims to have learned. To put this another way, it seems as if personification, the fundamental trope of narrative, is so necessary a part of language as to be by no means effaced, not even by the clear recognition that it is illusory.

肆 課間甜點：也來說一說解讀韻文／詩歌

這一講總括為「聚焦於解讀敘事」。但現在是課間休息，請允許我稍微「失焦」一下，說說解讀韻文／詩歌。

我經常覺得，喜歡讀文學的人，可以分成兩種：善於讀散文／小說的和善於讀韻文／詩歌的。善於讀此的，不一定善於讀彼。（當然還有第三種，就是兩手都硬，都善於的。）解讀的路數也不一樣。

暴露一下我本人的傾向吧。相對而言，我在文本細讀上面，在解讀散文／小說上面比較自信、拿手，對於解讀詩歌則比較捉襟見肘。……所以你看，這就是為什麼「聚焦於解讀敘事」能洋洋灑灑成為一講，而對於讓我本人更佩服而身不能至心嚮往之的詩歌解讀，則放在了「課間甜點」裡面。

——做不出詩歌解讀的「大餐」，就做幾塊小甜點吧。

你品嘗一下這幾塊小甜點，就可以庶幾體察一下文學的非敘事性、弱敘事性一面。這幾塊小甜點，其實是以在敘事性方面並不突出的韻文／詩歌做參照，將敘事問題放在更廣闊的文學體驗中，來為課間休息結束後進一步思考敘事問題做準備。

所謂文學的非敘事性、弱敘事性一

面，包括了很多東西，比如很多的非敘事詩，絕大多數的抒情詩、非敘事性民謠等。通常人們稱其為「韻文／詩歌」。當然，此事不可深究，因為現在有很多「詩歌」如同小說、散文一樣並不押韻。這裡說的「散文」，有廣義、狹義兩個層面。在廣義層面上的「散文」，對應的英文詞彙是「prose」，是指所有無須押韻的，著重於說理或敘事的文體，包括小說。在狹義層面上的「散文」所對應的英文詞彙是「essay」，大致與我們當今文學譜系下的「散文藝術」（就是中學語文告訴我們的「形散神不散」的那種⋯⋯）畫上等號。

但不管怎麼說，除了以往的史詩和長篇敘事詩，韻文／詩歌更是被用來作為抒情的形式，而不是敘事。

就是說，如果我們從作家的角度來看，會發現詩人和小說家的首要區別，在於是否要講故事上面。小說家總是要講故事的，並且要把故事寫得好看。詩人則不然。相應地，從讀者角度看，我們讀者並不期待詩人也如同小說家那樣擅長講故事。讀者對韻文／詩歌的文本細讀、解讀，關注點完全可以不放在敘事上面。

──那會是怎樣的解讀方式呢？什麼才是詩歌裡面的珠玉？如何才不會買了敘事的「櫝」而還了詩歌的「珠」？

且讓我們把這個課間休息所提供的有關解讀韻文／詩歌的甜點，一塊塊地吃起來──體驗的、理論的、實踐的。

【一】

眾所周知，文本細讀（close reading）是英美二十世紀上半葉「新批評」流派的招牌。一個很重要的事實是：「文本細讀」作為文學分析的一種手藝活兒，在那時候最拿手的就是應用於詩歌闡釋上面，達到了盪氣迴腸，非此不可的效果。比如瑞恰慈（Richards）、艾略特、燕卜蓀，這些都是讀詩、分析詩的奇才。我在課上所運用、展示的「close reading」——米勒所理解的「slow reading」，都是西方文學理論和批評界在一九五〇年後，秉承新批評方法，在解讀散文諸文體（prose）方面的「轉產」。

下面，我想先讓大家體驗一下，對於韻文／詩歌的文本細讀，可以有怎樣的境界。

其中的一種境界，就是那些對詩歌語言非常敏感的人，跨越種族、歷史、國界的「同人」境界吧。可以用美國南方人宇文所安（Stephen Owen）的杜詩解讀來示範。

而且這位「漢學家」並不承認自己端著任何的理論套路。他覺得他只是「讀詩」而已。

哈佛教授宇文所安是一位高手。他來自美國南方，與操著南方口音的一些鄉親們一樣，對語言的韻味細節特別偏愛，並且把這一才華傾注到對中國古典詩文的把玩上面。總之我覺得，愛詩、懂詩者是不分文化畛域的，詩歌無國界。宇文所安為什麼不可以是杜甫的知音呢？（我想——李白如果托生在二十世紀六十年代，一定也會抽著煙捲彈起吉他，與巴布‧狄倫氣味相投的。）

宇文所安的詩歌解讀，有時也會走偏，或者被人說成

「過度闡釋」。古人固然說過「過猶不及」，但我覺得要是真想體驗詩歌細讀方法上的極致，則寧可失之於「過」，也不要失之於「不及」。

感覺宇文所安文本細讀做得最淋漓盡致的，是一九八五年的《世界的徵象：中國傳統詩歌與詩學》（ *Traditional Chinese Poetry and Poetics: Omen of the World* ）一書。這是他最「凌亂」的一本，直到兩年前才有了中文翻譯。下面展示的兩首杜詩解讀，就是從這一本裡面提煉而來的，取其精華去其糟粕吧。為了閱讀和理解的方便，我對於宇文所安的行文，也進行了提煉、補白和改寫，希望做出了比宇文所安的原文更「像」宇文所安之精髓的詩歌解讀普及版。

下面就請逐一賞玩吧。宇文所安所原創，我所改編的對杜甫《旅夜書懷》、《春日憶李白》的解讀。

賞玩了宇文所安的詩歌解讀之後，我再請你吃下一塊「甜品」——調用巴赫金的理論論述資源，來談談詩歌不同於散文的語言特質問題。

賞玩之事，不等於學問，也不等於「詩學」。所以不談考據，也不談宇文所安如何在一些細微之處借鑒中國傳統詩文評卻不加標注。賞玩之事，關乎體驗讀詩這件事兒本身所帶來的享受。當然，宇文所安的詩歌解讀值得賞玩，關鍵還是在於宇文所安自身的功力。他既能細讀杜甫，也能細讀華茲渥斯，還能講出東西方詩歌的異同。如果僅僅從中國詩文評裡拾掇些冷門兒的牙慧，是拼湊不出自家精彩的解讀的。在這個意義上，他絕不僅僅是王夫之的操著美國南方口音的千古同人而已。

對杜甫《旅夜書懷》的文本細讀

旅夜書懷

杜甫

細草微風岸，危檣獨夜舟。

星垂平野闊，月湧大江流。

名豈文章著，官因老病休。

飄飄何所似，天地一沙鷗。

　　那夜他在船上，月光隱約勾勒出景物輪廓，而更清晰的細節則隱藏在黑暗中。他如何能描摹出那在岸上輕搖的細草來？微風能在江面上感覺到，但他如何感知微風在岸上施加於細草的效果？這只能是基於非直接的指涉：只有動態的「細草」才能把「微風」顯現出來，即便在不可見的黑夜裡。

批註

宇文所安沒有提及《論語》裡面孔子說的「君子之德風，小人之德草，草上之風必偃」。其實放在這個語境裡是蠻「給力」的：君子的德好比微風，百姓的德好像細草，微風吹在細草上，草一定按照風的方向伏下。這不免又讓我想起杜甫《春夜喜雨》裡面的「隨風潛入夜，潤物細無聲」。同樣也是隱匿在暗夜中的「以德服人」的間接指涉。

　　這只桅杆高聳於他的上方。「危」，形容高而不穩，正如他隨船顛簸而搖擺。他遊移的視線，從一事物移至另一事物。小小的細草和高聳的桅杆都在搖擺，只有岸不動。那是穩定的岸邊，這是水和流動的世界，那邊柔軟、彎曲但堅固地紮根，這邊僵硬、危險地搖擺，無根；那邊細小而無意義，這邊真正的重要。流動和無止境的運動，與穩定和堅固相對；獨自旅行的一個人，與安全但是隨風搖擺的岸上生存相對；危險的直立、巨大、高貴，與彎曲、微小、普通相對。這一簡潔的圖景模式投射出詩人心中的宇宙、道德、社會、文學的統一秩序。「風」是詩經中的「風」，指倫理的影響，使「眾多」向它拜伏。

　　觀者的視線從看不見的細草上升至桅檣，隨後躍出到夜空。仍然是靜態與動態相間的圖式。星星紮根於夜空，如同細草紮根於岸。月影在江流中湧動，對應著桅杆的搖擺。從外界所體察出來的靜態與動態的相間，在夜行江上的孤獨詩人的內心產生共鳴，它們是他的不安、奔波、孤傲的投射。一根搖動不安的桅杆，一個月亮在長夜所散發的光華，一個被忘卻的詩人，都被流動的江水所托起。

批註

這裡應該合法地聯想到中國古人的「三不朽」情結，即《左傳》裡面的「太上有立德，其次有立功，其次有立言」。詩人害怕被歷史長河所忘卻的焦慮意味是明顯的。江水的流動與《論語》裡面的「子在川上曰：逝者如斯夫！不舍晝夜」形成指涉性關聯。

　　他飄忽的視線在闊大的視野中凝聚為無垠夜色中唯一實現了自如移動，並整合一切孤立圖景的能動角色，「天地一沙鷗」。詩是詩人思維運動的呈現形式。從杜甫這首詩的呈現形式來看，詩人極力想衝破動態與靜態之間的隔絕，力圖實現和諧的交互，即打通芸芸眾人和與遺世獨立的自我之間的藩籬。這首詩的形式，就是克服詩人所覺察的世界秩序裡面的隔膜的過程。它開始於對立的細草和危檣，在將自我物化為一系列的對應物後，詩人在沙鷗的比喻中，完成了對自我在意義世界中所處位置的最終想像式解決。

對杜甫《春日憶李白》的文本細讀

春日憶李白

杜甫

白也詩無敵，飄然思不群。

清新庾開府，俊逸鮑參軍。

渭北春天樹，江東日暮雲。

何時一樽酒，重與細論文。

　　在這首小詩中，杜甫作為年輕的詩人，讚美了比自己年長的前輩同行，聞名海內的李白，並表達了對重逢的渴望。但是，年輕的杜甫還是在對李白的頌揚聲中含蓄委婉地貶抑了他。只有非常注意傾聽這些詩句，才能聽到貶抑李白的聲音。杜甫毫不客氣地發出了「細論文」的邀請。

　　「白也詩無敵，飄然思不群。」

　　——開篇「白也」這樣的句式，在《論語》中常用。

　　孔子談起他最得意的弟子顏回，是這樣說的：「賢哉，回也！一簞食，一瓢飲，在陋巷，人不堪其憂，回也不改其樂。賢哉，回也！」（《論語・雍也》）

　　顏回是孔門弟子中的第一典範。杜甫在頌揚李白時用這

種能產生聯想互文的句式，當然是對李白的高度讚美。不過也應該注意到：一個年輕詩人讚美年長詩人，用的卻是師長孔丘談起弟子顏回時那種愛護親昵的口吻。當杜甫化用這一句式，以李白取代顏回的位置時，杜甫已經是在孔子的席位上講話了。孔子表述自己的價值時總是用自謙的方式。所以在修辭效果上，當他對自己的才能不置一詞，或者承認別人亦有勝己之處的時候，我們並不輕信他的自我貶低，而是對他的謙虛真誠肅然起敬，覺得在孔子眾多品德中，謙虛實佔有重要的地位。杜甫在這首詩裡的謙虛就是精心的修辭。

再者，《論語》中的那種師長口吻，也使我們注意到描述品德的詞句的微妙差異會帶來不同的內涵。孔子經常稱讚他的不同弟子各有其才。當我們聽到孔子這麼說以及後人對它此話語的模仿時，我們會知道，對某種才能的稱讚，可能意味著其他某些重要品質的相應欠缺。孔子之所以這麼說，是因為他為人寬厚，他寧願只提出某人的一個優秀品質，讓聽者各自根據其才智來判斷在哪些方面尚有不足。孔子說顏回「賢哉」，杜甫則說李白「詩無敵」。我們讀到這裡，不由得想問問，杜甫在用《論語》中的語氣稱讚李白的同時，他的內心深處還認為李白有哪些不足。「詩無敵」意味著什麼呢？當然，這首先是很高的恭維。但是，由於杜甫在這首詩開頭，化用的是《論語》的句式，這使得他對李白詩才的稱讚處於評價詩才的語境之外的儒家文化背景中。儒家文化的主流觀點是，文學才能，一般只被看作修齊治平的副業。而且，只要比照一下《論語》中孔子用語的含蓄，就會覺得用「無敵」來做讚語，未免突兀，這樣做會莫名其妙地惹起

比較和競爭的問題。也許，年輕的杜甫一直在故作慷慨大方，以示毫無保留。但其口吻和修辭顯得居高臨下和沒有說到點子上。李白的詩歌到底怎樣「無敵」？不說清楚，就形同單純地樹立起一個讓人嫉妒或揶揄的靶子。說者越顯真誠，效果就越會如此。可以說，杜甫給李白以熱情洋溢、無以復加的頌揚，說他是所有詩人中最偉大的一個。

批註

讓我想起我出國留美前，在一個單位做小白領，在酒桌上領導常常誇我：「我們小王的英語最好了，北大畢業，六級！」每次酒桌上我不可避免地聽到了領導對我英語的誇獎，就跟吃了蒼蠅一樣不爽，心中有一萬隻「羊駝」想對領導說「您別罵我了」，因為在座的除了雙方的領導不會英語以外，在那裡排隊卡拉 OK 為領導唱「新鴛鴦蝴蝶夢」、「把根留住」、「一剪梅」（九十年代末啦）和英文歌曲（我的娛樂任務）的馬仔們，其實都是過六級的，而且我私下裡早已是衝刺 GRE 的段位了。

　　李白的「飄然」，像飛鳥，也像樹葉，多麼令人神往。他與芸芸眾生板滯拘謹的生涯迥然有別。他的思想也是卓然「不群」──獨一無二或孤立無援。「不群」，語出古代詩人屈原所作的《離騷》。屈原被放，遠離廟堂，憂鬱絕望，而自沉湘流。從「不群」二字中，我們會隱約聽見屈原的哀怨之音。而當我們注意傾聽時，其中的憂鬱哀怨的不祥之音又極其微弱，被對於精神自由、卓絕才華的高聲頌贊之聲所淹沒。

　　「清新庾開府，俊逸鮑參軍。」

——頌揚的禮節，要求將被頌揚者與以前詩壇上的頂尖人物相提並論。假如杜甫沒有把李白卓越的詩才稱作「詩無敵」，那麼，我們對這些相提並論就會更心安理得地接受下來，我們就會將這種讚揚暗暗理解為是在當代的「無敵」。然而，杜甫的頌揚卻使李白得不償失。庾信 [1]是南朝人羈北而終，雖在北朝位至「開府」（官至車騎大將軍、驃騎大將軍，開府儀同三司），卻實質上被扣留北都，鬱鬱而亡，他這種無依無靠的境遇可能會讓人想到「飄然」一詞意義黯然的一面。

> **批註**
> 英語裡面自帶的反諷，用好了真是恰到好處，比一般的漢語品評要有張力。

鮑照則死於亂軍之中，重重地回報了「參軍」俸祿。詩中每一句這類的話都只是輕描淡寫。不過，積少成多，把詩中許多這樣的話並在一起，細察一下則令人吃驚。——在前四行詩中，杜甫把李白與四個人相提並論：一個是年輕早逝的顏回，一個是自殺身死的屈原，一個是晚年被扣羈留他鄉的庾信，還有一個則是為亂軍所殺的鮑照。

「渭北春天樹，江東日暮雲。」

——杜詩注家們都同意，本聯是說李杜二人天各一方。「渭北」是指杜甫所生活的京畿地區。幾百年前，北朝君主

1　編注：即庾開府。

們對庾信文才愛護備至，不忍割捨，就將庾信扣留在這裡。江東是指長江下游南岸地區，李白從宮廷流落民間後，即在此地漫遊。杜甫在這一聯中的對仗，並無深意嗎？甚至不必像讀《論語》時那樣專注於微言大義，也能察覺得到。作為京畿地區的渭河一帶，通常是與東南即江東地區相對而言，前者暗指宦途得志，飛黃騰達；後者則多半與寂寞潦倒、浪跡天涯、流離失所等相聯繫。稟性高潔，卻過於卓然不群的屈原在那裡齎志而歿，鮑照在那裡死於小小的參軍任上。相比之下，融融春日，象徵著皇恩浩蕩，用於生活在京畿地區的人身上正相吻合。靄靄雲霧，沉沉日暮，則暗示著失寵和朝不保夕。這兩句是杜甫在把自己依然生活在京華、享受著君恩的融融春陽，與李白自宮廷流落民間、浪跡東南大地相對比嗎？假設我們不苟同那些杜詩注家的觀點，我們還可以把這兩行詩理解成指的都是李白的不同生活階段。這樣一來，杜甫就是在提醒李白，回想他失去君恩庇護，流落民間，在東南各地過著飄搖無依的流浪者的慘澹生活的過程。而且，這些眷戀昔日君恩的光輝，而今流落長江以南的人，都不會忘記這麼一個榜樣：另一個「無敵」的詩人屈原在絕望中終於自沉汨羅。但杜甫絕對不會同意上述解讀。若能去問杜甫的話，他只會回答說，在這裡只是因為與年長的友人李白遠隔千里而心懷鬱悒罷了。

「何時一樽酒，重與細論文。」

——當然，在孤寂艱險的絕望中，偉大的詩人並不是沒有其他出路的。顏回可以安於簞食瓢飲，李白何嘗不能與友人共飲，從杯酒中求得慰藉呢？為此，杜甫再次仿效孔子在

《論語》中的口氣，為他的詩寫出了最後的兩句。在《論語・學而》篇中，孔子說：「賜也，始可與言詩也矣。」這是「某也」一語的又一用例。只是這個弟子是賜，即子貢，而子貢正好是常被拿來與顏回比較的。顏回離群索居，不幸早逝；子貢的特殊才能則表現在他能承認自己有相形見絀之處。子貢有自知之明，他尊重強於自己的孔子和顏回。（《論語・公冶長》篇）

杜甫的這首詩是以《論語》為基調寫成的──《論語》對人類本質的最謹慎的判斷是隱藏在微言大義中的，讀時，我們要想法去理解比字面意義多出兩倍甚至十倍的東西。無疑，杜甫是《論語》的信奉者，他說話的腔調總是仿效至聖先師孔子。這樣，他就能大模大樣地把偉大的李白變成受他溺愛稱賞的物件。他為李白指出了兩個典範。第一個是顏回，在孔子的弟子中，在成就上將來或許只有他能與孔子相比。當然，顏回的形象會讓人聯想到貧窮潦倒、離群索居和過早夭亡，讓人聯想到屈原、鮑照以及江東日暮。在詩末尾，杜甫給李白提出了第二個典範：子貢。這個典範意味著財富、長壽，能同享樽酒對飲之樂，共論詩之微言大義（在《論語》中，這是指孔子在裁決弟子對詩的理解時表示同意或提出異議）。但是，要過上子貢這種自由自在的生活，道德上得謙遜自抑，敢於承認別人確有勝己之處。子貢與顏回相比，自知不如。李白已經被杜甫「無敵」化了，顧名思義，就是沒有敵手。這一般是驚人卓越的才華才能達到的境界。但一個從激烈競爭中急流勇退、從而給師長爭光的人，也可以說是「無敵」的。

　　在詩的末行，我們看到的只是，杜甫強烈渴望與李白重逢，重溫昔日與這個「無敵」詩人談詩論文的歡樂。杜甫在這裡是衷心地欽佩李白，他為李白從宮廷流落民間真誠地感到悲傷；他為李白浪遊東南各地深感憂慮。他盼望李白早日歸來，與自己相聚。然而，在這個乍一看來意旨單純的頌揚詩內部，杜甫的自尊心卻巧妙地凸顯出了真誠的高傲。杜甫這首詩之所以能引人入勝，是因為它既有一個寬厚高尚的外表，又有一個不易覺察出來的高傲內涵，二者同時佔據了詩的語言形式。

【二】

上一節裡面說到了，詩人和小說家的重要區別，在於是否要講故事。小說家總是要講這樣或那樣、這類或那類的故事。詩人則不必。我們作為讀者，對韻文／詩歌的關注點，也完全可以不在敘事上面。

如果韻文／詩歌的魅力不在敘事上面，那麼在哪兒？什麼才是詩歌裡面的珠玉？

簡單而又不簡單的答案是：魅力在於詩歌的語言。

什麼是「簡單而又不簡單」？（做繼續追問狀——）詩歌在語言上的這種魅力到底是什麼？這樣的語言與無韻散文、小說等敘事性文類的語言，有沒有本質上的區別？

如何去「打開」之，才不算是買了敘事的「櫝」而還了詩歌的「珠」？

對於鍥而不捨發自內心的發問，解答也自然會有很多。學界其實也如同「知乎」，會給你一大堆「公說公有理婆說婆有理」似是而非的解答，什麼「奇詭的想像」、「優美的韻律」、「動感的節奏」、「言有盡意無窮」、「只可意會不可言傳」等等。我個人覺得這些都沒有搔到詩歌語言層面真正的癢處，只能算是「隔靴搔癢」，甚至是直接在空靴子的外面搔癢，小腿和腳都不在那靴子裡面。

當然我也知道，無論是「知乎」還是學界，隔靴搔癢、可遇而不可求是常態，直戳癢處是驚喜。

但今天就是有直戳癢處的驚喜要分享。這要感謝蘇聯理論「大神」巴赫金。

在解釋詩歌語言的魅力（以及小說語言的豐富性）到底是怎麼回事兒上面，巴赫金說了很多，大家只要翻看中譯的《巴赫金全集》（河北教育出版社，1998）第三卷「小說理論卷」這一「寶卷」裡面的長文章《長篇小說的話語》的第二章「詩的話語和小說的話語」和第三章「小說中的雜語」就盡收眼底了。巴赫金「大神」博大精深的體系，從某種程度上說是一種加強版的語言（符號）學或語言哲學或現代修辭學。在之前還沒有人像巴赫金那樣，把語言修辭和社會歷史看作是互為表裡，囊括並洞穿了文史哲方方面面很多深層次的問題。對於今天我們要討論的詩歌語言話題來說，他從語言運用的角度切入，把詩歌與小說的語言的不同之處，說得十分精彩。

（這樣說，可能會讓您覺得有些奇怪：為什麼偏要借用一篇名為《長篇小說的話語》的文章，來解說詩歌語言的特質問題？是不是糊塗了？——好吧，我要說，巴赫金這種思考格局，比靠解讀詩歌發家的英美新批評的方法、範式還要深廣，更能直戳詩歌語言本質問題的癢處。您只管看下去，然後再判斷我的腦子是否進水了也不遲。）

稍微跑題一下，在此表達對巴赫金大神的膜拜之情。我前番尊稱美國的米勒爺爺為「學霸」，而對於蘇聯的巴赫金，則必須叫「大神」或「大俠」來體現他的段位了。這位瘸腿大俠（四十歲出頭的時候因為骨髓炎惡化而一條腿截肢）的一生，簡直就是「悲催」。沙俄滅亡的混亂乃至於史達林「紅色恐怖」年代對知識份子的威嚇，都讓這位大神趕上了。當巴赫金還是個文藝青年的時候，就被判刑流放，期

滿後流落在邊遠地區學校教書，五十多歲參加博士學位答辯，竟然也沒有獲得通過……這是怎樣一種懷才不遇的極度「悶騷」人生？真真「鬼知道都經歷了些什麼」……彼時，西方學術的繁榮，與蘇聯是隔絕的。而當西方終於發現了這位巴赫金大俠，全世界學界為之震撼時，巴赫金他老人家已經去世了。……總之這位大神或大俠，屬於世上最高段位的人文大師，是厚積薄發、飽經風霜的文學理論、符號學和哲學奇才，其成果足以供養千秋萬代的博士論文和教授的飯碗……

閒話少說。巴赫金認為小說語言與詩歌語言是十分不同的，前者在本質上是「對話」性質的，離不開巴赫金意義上的「雜語」、「複調」等，後者的特質則是隱喻象徵性的，不管裡面的喻像有多複雜，也不會產生不同聲音的對話。

我只需引用《長篇小說的話語》裡面的兩小段話，就夠「搔癢」了。

在我所引用的第一段裡，出現了巴赫金所謂「雜語」（Heteroglossia）的一個著名定義，被寫論文做研究的人們廣為引用。由這段可以得知「雜語」為何物。在我所引用的第二段裡面，巴赫金對他所理解的詩歌語言特質做了直接表述：「（詩歌）語言象徵義的兩重（或多重）含義，在任何時候也不會喚醒雙重的語氣。」

再囉嗦兩句說說這兩段話的翻譯問題，然後就給大家端上簡短的引文，和對引文的分析「乾貨」。

我的引文不是直接採用國產《巴赫金全集》譯本「寶卷」，雖然那是九十年代的精品。

　　我的中文引文是我自己翻的，是基於我對巴赫金英譯的中文再翻譯。

　　不懂俄文的我，最早接觸和搞懂巴赫金，是在國外留學時，通過英文而進行的。我要引用的這兩段話，都是來自於十多年前比較讓我刻骨銘心的英文摘抄。（「Discourse in the Novel」，出自卡瑞爾・愛默生[Caryl Emerson]在八十年代初所編輯的英語世界經典性的巴赫金文集之一：*The Dialogic Imagination: Four Essays*。）回國後，我也用《巴赫金全集》中譯本來定位我對巴赫金的理解，算是「殊途同歸」吧。——但臨到現在要引用時，我還是覺得自己翻譯的引用起來才順手，就忍不住自己從英文把這兩段翻譯成中文。（大家也可以用《巴赫金全集》中譯本來「殊途同歸」一下兒。）

　　好了，開始上菜。先端上來第一段引文——

「雜語」一經被整合到小說論述裡頭，（不論它是以哪一種形式被整合進來的），都成了他人的語言裡面的他人的講話樣式。它服務於表達作者的意圖，但這是以折射的方式來完成的。這種講話樣式，構成了一種特別的雙聲論述（double-voiced discourse）類型。它在同一時刻為兩個說話人服務，同時表現兩種不同的意圖：正在說話的角色的直接意圖，和所折射出來的作者的意圖。

【原文】 Heteroglossia, once incorporated into the novel (whatever the forms for its incorporation), is another's speech in another's language, serving to express authorial intentions but in a refracted way. Such speech constitutes a special type of double-voiced discourse. It serves two speakers at the same time and expresses simultaneously two different intentions: the direct intention of the character who is speaking, and the refracted intention of the author. ('Discourse in the Novel'in *The Dialogic Imagination: Four Essays*, 324)

這段讓我們看到了巴赫金自己對他所重視的「雜語」的說法。下面就讓我們來進一步認識一下「雜語」是怎麼回事，有何深遠意義，以及對於我們要討論的詩歌語言問題有何參照價值。

我頂禮膜拜巴赫金大神，一個重要原因是他與學霸米勒爺爺等學者是做細讀分析的高手。為了圖解和分析「雜語」是什麼，巴赫金順手拈來並細讀了從拉伯雷（Rabelais）、狄更斯到屠格涅夫的一些小說文本段落，那種觸摸文本的功力真是盪氣迴腸，令人歎為觀止。唯一讓我們中國讀者覺得可惜的，就是西方（包括東歐、俄羅斯）這些研究，都是在他們洋人的文化共同語境裡面展開的，不考慮跟遙遠的我們中國文藝有關係還是沒有關係。

既然巴赫金大神不是中國人，不會用中國文本來圖解雜語，那麼就讓我這個中國人用中國文本實例來圖解一下吧。（不刻意謙虛了。）為了深入淺出和節省篇幅，我就來一個便捷、通俗的。不找文學文本了，就拿二〇〇九年春晚小品《不差錢》裡面「鴨蛋」的幾句臺詞來說事兒。

那位一心想去北京發展演藝事業的「鴨蛋」，見到畢姥爺之後激動地說：「我來自國際化大都市鐵嶺。」我覺得對

這一句就能展開巴赫金意義上的「heteroglossia」分析。這句裡面包含巴赫金所特別看重的那種「double-voiced discourse」——用他老人家自己的話來說（剛才的引文裡面已經有了）：「在同一時刻為兩個說話人服務，同時表現兩種不同的意圖：正在說話的角色的直接意圖，和折射出來的作者的意圖。」

在鴨蛋這句話裡面，「正在說話的角色」當然是「鴨蛋」本人。從這句臺詞裡面表現出來的她的「直接意圖」大概是：「我知道北京是國際化大都市，咱來自鐵嶺，想來北京混，不能讓北京的畢姥爺笑話咱不知道啥叫國際化大都市……」（是的，這才是她的「直接意圖」。字面意義「鐵嶺是國際化大都市」不是她的直接意圖。）那麼從這句話裡面「所折射出來的作者的意圖」是什麼？大概是「觀眾們你們當然知道，鐵嶺當然不是國際化大都市了。你們瞧，鴨蛋這個土包子是真的激動了，她好緊張呀！」

這位「鴨蛋」，緊接著說出一句更富含「heteroglossia」礦藏的話：「畢姥爺求求您就讓我留在北京吧，我感謝您八輩祖宗，做鬼也感謝您……」從中表現出來她的「直接意圖」大概是這樣：「我太想來北京了，畢姥爺只有你能夠幫到我呀你知道不？你要是不幫我，我咒你八輩兒祖宗，我就是做鬼也不會放過你。……」小品中的畢姥爺想必是「get」到了這個直接意圖，聽了鴨蛋的這句話之後說：「我聽著怎麼那麼不對勁兒呢……」鴨蛋這段話「所折射出來的作者的意圖」則是折射出來鴨蛋對畢姥爺的期望值之高，高得甚至到了如果達不到她的要求就會變成深切的怨恨的地步。作者以

此折射了在機會極其不均等的國情之下,「魯蛇」懇求「老司機」「帶帶路」時內心複雜的愛與恨的交織。(是的,我的措辭,從二〇〇八年非線性地依次穿越到二〇一二和二〇一六年了。)

再快速複習一下巴赫金的原話:「這種講話樣式,構成了一種特別的雙聲論述(double-voiced discourse)類型。它在同一時刻為兩個說話人服務,同時表現兩種不同的意圖。」──你看,是不是這樣?

其實通過我們對鴨蛋兩句話的細讀,我們看到「heteroglossia」不僅僅可以是「雙聲論述」。在這兩個例子中,我感覺到都至少是有三個聲音在共同佔用一句話的軀殼來表達不同的意思。──剛才已經分析到了鴨蛋的直接意圖和從她的臺詞裡面折射出來的作者意圖。其實,鴨蛋的意圖至少又分了兩層:表層和深層。「畢姥爺求求您就讓我留在北京吧,我感謝您八輩祖宗,做鬼也感謝您……」──表層是卑躬屈膝的正面懇求,深層則是弱者的威脅、怨恨。總之,其既感激涕零指望別人,又不爽於自己地位低下的矛盾心態,也折射於一句話的內在張力中。當然,巴赫金大神精通於分析各種複雜的「heteroglossia」,食不厭精膾不厭細。大家可以直接從他這篇《長篇小說的論述》長文章來領會。

如果你稍微擴展閱讀一下(恕我不進一步引用了),會覺得巴赫金認為雜語對於小說的論述是非常重要的,沒有雜語就沒有小說。(再替巴赫金狗尾續貂一句。雜語和小說是一對好「基友」。這同時也間接地意味著:雜語和詩歌很難「CP」。)(但我也不覺得巴赫金陷入了簡單化的「二元對立」

思維。巴赫金從來就沒有簡單過，更不會二元對立，而是強調比較的方法，和差異、「對話」的價值。否則，「Discourse in the Novel」這篇文章也不會龐大到將近一本專著的規模。）

　　按照巴赫金的意思，也就是說，散文（小說）的語言內核與韻文（詩歌）的語言內核是互為他者的關係。——如果你看了下面的引文，就會自行得出這樣的觀點了：

　　詩語的語言是隱喻象徵性的，需要能夠召喚出對於裡面兩重意思的精確感受。……但不管我們怎樣來理解詩意象徵（隱喻）中幾重含意之間的相互關係，這種相互關係無論如何都不會是對話性質的。在任何情況下任何時候都無法把一個隱喻（比如說，一個暗喻）擴展為一次對話中的雙方對談。這也就是說，無法把裡面的兩重含意拆分為從屬於兩個不同的說話聲音。正因為此，所以（詩歌）語言象徵義的兩重（或多重）含義，在任何時候也不會喚醒雙重的語氣。相反，在詩歌語言裡面只有一個發音，只有一個語調系統，這樣就足夠表達詩意裡面的複雜性了。對一個象徵義裡面不同含義之間的關係，可以從邏輯層面進行解讀。（比如當作一個部分或一個個體之於整體的關係，或者比如一個專有名詞變成了一個象徵性符號；或者比如具體之於抽象的關係，如此等等。）也可以從哲學和本體論的層面進行解釋，比如作為一種特定的表徵關係，或是作為現象和本質的關

係等等。也可以轉換為突出這種相互關係的情態和評價
方面。但無論如何，（詩歌語言）幾重含意之間的所有
上述各種相互關係，都沒有超出，也不可能超出一個詞
語同自己（所指涉的）那個事物的關係的範圍，或者所
指涉事物的各個方面之關係的範圍。

【原文】The poetic word is a trope, requiring a precise feeling for the two meanings contained in it... But no matter how one understands the interrelationship of meanings in a poetic symbol (a trope), this interrelationship is never of the dialogic sort; it is impossible under any conditions or at any time to imagine a trope (say, a metaphor) being unfolded into the two exchanges of a dialogue, that is, two meanings parceled out between two separate voices. For this reason the dual meaning (or multiple meaning) of the symbol never brings in its wake dual accents. On the contrary, one voice, a single-accent system, is fully sufficient to express poetic ambiguity. It is possible to interpret the interrelationships of different meanings in a symbol logically (as the relationship of a part or an individual to the whole, as for example a proper noun that has become a symbol, or the relationship of the concrete to the abstract and so on); one may grasp this relationship philosophically and ontologically, as a special kind of representational relationship, or as a relationship between essence and appearance and so forth, or one may shift into the foreground the emotional and evaluative dimension of such relationship—but all these types of relationships between various meanings do not and cannot go beyond the boundaries of the relationship between a word and its object, or the boundaries of various aspects in the object. ('Discourse in the Novel' in T*he Dialogic Imagination: Four Essays*, 327-328)

這就是說，對於巴赫金，詩歌語言的特質來自一個單一
說話者（詩人）對於語言的多重含義的挖掘、駕馭。詩人如
同「獨裁者」，賦予語言以「團結、緊張、嚴肅、活潑」的

效果。（請原諒我的「與本土接軌」的措辭，但是，你懂的。……）好詩歌的語言運作是一種高超的技藝，讓一個詞、一句詩，一個象徵，一個意象，同時在不同層面展開，獲得複雜的含義。這種說法，就與精通詩歌分析的、與巴赫金寫作時間平行的英美新批評學派遙相呼應。新批評學派所愛說的詩歌語言裡面方方面面的張力（tension）、肌理（texture）、悖論（paradox）、複義或晦澀（ambiguity）等等，與巴赫金說的「對一個象徵義裡面不同含義之間的關係，可以從邏輯層面進行解讀。……也可以從哲學和本體論的層面進行解釋……。也可以轉換為突出這種相互關係的情態和評價方面。……」是相容的。

　　當然，巴赫金的格局比英美新批評學派更加寬廣。他孤懸於當時西方學術共同體之外，鶴立雞群，反而集西方意義上的語言學、符號學、形式主義、結構主義等的思路於一身。所以我覺得借用巴赫金的洞見來直戳詩歌語言的魅力機制，反而比引用靠詩歌分析起家的英美新批評說得更透。

　　在巴赫金的概念體系裡，「the prosaics／散文、平凡文體」是與「the poetics／詩學、詩歌文體」相對應的。「小說＝prosaics＝複調、雜語的運用。」——一言以蔽之，這體現了巴赫金所特別鍾愛的「對話」性。說到詩歌語言，再替巴赫金狗尾續貂幾句：詩歌語言不管有多複雜，也應該說是複雜的「單語」，而不是出現在小說或散文裡面的那些「雜語」，因為一首詩裡面的語言在「語調」或「聲音」上是統一的。如果說語言是人類用來表述的僕人，小說語言的運用，是一僕二主乃至多主，高妙之處體現在「多主」上。詩歌則是一

僕多能身兼數職，高妙之處體現在多才多藝上。

你還記得在上一節的內容嗎？宇文所安是如何評價杜甫《春日憶李白》的？——「杜甫這首詩之所以能引人入勝，是因為它既有一個寬厚高尚的外表，又有一個不易覺察出來的高傲內涵，二者同時佔據了詩的語言形式。」——讀詩高手宇文所安所說的「二者同時佔據了詩的語言形式」，與理論高手巴赫金說的「在詩歌語言裡面只有一個發音，只有一個語調系統，這樣就足夠表達詩意裡面的複雜性」，難道不是異曲同工？

還記得米勒爺爺在分析敘事問題，分析到詩歌領域，華茲渥斯的《昏睡封閉了我的心靈》時，提及讀詩高手燕卜蓀時說了什麼？

對燕卜蓀來說，無論這些不確定性如何複雜，它們都需要被結合在一起，需要被放進一個統一結構之中。相反，我認為一個複雜詞也可能是基本上不一致的含義的交叉路口。這個真相可以由絕不能還原到統一體中去的敘事殘片來揭示、披露和展示。

（參見前面的「我們為什麼總是要更多的故事？」）

米勒筆下的燕卜蓀的意見（「無論這些不確定性如何複雜，它們都需要被結合在一起，需要被放進一個統一結構之中」），和上一段的宇文所安、巴赫金是不是也很像？

　　相反地，米勒的看法（「相反，我認為一個複雜詞也可能是基本上不一致的含義的交叉路口。這個真相可以由絕不能還原到統一體中去的敘事殘片來揭示、披露和展示」），則是不是與巴赫金所言小說語言裡面的「雜語」精神（「它在同一時刻為兩個說話人服務，同時表現兩種不同的意圖」）異曲同工？

　　回到上一節開頭我的一段話：

　　我經常覺得，喜歡讀文學的人，可以分成兩種：善於讀散文／小說的和善於讀韻文／詩歌的。善於讀此的，不一定善於讀彼。（當然還有第三種，就是兩手都硬，都善於的。）解讀的路數也不一樣。

　　是的，米勒貌似是前者。（我本人也是。你呢？）宇文所安和燕卜蓀貌似是後者。前者的高端是複雜的動態主義者。後者的高端是複雜的完美主義者。

　　巴赫金則在今天的討論中，展現為是難得的「第三種」。（其實他整體上還是更偏重於前者。）

　　你正在看的這本《打開文學的方式》，確切地講，是「打開一半文學的方式」，或者「打開文學的一半方式」。（此處應有笑聲。）但也並非沒有顧及韻文／詩歌的另一半，只不過是給緊湊地打包為「肆、課間甜點：也來說一說解讀韻文／詩歌」了。這一部分也還沒完，請繼續看。

【三】

還記得前面「課間甜點：也來說一說解讀韻文／詩歌」開頭的那段話嗎？

我經常覺得，喜歡讀文學的人，可以分成兩種：善於讀散文／小說的和善於讀韻文／詩歌的。善於讀此的，不一定善於讀彼。（當然還有第三種，就是兩手都硬，都善於的。）解讀的路數也不一樣。

你屬於哪種「喜歡讀文學的人」？我說了我屬於第一種，「善於讀散文／小說的」。所以，我不敢敞開了講如何來解讀解讀詩歌——那不是我最擅長的。既然「做不成詩歌解讀的大餐，就做幾塊小甜點吧。」

所以才有了課間甜點三塊。現在是第三塊。

第一塊甜點是關於「體驗」。我們體驗了善於讀詩，來自美國南方的漢學大師宇文所安對杜甫兩首詩的解讀。

第二塊甜點是關於「理論」，借用蘇聯文藝理論大神巴赫金的研究，直戳詩歌語言魅力特質問題的核心。

這最後一塊課間甜點，是關於「實踐」。

實踐的理想狀態，是自己動手去做。但這一本書不可能空一些頁碼讓你自己去實踐一番。那樣的話，不僅編輯、出版社不會幹，而且我打賭你也不會勤快到自己寫一篇補進去

的地步。

　　那就退而求其次，給你提供一個別人的實踐，一個和我們各方面相仿的一般文學愛好者的實踐。你看了以後也許會覺得：我也可以做到這樣，讓我也實踐起來，把詩歌打開！

　　下面就請看王同學的實踐。他不是宇文所安，也不是大神巴赫金。他就是在二〇一六年春季學期上我的解讀課的一個同學。我也不是說他這一篇就是範文。我只是說，我們九零後同學，只要發力得法，得到好的引導，有些人就能夠發現自己具備打開文學解讀的能力。

　　你也可以這樣。

　　我一字不易，把王同學的詩歌解讀實踐，貼在下面：

解讀瘂弦詩歌《上校》

王〇〇

《上校》是一首現代小詩,只有十行三節:

那純粹是另一種玫瑰
自火焰中誕生
在蕎麥田裡他們遇見最大的會戰
而他的一條腿訣別於一九四三年
他曾聽到過歷史和笑

甚麼是不朽呢
咳嗽 藥 刮臉刀 上月房租 如此等等
而在妻的縫紉機的零星戰鬥下
他覺得唯一能俘虜他的
便是太陽

乍看之下,極為平常,也容易一知半解,但疑點多多。
下面運用文本細讀法,尋找構成詩中藝術世界的各種要素。

標題《上校》(上校是團長以上的軍銜),暗示詩的內
容,必定與軍官、戰場、死亡、傷殘有關。

「那純粹是另一種玫瑰／自火焰中誕生」，提起玫瑰，我們很容易將它同浪漫的愛情、美好的戀人聯繫起來，但在這裡，「純粹是」和「另一種」否定了通常意義上的聯想。當玫瑰與柔情蜜意和浪漫愛情無關的時候，會是怎樣的一種玫瑰呢？它「自火焰中誕生」，是「火」玫瑰。在顏色上排除了白玫瑰、黃玫瑰、粉玫瑰，是火一樣紅、火一樣熱的紅玫瑰，而且火焰的形狀也極似玫瑰的形狀。不管是火焰般顏色的玫瑰，還是玫瑰般形狀的火焰，它們會綻放在哪裡？聯想到這首詩歌可能的主題，我們不難猜測是在戰場。

「在蕎麥田裡他們遇見最大的會戰／而他的一條腿訣別於一九四三年」，這場大戰中，上校受了傷，永遠地失去了一條腿。子彈射出、槍管冒出的火光，是玫瑰；炮彈爆炸開花，是玫瑰；四面飛濺的鮮血與肉塊，是玫瑰；斷腿留下的創面，是玫瑰。反諷的是，玫瑰本來是戀人之間幸福交往的象徵，這裡卻象徵著摧毀對方身體，甚至消滅對方生命的連天炮火。

與血色玫瑰相呼應的是漫山遍野開滿紅花的蕎麥田。查閱資料後我們可以瞭解，蕎麥花有兩種，一種是紅花，一種是白花，從上下語境來看，這裡的蕎麥花，只能是紅色的。這是詩歌選擇色彩、營造氛圍的匠心之處，也是將最大的會戰安排在蕎麥田，而不是小麥田和玉米地的原因。玉米地、小麥田要麼是綠色，要麼是金黃色，絕對不是紅色。除了色彩因素之外，蕎麥生長在貧瘠的地方，生長在麥子長不好的地方，寓示著地方貧窮，在貧困的地方戰鬥。蕎麥田本來是生產人類糧食的地方，蕎麥花更可以成為人類的審美物件，

但這裡發生的人類行為卻與自然美景形成強烈反諷，正如蘇軾當年聯想赤壁鏖戰時的寫景名句「江山如畫」。

「最大的會戰」，強調這次戰鬥的規模之大，前所未見，殘酷性、慘烈性前所未有。連上校也要衝鋒陷陣，掛彩捐軀。其他戰士也就可想而知。會戰中，火力密集，烈焰奔騰；會戰後，屍橫遍野，血流成河。這種讓人不樂見、不忍見的場景，詩中以紅花似浪的蕎麥田和浴火而生的玫瑰來作寓意的呈現。玫瑰和蕎麥，不再單純是自然界的一種花卉和糧食，它們被賦予了多種蘊含，產生了一種表達的張力。

會戰設定在一九四三年，其實包含著作者獨特的用心。一九四三年是中國抗日戰爭由防禦轉入反攻的大轉折階段，八年抗戰從此邁向勝利。同時，「一九四三年」也告訴讀者：「上校」的軍銜，只能是國民黨的軍官。所以「他曾聽到過歷史和笑」，「過」表示過去時態，表明戰爭、勝利、歡笑已經結束。

作為軍人，上校肯定聽說過許許多多關於民族大義、精忠報國的民間歷史故事，聽見過講故事的人和聽故事的人一起為正義一方的勝利高聲大笑，為戰爭的勝利歡欣鼓舞。無疑，這些歷史故事影響了上校，國難當頭，風華正茂的他衝上了抗日戰場，為國家、為民族浴血奮戰。抗日戰爭取得了勝利，是歷史的勝利，上校聽見的是舉國歡慶的笑聲。

「甚麼是不朽呢／咳嗽藥刮臉刀上月房租如此等等」，「不朽」就是沒有消失，依然存在。戰爭結束了，歡笑結束了，沒有隨著歷史消失的是什麼呢？日光流年，生活瑣細，上校對所謂「不朽」有了新的感觸和認識。中國傳統文化素

來有著「三不朽」的學說：「太上有立德，其次有立功，其次有立言。」「立德」，即樹立道德；「立功」，即在戰場殺敵、為國為民建立功績；「立言」，即提出具有真知灼見、可以流傳百世的言論。上校建功沙場，卻享受不了勝利的果實和長久的歡笑，他的「不朽」，是日常生活中的種種瑣細，是兩腿不全，是身體抱恙，以及每月為房租所做的打算。「如此等等」還告訴讀者：上校的「不朽」，並不限於上面涉及的三項內容，還會包括一日三餐的柴米油鹽醬醋茶這些日常生活中各種平淡而瑣碎的「等等」。昔日的戰鬥功臣在戰後卻過著拮据不易的生活，國家和人民既沒有給他優厚的物質獎賞，也沒有給他崇敬和功勳，現實的不朽對歷史的不朽進行了意義上的解構。

　　「而在妻的縫紉機的零星戰鬥下／他覺得唯一能俘虜他的／便是太陽」，他的妻子十分賢良，感情上接納他，生活上照顧他，時常接點縫紉加工零活，補貼家用，交納房租，維持生計。在一片蒼涼冷色之中，妻子的賢慧是唯一的暖色。「縫紉機的零星戰鬥」，與第一段「蕎麥田裡」發生的「最大的會戰」，形成了大戰與小戰、國家和自家的強烈對照。這種「縫紉機的零星的戰鬥」必須四肢健全才能作戰，一條腿的上校只能坐在旁邊，看著他的妻子一個人孤獨地戰鬥，繼而由妻子感情的溫暖聯想到太陽的溫暖。太陽不僅是溫暖的，而且是無私的、公平的、永恆的，絕不會因人而異，對每一個人都是平等的。對上校來說，他的貢獻和待遇、付出和獲得形成巨大反差，他覺得溫暖的、無私的、公平的，除了妻子，就只有對每個人都發光發熱的太陽。這

樣，詩歌的境界一下子就從個人的遭遇、悲歡，提升到人類的一種普遍感情、普遍訴求和普遍認知。

在血與火的戰場上，上校不曾被敵軍俘虜。在和平時代，這樣一個血性硬漢，卻心甘情願被太陽俘虜了。對家的溫馨感受、對公平正義的渴求，是唯一的原因；另一方面，能夠回報上校這位抗戰功臣並使之感受溫暖的，不是社會，不是制度，而是踩著縫紉機進行零星戰鬥的自己的妻和大自然的太陽。平凡與偉大、溫情與批評、人類與人類、人類與自然，融合為一體。

細細讀完這首小詩，不難發現，小詩不小，在簡練的語言之中，蘊藏著複雜而宏大的意義結構，時間跨度大，感情起伏大，思想衝突大。描述場景由宏大悲壯到日常平庸；從激烈、壯觀到平淡、蒼涼；歷史的，現實的，生活的，人生的，兼而有之。對歷史的質疑，對現實的無奈，對生存意義的叩問，都涵括在短短的十句之中。尤其是國家的勝利，並不意味著每一個功臣或人民都會得到同樣的幸福；集體的笑聲，也不意味著每一個個體都會獲得同樣的快樂。這種思考和呈現，讓小詩超越了具體的人和事，指向了歷史意義、人生意義的哲學高度。

伍

敘事就是對「意義」的設定

「課間甜點」時間結束了。

一個足夠長的「課間」，不是嗎？（在這本書裡，課間不是用時間，而是用字數來衡量。剛才關於韻文／詩歌的「課間」是一萬六千一百五十字。）

現在請回來繼續聽我講第三講：「聚焦於解讀敘事」。

這一節的標題是：敘事就是對「意義」的設定。——仍然可以引用米勒爺爺的論述來做解題：

人類講述故事的能力是男人女人——共同圍繞著他們的生活——構築一個有意義和秩序之世界的方法。我們通過虛構文學來盤查人類生存的意義，或許也能夠創造出新的意義。

這在「壹、我們為什麼非要故事不可？」雖已經引用過了，但值得展開了進一步說，一萬字也不嫌多。

講故事這件事，在文學批評、研究術語裡叫作「敘事」。敘事這件事真的很重要嗎？是的，非常重要。

　　敘事，是用語言來類比和製造事件的方式。就是說，用語言來說／寫出一件事兒，這事也往往不一定是真發生過的，卻能吸引人、影響人。（比如「You know nothing, Jon Snow」[2]，比如夸父追日，或者「三體人」[3]。對人類的「降維攻擊」，或者一隻叫「維尼」的熊類和一隻叫「跳跳虎」的虎類用人類語言交談……）

　　敘事能夠吸引人，這好懂。什麼叫能「影響人」？──其實就好比「不管你信不信，反正我是信了」──這個「信」不一定是指在事實層面上的，也可以是情感、價值、思想等的各種層面的認同。比如塞凡提斯筆下的唐吉訶德老爺讀「騎士小說」入了迷，受到影響，自己就決定換個活法兒，真的拋下家業，按照想像中的騎士模式出去行俠仗義了。而《唐吉訶德》問世之後的同時代讀者，讀了之後，則另有所思，至少一下子就讓彼時流行的「騎士小說」不流行了。

　　前面「我們為什麼非要故事不可？」和這裡「敘事就是對意義的設定」，這兩部分是直接對接的關係。

　　我們為什麼非要故事不可？──米勒爺爺大談了「虛構」問題。米勒爺爺認為「虛構─認可機制」是人類的一個基本活動，囊括了「博弈、角色扮演、白日夢和其他林林總總的表現形式」，其中「也包括文學」。對他老人家來說，文學上的虛構，敘事是大宗：

2　編注：影集《冰與火之歌》經典對白。
3　編注：劉慈欣科幻小說《三體》中的外星種群。

我們從文學虛構中學到了什麼？我們學到了事物的本來面目。我們需要通過文學性虛構來品嘗可能的自我並且將我們的狀況在實際世界中進行推演和角色扮演。想想在虛構文學裡有多少是關於成長的故事就知道了——比如說童話故事。在成長故事裡更包括像《遠大前程》或《哈克貝利・費恩》這樣偉大的小說。如果用更現代的話語方式來表達亞里斯多德的意思，那我們可以說通過虛構作品我們得以塑造並且重塑我們的生活經驗。我們賦予從生活中得來的經驗以形式、意義，和一個線性發展的結構——其中包含著形態嚴整的開端、中間部分、結局，和中心主題。

（詳見「壹、我們為什麼非要故事不可？」）

博弈、角色扮演、白日夢、能講出故事的一類文學，這些腦力「活動」確實都是相通的——相通在敘事上面。總之，要有人物、情節，和對人物情節的合理解釋。「博弈」——各種形式和內容的比賽——都包含著過程中的激烈對抗，和令人期盼又難以預料的最終結局（輸贏、比分）。從敘事的角度去看，這不就是純天然地在生成新的引人入勝的故事情節？線上遊戲也是博弈的一個分支。那些角色設定類的線上遊戲，敘事性因素則更為生動多變。就算我不玩線上遊戲，我也知道這個——你得先在各種備選角色裡面進行挑選，決定自己當誰，比如當孫權不當曹操。角色選定了，

情境、情節就會一路生成，就能開始玩了。「cosplay」不也可以算是「角色扮演」裡面的一個分支嗎？玩「cosplay」的人在過癮地「cos」角色的衣服道具面貌之時，是為了讓另一種過癮從內心裡釋放了出來，即要「意淫」該角色所參與其間的那些令人難忘的情節……「白日夢」是什麼？——必須有情節和人物設定，對不對？一言以蔽之就是敘事。

　　（哇！天啊！敘事研究也可以這樣火爆！原來可以是「cosplay」+角色設定+「意淫」這樣的東西！……我似乎聽到有讀者在尖叫。）——是的，但理性分析才最火爆。關鍵是要找到並抽取出這種逆天的魔力共性，即這些好玩的東西的好玩兒之處到底在哪兒。

　　「人物+情節+前因後果」的魔性，其實就是敘事活動本身的魔性。——「make-believe」（虛構—認可），並給出理由，讓人覺得有道理。你跨越了時空、性別、種族、階級，甚至物種，獲得了廣闊的生命體驗，和對意義的追尋。

　　比如說福樓拜的經典小說《包法利夫人》能帶你深入地「cosplay」到十九世紀一個法國外省資產階級女性的白日夢內心世界。這是從讀者角度說的。作者又何嘗不是如此？別看福樓拜在外表上是又矮又胖一個大叔，寫《包法利夫人》的時候絕對是跨性別跨體型，把自己「cos」進去了，說什麼「c'est moi」（「這就是我」）。當寫到包法利夫人生病的時候，福樓拜自己身體居然也出現同樣的症狀……甚至不管你是男生女生，當你閱讀懷特（E. B. White）的《夏綠蒂的網》時，你都會不自覺地跨物種，認同於小豬威伯的角色……

　　好了，總結一下。按照米勒爺爺的說法：「虛構—認可

機制」是人類的基本活動，囊括了「博弈、角色扮演、白日夢和其他林林總總的表現形式」，其中「也包括文學」。

敘事活動是以「虛構—認可機制」為前提的，這樣才可以超越了年齡性別種族甚至物種的局限，更超越了時間空間，在各種角色扮演和設定以及白日夢中，極大地解放了和帶來了人生體驗。你從各個人生來折射、反觀自己的人生。

關鍵是，這事情很過癮。自從人類有了語言，從在部落篝火前講故事開始，敘事活動及其不斷衍生的各種分支、形式，讓人類玩兒了幾千年也不膩，而且仍然是「停不下來」的節奏，在線上遊戲、「cosplay」、動漫，和虛擬世界中不斷延伸。

那麼這件事的過癮之處到底在哪裡？——在於人對於「意義」的追尋。

人是唯一追求「意義」的生物。這就像前面第一講就指出了彼得・布魯克斯所指出的，人是使用符號的動物，「homo significans」。語言等符號（sign）就是用來辨識和表述意義（significance）的。對意義的渴求，是內設於我們內心世界的，比如著名的「我是誰？」「從哪裡來？」「到哪裡去？」就如同一個棄兒，在內心深處一定有尋找自己親生父母的強烈願望一樣，我們每天都在追問一些「意義」範疇的問題。「意義」，往大了說，指的是人生的意義，存在的意義，「三觀」等，往小了說，指各種觀念、意見、想法、思考，比如「結婚是為了什麼？」、「要不要生孩子？」、「生活不是眼前的苟且，還有詩和遠方的田野」、「穿戴名牌是圖個啥？」、「我算是步入主流社會了嗎？」……

　　人可以戒毒、戒煙、戒酒、戒色（比如僧尼）、戒賭，但就是戒不了對意義的追尋。

　　於是怎樣？

　　敘事就是對「意義」的設定。──對的，這就是這一節的標題。

人類講述故事的能力是男人女人──共同圍繞著他們的生活──構築一個有意義和秩序之世界的方法。我們通過虛構文學來盤查人類生存的意義，或許也能夠創造出新的意義。

　　天哪，又在引用米勒爺爺！

　　好吧──但敘事的令人著迷、令人過癮之處就在這裡。

　　再引用米勒爺爺對敘事的一點說法：

它能夠為我們建議自我的存在形態或者行為方式，使我們在真實的世界中去模仿它們。順著這個思路也可以這樣說，我們讀過戀愛小說之後，才會在生活中墮入愛河時意識到如此。從這個著眼點來看，虛構文學可以說具有無比的重要性。

這個在前面也引用過了，現在提出來討論，仍然字字珠璣、值得展開討論。這裡面出現了一個很容易被忽略的點：敘事作為意義的載體，把意義直接賜予我們了，然後才輪到我們用自己的生活來確認、實現那已經給定的意義。也就是說，對意義的判定，要先於對意義的體驗、「驗證」和理解。

這與人們平常認為的「先體驗生活，後發現意義」順序是相反的。「先體驗、後發現」模式就相當於目前流行的「DIY 自駕體驗遊」模式。然而其實呢，深入思考之後就會發現，這一「不假思索」的共識本身就是個「坑」。

自駕遊真的比組團遊更隨心所欲嗎？組團遊要被導遊所管制，那麼自駕遊難道就自由嗎？不盡然。那「bug」在哪裡？——自駕遊總是以窮遊、百度等等上面那些「攻略」為亦步亦趨的範本，不過是按圖索驥。這些個「攻略」，往往可以被視為一個敘事套路——時間、地點、情節，甚至這趟旅行的意義（復古、原生態、浪漫、小資、返璞歸真等等不一而足）都已經給定了，只剩下您親自用肉身來自駕一番，盡量確保在各個環節都不出問題，越像攻略範本越好，模仿一下設定好的角色，驗證一下意義而已。

再說「體驗生活」這詞兒。其實這是文革前「十七年文藝」話語裡面的常用詞兒，是老詞兒了。啥意思？就是說要深入到工農兵廠礦農村部隊基層，對具體的「生活」有了足夠的「體驗」之後，才能在創作中實現「昇華」，相當於發現了真理，即正確的道路，寫成既被工農兵群眾所喜聞樂見又形象刻畫了社會主義生產鬥爭和階級鬥爭路線方針政策的好作品。——聽起來也像「自駕遊」一樣，不是嗎？這回的

「bug」能在哪裡？——「bug」仍然是按圖索驥問題。在這種模式下，路線方針政策，作為意義，作為「攻略」範本，早已先行判定。「體驗生活」這就又如同肉身「自駕」了——現在只需作者您用肉身來驗證並推薦一下，以便把意義通過文學敘事文藝敘事，傳遞到更多貧下中農和工人解放軍戰士的「生活」中，讓他們也有機會複製出更多的「情節」來。更有甚者，在文革期間出現了更為露骨的「三結合」創作模式：領導出「主題思想」，工農兵群眾出「生活」（細節），作者出「文筆」。（我聽見有「廣告狗」和「微信運營公號狗」在尖叫：「OMG！這不就是我們公司嗎！離雙十一還有三個月，我就要變成那個出文筆的了……」）是的，太陽之下無新鮮事兒，雖然他們說「不是所有的牛奶都叫特侖蘇」。

　　這似乎給人一種「生活中到處是坑」的感覺，如果你把敘事看作是「挖坑」的話。其實呢，你總得進坑，不進這個就進那個，區別在於哪些適合你，有益，哪些不適合，有害。（什麼是「適合」、「有益」？誰說了算？如何驗證？——那就是另外一個深遠的話題，不歸我們這本「文學解讀講義」來負責講解了。）其實，人活著必然是心累的。不妨把各種敘事當作各種意義的競技場，如同前面引用過的米勒爺爺的另一句話：「不同敘事類型的流行程度在時間裡的消長」，借助不同媒介形式，「從開始的口頭講述變成了印刷讀物，然後又從印刷讀物變成影視」，會「對文化形態的塑造具有不可估算的重要作用。」

　　在這個意義上，敘事便如同人生意義的發射源，通過小說、影視、視頻、動漫、畫報、遊戲、小品等等的波段，不

斷地發射意義給我們人類的群體和個體。我們的頭腦作為接收器，也有千差萬別的型號，同一個腦子在不同年齡段和人生階段也會取捨不同的信號，有的易於接收這個意義、不接收那個，有的要那個不要這個，在這個時候要這個，在那個時候要那個。接收到意義後，再在自己的生活中「落實」出如此的意義來。

　　難怪米勒爺爺這樣寫道：「我們讀過戀愛小說之後，才會在生活中墮入愛河時意識到如此。」米勒爺爺是對的。我們都不是人類裡面開始談戀愛的第一批人，也不是遠離人類社會的人猿泰山。在我們真正「墮入愛河」之前，早已檢閱了無數的「範本」。我是七十年代生人，記得上初中那會兒，班上就開始流傳（傳閱）瓊瑤的小說，什麼《心有千千結》、《彩霞滿天》、《月朦朧鳥朦朧》，老師屢禁不止。按照米勒爺爺的說法，算是我那一代人的戀愛小說吧。讀過瓊瑤的戀愛小說之後，就有人開始「早戀」了……

　　每一代人有每一代人時興讀的「戀愛小說」和影視裡面的戀愛範本。就算你特別「單純」，從來不看這些東西，也沒關係——相聲、小品、廣告，和二十一世紀普及的網路、手機平臺，都給你提供了太多普及型的翻版，想看不到都難。我們的戀愛，其實是模仿著這樣一些個或那樣一些個敘事所教給我們的談戀愛，從玫瑰、紅酒、鑽戒、伴郎伴娘到情節、人物設定，一步步水到渠成的。從該說什麼到如何去做，都是被調教出來的。當我們審視自己或別人的戀愛時，捫心自問，我們很難否認，內心卻曾閃出過「這是韓劇式的」，或日劇式、美劇式，以及十九世紀英國珍・奧斯丁小

說式等等的聯想，或者聯想到特定某一個電影⋯⋯這些都是通過敘事來「潤物細無聲」地設定到我們的頭腦裡，並不斷通過新的敘事流入（「正三觀」或「毀三觀」的電視劇啦，小說啦），來維護或更改我們的設定。

　　回到更幼小的童年。人類個體在想去讀「戀愛」小說，體會到「早戀」這檔子事兒之前的幼小年齡，甚至在擁有記憶能力之前，就已經接受了敘事活動對自身的設定。也許你自己都不相信，我們早年一些最初的鮮活記憶，一些對我們人格成長的最初奠基，並不是建立在自我的記憶能力上，而是歸功於大人反覆講述的結果。——我們記住的並得以還原的，不過是別人的敘事在我們身上所產生的效果。

　　舉一個特別鮮活的，甚至有些極端的例子。說的是偉大的兒童心理學家、認知科學家、教育理論家尚・皮亞傑自己寫下來的他自己幼年所「記憶猶深」的「坐在寶寶車」裡面所突發的難忘事件。他一生研究個體思維發生和語言發展等問題，為世人提供了認知科學的本體論框架和教育學的「建構主義」方法論框架。所以，這位大師自己所記錄下來的幼年「親歷」的事情，就特別讓我覺得有意思。您往下看看便知：一段特別真切的童年「回憶」被皮亞傑嚴謹靠譜的頭腦所解構了。皮亞傑讓我們看到了如此情境：一段虛假但是活靈活現的敘事，居然設定了兒童自身最初的記憶：

在我的腦海深處，一直存在著一個孩提時代的記憶，如果它可信的話，那就太好了，因為它把我帶回到一個常

人還沒有記憶的年齡。那時，我還坐在寶寶車裡，被保姆推出戶外。她沿著郎德附近的傑布斯——艾裡瑟斯下坡路推著我走著。這時，有人企圖綁架我，試圖把我從嬰兒車裡拉出去，還好車內的帶子把我繫住了。保姆與那個男人扭打起來，他抓破了她的前額。如果不是員警及時趕到，還不知道會發生什麼更糟的事情。即使是現在我還能認出那個男人，彷彿此事就發生在昨天一樣，……但那男人逃跑了。這就是整個故事。作為一個兒童，我有了自己曾被企圖綁架這樣一個非同凡響的記憶。後來——肯定是我已經十五歲的時候——我的父母接到了那位保姆寫來的一封信，信中說她不久前皈依了宗教，因此打算承認她的所有過錯。她說，那個被綁架的故事是她編造出來的，是她自己抓傷了自己的前額。而現在，她願意主動交還那塊曾為了表彰她的勇敢而贈送給她的手錶。換句話說，我記憶中的事情沒有一丁點是真實的，但是，我的腦海裡又的確有著這段經歷的極為生動的記憶，甚至在今天仍是如此。我可以把發生該事的精確位置指給你看，可以回想整個事情的經過。……我母親一定是告訴了什麼人，曾有人企圖綁架我，……而我無意中聽了這個故事，並從那時開始，我就重新構造那種想像——這種想像是如此有意思，以至在今天，它似乎仍然是我曾經歷過的某件事的記憶……（《皮亞傑的認知和情感發展理論》，瓦茲沃思 [B. J. Wadsworth]，徐夢秋、沈明明 譯，廈門大學出版社，1989）

　　皮亞傑再偉大，也是從「年幼純真」、「坐在寶寶車裡」的童年一步步走起，一步步偉大起來的。如同皮亞傑本人的例子所告訴我們的那樣，我們在很小的時候並沒有記憶能力，是靠大人的講述——不管是真的還是假的——來建構我們自己人生最初的「故事」。即便是從那個階段保存下來的照片、紀念物，和視頻記錄，也代替不了關於我們的故事本身，需要得到故事的「加持」，才具備了從旁對故事進行解釋、評價、引證的價值，就如同連環畫的畫面本身代替不了連環畫的故事一樣。

　　當兒童的想像能力、語言能力齊頭並進之後，就對畫報、動漫，乃至故事書感興趣了，然後進一步過渡到擁有識字能力，就可以自行閱讀，無須借助大人口頭轉述了。還記得第一講就說過的嗎？——由符號所編織的意義網路從來不曾離開我們。用美國文化人類學家克利福德・格爾茨的話來說：「人是懸浮於自身所編織的意義之網路中的動物。」我也說過，這一張文化符號之網如同於豬八戒的那件「珍珠衫」，我們是在童年開始說話的時候就穿上了，一旦穿上就再也脫不下來。

　　敘事就是對語言符號和視聽等其他符號的穿針引線。敘事就是這一張文化符號之網的經緯線。也就是米勒爺爺說的「虛構─認可機制」囊括了「博弈、角色扮演、白日夢和其他林林總總的表現形式，也包括文學。」

　　從小學的「朱德的扁擔」到少年時動漫的「我是要成為海賊王（那樣）的男人（？）」，到美劇裡的「凡人必有一死」，我們的一生都被裹挾在不絕於縷的敘事之流、敘事之

網中，從故事中來審視自己目前的生活，或設想尚不存在的
生活之可能。（沒吃過豬肉，還沒見過豬跑嗎？沒談過戀
愛，就更要看小說，看韓劇。科幻小說裡面發生的事情，雖
然在今天還是科幻，但未必不會在今後的社會裡發生，對不
對？）

　　（此處可以再點題一下：敘事就是對「意義」的設定。）

　　有一本比較通俗的專業普及小書，對敘事的深遠意義這
事說得也不錯，特別是也提到了童年與敘事的問題，值得引
用一下兒：

童話是幻想，但幻想對於兒童是必要的（我要補充說對
成人也一樣）；童話也許是想像出來的產品，但是它們
傳達了真理——關於人類個性等等的真理。（亞瑟‧阿
薩‧伯傑 [Arthur Asa Berger]，《通俗文化、媒介和日常
生活中的敘事》[*Narratives in Popular Culture, Media, and
Everyday Life*]，南京大學出版社，2000，147。）

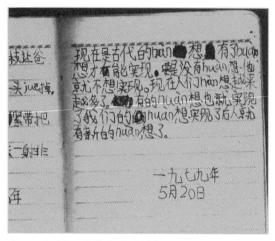

來一張插圖，是我自家小時候的日記。好吧……
「huàn 想」＝「幻想」

那麼，童話作為鎖定兒童為對象的敘事，「傳達」（或者說「設定」）了怎樣的「真理」呢？

兒童從童話中學到一些非常有用的東西。他們瞭解到，為了達到目的，他們需要幫助，這就意味著他們必須屈從於幫助他們的人的某些要求；他們還瞭解到，他們必須離開家去找他們所尋求的神奇王國（和他們夢中的王子和公眾），而這樣做的時候，他們得冒風險、經受考驗和磨難。（亞瑟・阿薩・伯傑，《通俗文化、媒介和日常生活中的敘事》，南京大學出版社，2000，102。）

　　是的，我們每個人都童心未泯，因為我們當初從童話故事裡學到的那些「非常有用的東西」在我們的思維底層一直陪伴著我們，是潛移默化的真正的老朋友、老顧問。讀到這裡，在我們每個人的腦子裡都會勾起成串兒的童話、動漫，從阿拉丁神燈、獅子王，到魔女宅急便，到你們看過而我這個七零後已經不大懂得的東西。

再來一張插圖，仍然是我老的自家小時候的日記，說的是我讀《木偶奇遇記》和《綠野仙蹤》的感受……另外歡迎參加有獎競猜尋找錯別字活動……

　　人類的兒童具備我們這一符號動物物種（還記得彼得・布魯克斯具體地把人類叫作「homo significans」嗎？）追求意義（significance）的本能。這使得他們對適合兒童年齡階段的理解和想像限度的故事，表現出強烈的興趣。——他們

其實是在刻苦地「自學」呀！所以兒童才會貪婪地、如饑似渴地、饑不擇食地索要適合他們的故事。就如同更小一些的嬰幼兒本能地使出「洪荒之力」去嘬奶嘴吃奶。嬰兒使出洪荒之力嘬奶嘴吃奶，並不是說明他們知道「營養學」。事實上他們根本不懂得營養學，可以說既「不知其然」也「不知其所以然」。他們什麼道理都不懂，但就是擋不住地遵循造物主所設定好的本能的節奏，拼命吃奶！他們所吸收的這些故事則給他們留下強烈的印象，乃至於終生的營養，甚至沉入了潛意識以至於自己都意識不到，說不出來。或者說就如同大自然裡的動物，沒有人教它，天生就知道去吃某某樹皮某某藥草，來幫助消化、幫助催情，或者補充某種營養，或者獲得某種治癒。

（相比之下，人到中年的我，比嬰幼兒要懂道理得多。人到中年的我懂得吃奶可以補鈣，而且我的膝蓋已經有毛病了。但是已經晚了。我就是比嬰幼兒更拼命地吃奶，我的吸收能力也比他們差得遠。或者說理智無用，過了這個村就沒有這個店了。在文學閱讀的年齡節奏上，也有相似之處。比如這本書開篇就說：「對文學作品的感受力，是有時限的，一般來說，青春期最敏感，印象最深，受用終身；錯過這個階段，就永遠錯過了。此年齡階段不「打開」文學，還待何時？」……）

而對於那些超越其年齡階段、理解和想像限度、過於複雜而搞不懂的故事，兒童則將其視為無物、過眼雲煙，如同鴨子聽雷、春風過驢耳。以成年人的標準來衡量，這是一種非常大智若愚的心態，是老天爺所提供的一種必備的心理健

康機制。但也不排除，有時候複雜而並不溫暖的一些不理解的印象過於強烈，而留駐在內心世界比較幽暗的角落徘徊不去，也是留駐了一生。

對適齡兒童來說，「三隻小豬」的故事是好的——兒童喜歡三隻小豬的故事就如同他們用洪荒之力來吃奶，故事的營養——亞瑟・阿薩・伯傑所謂那些「非常有用的東西」——會自然吸收，不需要知道營養成分是「團結起來力量大，不要氣餒，要動腦筋，壞人最終會失敗」。你把營養成分告訴他們，他們也不會懂。但聽完故事，他們真的就「get√」了。你再看下面的插圖，也是我童年那本日記裡面的一則：

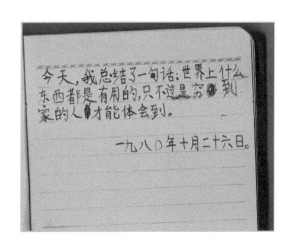

當九歲的我，欣喜而滿足地總結出這句關於「有用」的箴言時，我真的覺得是從自己腦子裡冒出來的，很有種成就感。其實現在回憶起來，我明白，它不是來自於我自己的頭腦，而是來自於當時所讀童話《木偶奇遇記》裡面的一段情

節：皮諾丘饑餓難忍的時候，手頭只有一個梨，他嫌梨不解飽，就扔了……結果連梨也吃不著了。後來他爸爸蓋比都先生教育他，大意是連一個梨也必須珍惜，因為有的時候，這真的可能就是全部的晚餐……

敘事對我們頭腦裡面意義的設定，就是這樣神奇，潛移默化。我們一生都是這個模式——所有人都在故事中直接「get√」——由語言符號編織出來的故事具有生命力，直接入住到我們的生命中。

只有少數書呆子幸運如我，或者如我等，才得以有意願，對「知其然知其所以然」這件事也產生了自然而然的追求，想要思考這事情是如何做成的。蘇格拉底說「我只知道一件事，就是我一無所知。」所以即使思考不出來，思考本身也已經是一種完美的幸福。（如同前面所引用過的，米勒爺爺說「西方意義上的大學致力於找出關於每一事情和現象的真理、真相，就如同哈佛大學的拉丁文箴言所說：「Veritas」。）

那我們也進一步求知一下：如果不是「三隻小豬」，是「四隻小豬」或「五隻小豬」會怎樣？——那就不適合兒童了，甚至留下心理陰影。

對兒童的思維和情緒承受力來說，故事裡面的波折是有限度的，如果裡面的矛盾鬥爭過於複雜，正面意義的降臨過於姍姍來遲，比如說第三、甚至第四只小豬都被大灰狼吞下了，那很可能會導致兒童的心理崩潰，覺得這世界是一個沒有公平正義和希望的世界，「感覺不會再愛了」。

當十二寸的黑白電視機進入北京小老百姓的日常生活，

大概一九八〇年或一九八一年的樣子吧，電視裡面播了一部外國老電影《簡·愛》，就真把當時的我嚇到了。——十歲的小男孩完全不理解《簡·愛》裡面複雜的「文藝」、「愛情」和羅切斯特先生的魅力等，更不可能知道上大學之後才知道的著名的女權主義著作《閣樓上的瘋女人》……（當時我們那個大雜院兒裡還有女大學生家裡木有電視，女大學生就搬個小板凳到我家來看《簡·愛》。我上高中讀了小說《簡·愛》並且再次看了這部老電影之後，我才意識到我當年錯過了啥東西……）

　　但能夠把一個十歲的小男孩嚇到的，也只能是電影裡那「長髮及腰」的羅切斯特先生發瘋的前妻，那個「閣樓上的瘋女人」，以及簡·愛小時候寄宿學校那個可怕的院長了。我判斷出來他們都是「壞人」。於是就有了這樣的日記——

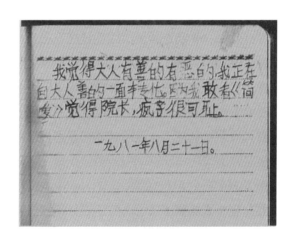

　　以至於現在你跟我說《簡·愛》，我頭腦裡第一個反應，仍然是童年所被驚嚇的那個「長髮及腰」的「閣樓上的

瘋女人」……好吧，我「敢看」《簡‧愛》。我從小就很勇敢……

安徒生也把當時的我嚇到了。——我說的是當時人民文學出版社的那本《安徒生童話和故事選》，前面有安徒生肖像畫插頁的那本。記得那天晚上下著大雨，爸爸媽媽出去了，我獨自在家，就拿出爸爸新給我買來的《安徒生童話和故事選》看。第一篇《小克勞斯和大克勞斯》就不太合乎口味。——用我現在的話來說，應該是北歐風格的這種原汁原味有些陰暗吧。但更主要的是，爸爸媽媽確實出去得太久了。於是我再看一眼安徒生先生的肖像，那種北歐人的清瘦高鼻樑深眼窩又讓我覺得像是鬼一樣嚇人……

還好，爸爸媽媽在這個下大雨的晚上，在我徹底崩潰之前，及時趕回家了，把我從安徒生先生的形銷骨立的陰影中解救了出來。……後來當我再大了一些之後，我愛上了安徒生先生，讀遍了安徒生的所有作品，包括《她是一個廢物》、《柳樹下的夢》這樣的非兒童文學作品，和《幸運的貝兒》這樣的半自傳。但是，我仍然忘記不了安徒生先生對我最初的驚嚇……

我感覺，人的年齡越大，心理承受力就越強，閱世經驗也越多，需要的敘事也就越來越複雜、多面，甚至陰暗，「口味」會越來越重。比如說我那撥人，初中看瓊瑤，然後有些人開始早戀，覺得戀愛就是兩情相悅「慕少艾」，長大後才知道事情遠遠要複雜得多——你再讓他／她看瓊瑤或者《灰姑娘》之類，他／她就覺得小兒科了。長大之後的人，在尋找娛樂性的《何以笙簫默》、《來自星星的你》之餘，

總是要看一些具備複雜性的東西，我那時候是《安娜・卡列尼娜》、《復活》甚至杜斯妥也夫斯基。現在的大學生則在看《白夜行》、《失樂園》、和村上春樹等等。各種的小說、動漫、影視、遊戲，其「燒腦」程度和「口味」之重，都如同奧運會的記錄那樣不斷被刷新。

　　這多半是因為，兒時喜愛的「三隻小豬」等等都過於「心想事成」了。如果說敘事是對意義的設定，那麼這是一個循序漸進的過程，讓我們在越來越複雜的敘事中，不斷懂得人類生存的更多因素，和在複雜的交錯性的變數中如何來生活。

　　總之，是從「三隻小豬」變成了四隻、五隻、六隻乃至「N隻小豬」，人生的意義問題也變得越來越沉甸甸的。

陸

那麼誰來設定敘事？

——語言符號

敘事設定了意義。那麼誰來設定敘事？——是語言符號。因為敘事是借助語言等文化符號來構建的。語言符號構建並設定了敘事。

這一節就來看看這是如何做到的。

在上一節「敘事就是對意義的設定」裡面，我自己兒時的日記也被拿來用做榨取解說性價值，在這一節裡仍然可以用來說事兒。

你看兒童是如何「get√」到故事裡面的意義的？——靠的是對構成故事的材料形態即語言的極度迷戀！

打個比方。這就如同兒童是如何「get√」到玩具的「益智」功效的——靠的是無數遍地玩兒，靠的是對構成「益智」功效的材料形態即玩具本身的極度迷戀！

比如你看到了，我小時候看《木偶奇遇記》和《綠野仙蹤》都「各看幾十遍」。這真不是因為我反應遲鈍，看幾十遍才看懂。（我一直很正常的……）實際情況是，兒童往往要對喜歡聽的故事要反覆聽，對喜歡的書和錄影要反覆地閱讀、觀看。不信就複習一下米勒爺爺說的：

如果我們需要故事來賦予世界以意義，那麼，該意義的呈現形態，就是該意義的最基本的載體。當孩子堅持要大人一字不易地給他們講述他們早已熟悉的故事時，他們是很懂這一點的。如果我們需要故事來理解我們的經歷的含義，我們就一再地需要同樣的故事來追加那種理解。

（之前在講解米勒爺爺的「我們為什麼對『同樣』的故事要個不停？」時，早就引用過。）

不光我本人是這樣的。後來我長大了，自己還沒有孩子的時候，在國外留學，就對鄰家小孩兒無數次看同一個動畫片這事兒感到驚奇。等到後來自己有孩子了，發現自己孩子也是這樣。後來經米勒爺爺這麼一解釋，才懂得，原來孩子們是在刻苦「自學」呀！

孩子們在自學什麼？

他們在自學語言符號所具有的神奇魔力，在字裡行間，在反覆的閱讀、收聽、觀看中，獲取一種快樂——體驗那種由語言符號形式「賦予世界以意義」的「不明覺厲」的快感。

完整一些的道理是這樣的：語言符號的運用，有自己的形式、路數。這些形式、路數，制約並決定著怎樣用語言符號來講故事，以及能講出怎樣的故事。

所以語言符號是「不明覺厲」的。

轉了一圈，這就又回到這本《打開文學的方式》所反覆

強調的語言符號，和由此編織成的文化網路上面去了。——
當然，這是必須的。因為對語言符號之網的解讀就相當於對
世間意義的認識。

看看（這本書裡的）「我們的老朋友」弗萊大師又是怎
麼說的：

任何一個由語詞所組成的序列，憑藉這是一個由語詞所
組成的序列這一事實，實際上就意味著這成了一個表述
性結構——居於其間的那些語詞獲得了各自相應的路數
和形式。用語詞來精確描述外在世界的任何事物都是不
可能的，因為語詞之間總會自行生成基於自身路數的
「主—謂—賓結構」。它們持續不斷地將現實塑形為從
根本上講是符合語法要求的再造。至於這樣一個由語詞
所組成的序列是被叫作歷史或者被叫作故事，是無所謂
的。就是說，不管它是想追蹤一串真實發生的事件，還
是不是這樣，都無關緊要。從語詞表述的構形上來看，
兩種情況都同樣是「神話性」的。

【原文】Every sequence in words, just by virtue of the fact that it is a
sequence, is a verbal structure in which the words have their own patterns and
their own forms. It is impossible to describe anything with definitive accuracy
in the outside world by means of words, because words are always forming
their own self-contained patterns of subject and predicate and object. They are
continually shaping reality into what are essentially grammatical fictions. It
doesn't matter whether a sequence of words is called a history or a story: that

is, whether it is intended to follow a sequence of actual events or not. As far as its verbal shape is concerned, it will be equally mythical in either case. （還是我的翻譯。'Symbolism in the Bible' in *Northrop Frye and Jay Macpherson, Biblical and Classical Myths: the Mythological Framework of Western Culture*. University of Toronto Press, 2004, 21.）

　　「我們的老朋友」弗萊大師說得已經很透徹了。再複習一下他老人家說的「神話」（myth）是啥？——重溫一下那個「夜行火車的車窗」比方裡面的幾句話：

　　所謂文化的光暈，不管它還叫什麼，是靠語言和其他方式把我們同自然界隔開。這其中的語言機制也即我所說的「神話」譜系，或曰用語言所表達的人類所有創造之體系，在這個體系裡面，文學位於中心。

　　「語言機制」的重要性就有如此。
　　再看「新歷史主義」的招牌大師之一海頓・懷特（Hayden White）怎麼說：

　　諸如此類所謂「歷史的方法」，其實不比「把故事講靠譜點兒」那樣的念頭要多些啥。

【原文】So much so that the so called "historical method" consists of little more than the injunction to "get the story straight." (Hayden White, 'The Fictions of Factual Representation' in *Tropics of Discourse: Essays in Cultural Criticism. Baltimore.* Johns Hopkins University Press, 1978, 126.）

　　如此說來，「歷史的方法」就與敘事的方法並無本質區別，總之是要讓語言按照自身的規律連成串，合理地說出時間地點人物（或擬人的人格化之物）和起因經過結果。而這位「海燈法師」（海頓・懷特）接下來的說法更是讓歷史專業的人覺得「親者痛仇者快」。當然，覺得快樂的「仇者」，就是像我這樣的文學專業的人。總覺得「海燈法師」是我們文學系安插到歷史系的「內奸」：

　　一個歷史敘事的情節結構（事情是怎樣像它們發生的那樣發生的）以及對於事情為什麼發生的論斷或解釋，都是被在前面（對於「事實」所進行解釋）的描述所預設的。這是在一個給定的語言運用的主導性情態模式的支配下進行的。這樣的主導性情態模式包括：隱喻、借代、轉喻或反諷。

【原文】The plot stru(cture of a historical narrative (how things turned out as they did) and the formal argument or explanation of why things happened or turned out as they did are prefigured by the original description (of the "facts" to be explained) in a given dominant modality of language use: metaphor, metonymy, synecdoche, or irony. （前著，128.）

　　如此說來，歷史學家算是幹啥的呢？為何要給他們發工資？（開玩笑）——「海燈法師」認為，歷史學家的服務功能就和心理治療師的功能差不多，是負責「治癒」的「治癒師」，都是通過重新為「病人」（既包括有心理創傷的精神疾患病人，也包括每每遭受社會歷史創傷，需要對歷史進行重新思考的人民群眾）整合出靠譜的敘事（關於個人創傷或歷史創傷的），讓人獲得治癒：

　　於是治療師面臨的問題，不是在病人面前舉起事件的「真正事實」——那與病人所執迷的「幻象」所相反的「真實」。治療師也不是要給病人上一門精神分析理論速成課，以此來啟蒙病人，不是要通過對其憂鬱的情緒進行分類定位，讓他明白，其致鬱的症狀是某種「情結」的外部展現。如此的做法，應該是分析師將病人的病例向協力廠商轉述時才該做的，特別是當協力廠商也是一名分析師……解決癥結的關鍵，是應該讓病人將其全部個人歷史予以「重新情節化」。要用這種方式，來改變那些事件對他的意義，以及如此的改變對於組成其生命的所有事件來說，意味著什麼。

【原文】The therapist's problem, then, is not to hold up before the patient the "real facts" of the matter, the "truth" as against the "fantasy" that obsesses him. Nor is it to give him a short course in psychoanalytical theory by which to enlighten him as to the true nature of his distress by cataloguing it as a manifestation of some "complex." This is what the analyst might do in relating the patient's case to a third party, and especially to another analyst.... The problem is to get the patient to "reemplot" his whole life history in such a way as to change the meaning of those events for him and their significance for the economy of the whole set of events that make up his life. （'The Historical Text as Literary Artifact' in Hayden White, *Tropics of Discourse: Essays in Cultural Criticism*. Baltimore: Johns Hopkins University Press, 1978, 87）

　　可見，敘事問題不僅僅是文學研究領域的問題，也是歷史研究領域的問題。應該說，說到這個地步是絕對公允的，並不是說一提到歷史離不開敘事，就是讓文學系吃掉歷史系「合法性」。從上面還可以看到，「海燈法師」也運用了與心理分析治療師的類比，展示了敘事問題在更廣闊人類經驗敘述實踐上的相通性。這本書在前面就強調從「個體發生」和「群體發生」兩個方面來全面看待文學經驗。確實，要表述出人生個體性的脈絡即皮亞傑所說的成長問題、認知問題、兒童思維發展，加上心理學、精神病學意義上的人格養成，與要表述人類群體性的時間軸線活動即人類歷史，從始至終都是發現敘事、記錄敘事、解讀敘事。

　　那麼，故事到底該怎樣講？有沒有普遍的共性的規律可循？——當然有。故事都是用語言符號講出來的，那麼普遍的共性規律即「設定」，只能在語言符號的組合形態規律裡面去找。

　　而對語言符號運作規律進行研究的領域，則非語言文學研究莫屬了。所以說，研究了文學敘事，所得到的收穫，對思考歷史、心理學、精神病學、認知科學等所有離不開敘事的學科領域，都很有用。

　　下面就說一說我覺得有關敘事設定問題的精華，用最生動、簡明、通俗的語言來說。

　　在文學敘事裡面，對同一個事情，不同的劇中人往往會有不同解釋，最典型或者說眾所周知的例子莫過於「羅生門」。同理，在「個體發生」的心理學、精神病學諸領域和在「群體發生」的歷史學、社會學、人類學諸領域，不同的學派和個性的專家，會對相同的案例裡面的「事件」做出不同的解釋，賦予很可能截然不同的因果關係，成為不同的「情節」。

　　關於事件、情節、故事之間的關係，可參照經典的敘事學及後敘事學等的共識，設置出一個很有說服力的例子：

事件：國王死了。一天以後，王后也死了。

情節一：賢明的國王死了，王后悲痛欲絕。才過去一天，王后居然因為過度悲傷而無法承受，導致心血管破裂，也隨死去的國王而黯然離世。

故事一：這是一個關於君王伉儷相愛情深，不求同生但求同死的感人故事，是這樣的，有一天，國王死了，王后……過度悲傷……心血管破裂……

情節二：暴虐的國王死了，王后欣喜若狂。才過去一天，王后居然因為喜出望外而無法承受，導致心血管破裂，可惜只比國王多活了一天。

故事二：這是一個關於王后終於盼來了暴虐的國王的死日，她由於過度興奮而只比國王多活了一天的故事。國

> 王死了，王后……喜出望外……心血管破裂……

再談談歷史學。——歷史學難道不就是這樣，需要鎖定某些個情節作為解釋說明的論據，來講出令人信服的歷史故事嗎？（比如王后為什麼死了。）……陳勝吳廣起義時到底說了什麼，是「吃他娘穿他娘」，還是「一人一個女學生」，還是「王侯將相寧有種乎」，難道司馬遷聽見了嗎？

書寫歷史，離不開歷史學家。歷史學家書寫的時候又離不開語言設定。

這就又如同「海燈法師」所言：

> 一個特定的歷史事件，是對在其之前某一個歷史事件的條件下的一種實現。但這並不等於說，之前的事件導致或決定了後起事件，或者後起事件是前起事件的實現或後果。應當說，歷史事件之間的關係，就如同在一段敘事或一首詩裡面，一個意象與其在修辭中得到實現的關係。……諸如此類的歷史事件之間的關聯，既不是因果關係，也不是傳承關係。比如，在義大利的文藝復興文化和古典的古希臘—拉丁文明之間，根本不存在必要性的邏輯關聯。早發的現象與晚發的現象之間的關係，純粹是回顧性的，是由從但丁的時代到十六世紀以降的頗具聲勢的一些歷史主體性人物所作出的選擇，他們把他們自己和其文化上的功勞歸因於他們真的是從更早的文

化典範繼承而來。這一可關聯性是基於在時間經驗的維
度上從當下往過去的逆推，而不是如同在傳承性模式
中，從過去傳遞到現在。

【原文】A given historical event is a fulfillment of an earlier one is not to
say that the prior event caused or determined the later event or that the later
event is the actualization or effect of the prior one. It is to say that historical
events can be related to one another in the way that a figure is related to its
fulfillment in a narrative or a poem... The linkage between historical events of
this kind is neither causal nor genetic. For example, there is no necessity at all
governing the relation between, say, Italian Renaissance culture and classical
Greek-Latin civilization. The relationships between the earlier and the later
phenomena are purely retrospective, consisting of the decisions on the parts of
a number of historical agents, from the time of Dante or thereabouts on into
the sixteenth century, to choose to regard themselves and their cultural
endowment as if they had actually descended from the earlier prototype. The
linkage is established from the point in time experienced as a present to a past,
not, as in genetic relationships, from the past to the present. （Hayden White,
Figural Realism: Studies in the Mimesis Effect. Baltimore: The Johns Hopkins
University Press, 1999, 89.）

　　「海燈法師」這段話讓我想起那位在二〇一四年自殺的
著名「治癒系」喜劇演員羅賓·威廉斯（願這位飽受精神病
痛折磨的大師在天堂安息！）曾經主演過的一部喜劇《鳥籠》
裡面的情節。

　　（那是一九九六年，我大學畢業沒多久，還沒有談戀愛
結婚，還是和父母住在一起，買了「586」多媒體電腦，聯
想牌的，再買些盜版 VCD──似乎也沒有正版的──和父
母一起看的。）

　　閒話少說。該電影裡面的威廉斯飾演一家同性戀酒吧的老闆，有一次和他的「基友」鬥嘴。「基友」撒嬌說「這麼多年為了你，我已經變得又老又醜又矮」云云。威廉斯這時回了一句非常符合邏輯但無疑讓吵架的戰火升級的反問：「Did I make you short?」（是我把你弄矮的嗎？）——為啥符合邏輯卻會挑起戰火？因為我們做出的各種表述，總是受到情感、欲望和當時的上下文語境的支配，邏輯往往不是最重要的因素。所以說，該基友在劇情中的那個時刻，發出各種抱怨是可以理解的，邏輯上的「不科學」也是可以理解的。威廉斯的符合邏輯的火上澆油卻是「沒有心肝」的……

　　我的意思是說，在歷史領域也是一樣，歷史敘事往往經不起邏輯實證的檢驗，就如同基友說「這麼多年為了你，我已經變得又老又醜又矮」一樣，但往往在背後有很多非關邏輯自洽的道理（比如「有沒有心肝」的問題）在起作用。這些因素既然在起作用，就有其價值，值得考慮。——國王死了，王后為何一天後死了？歷史學家往往只能如同小說家一樣去想像，就如同司馬遷真的不可能查證到陳勝吳廣當年的手機音訊一樣。

　　以此類推，一些所謂的論述，比如關於「經濟發展」、「個人成長」、「現代化」等有關經濟、個體心理、文化史等等方方面面的表述性和思維性的框架，也類似於加以擴大化之後的敘事集合體，充滿了「合理」的「想像」的成分，或者說在一定時間對一些人是合理的想像，在另外時間或面對另外的人，則可能被認為是謬誤，甚至「歪理」的「瞎想」。所謂歷史、思想史、文化史等任何歷史的論述或論述的歷史

的「建構」，往往是對或大或小的話題進行敘事性的「這麼多年為了你，我已經變得又老又醜又矮」云云的搭建，解構則是對敘事進行「Did I make you short?」的抬槓、拆臺。所謂歷史翻案即是如此。

不光「翻案」在歷史學領域是慣常事兒。整個文科學術，本來也就是後面的翻前面的案，翻過來，又覆過去，如同俗話說的──「三十年河東三十年河西」。

現代後期特別是後現代的學術論述，很多就是對現代前期主要是十八、九世紀的一些奠基性的西方論述進行解構。

上一節不是講「敘事就是對意義的設定」嗎？──我們這批人，今生今世所處於的當下學術語境，就是對十九世紀所為我們這個世界、各個民族、文明等級等所做的一些意義設定進行「解構」，比如對於曾經具備支柱性意義的黑格爾「歷史哲學」觀念：

從動物到那些「原始」社會再到具備「歷史意義」的西方社會，（這樣的衡量框架）不僅僅是評估性的，也是具備發展（屬性）的。這一同樣的概念，也導致黑格爾，在其關於歷史哲學的講稿中，把「中國」和「印度」看成是西方世界的先期形態，儘管它們都繼續在它們的日子裡和我們的日子裡存在著。如今，那些在全球範圍記憶體在的「原始」社會，被降格視為早期人類文明階段的殘餘。這就把實際上共時的存在，擺放在一個歷時的階梯上。不僅如此，這種歷時性階梯，參與構建了一

個極富戲劇性的故事框架──成長小說式框架──讓西
方的男性代表了文明的成熟，和對人成其為人的所有那
些因素的實現。

【原文】The scale from animals to "primitive" societies to "historical" Western society is not merely evaluative but developmental. This is the same conception which led Hegel, in his lectures on the philosophy of history, to treat "China" and "India" as precursors of the Western world even though both continued to exist in their own day as they do in ours. Now "primitive" societies, which exist in the present all over the globe, are relegated to the past by being regarded as leftovers from an earlier stage of humanity. What is in fact synchronous is arranged on a diachronic scale. What is more, the latter constitutes a dramatic story, the Bildungsroman in which Western man represents the maturity of civilization and the realization of all that is human. (David Carr, *Time, Narrative, and History*. Bloomington: Indiana University Press, 1986, 182.)

　　從鴉片戰爭之後延續到晚清、民國的「西學東漸」，是為了不再讓中國落後挨打。顯然，「落後必然導致挨打」，也成為一種強有力的敘事，一直一脈相承到「發展才是硬道理」。那麼「發展主義」呢，其濫觴仍然要回到十九世紀。其歷史源頭之一，是維多利亞時代由達爾文所首創的進化論論述，後來被「應用」於講述社會文明的等級，即前述引文大衛・卡爾（David Carr）所說的將現代西方的男人放在文明進化金字塔頂端的意義設定模式。於是中國人、印度人等各種所謂「落後人種」，當然不樂意了，就會重新審視本土資源，從中學為體西學為用到全盤西化的各種途徑中，尋找

讓自家也能走向文明的金字塔頂端的對策，從嚴復[4]譯述《演化論》進入中國，到五四新文化運動，到更後來的事情，都是如此。皇天后土的故事的和歷史的因果關聯框架，被「物競天擇，適者生存」、「哪裡有壓迫哪裡就有反抗」等各種外來的意義設定所替代，不可逆轉了。

但不管怎樣，發展主義這樣一個巨大的敘事套路所帶來的意義設定，似乎是現代的法力無邊的如來佛，讓現代中國至今無法躍出其手掌心，不過在一根根天柱「西方現代性」的一些主要的話語基石上面，留下了「到此一遊」的墨蹟⋯⋯

我們中國現代的所有現代文學史、社會史、思想史、學術史，其實都是關於這樣一個在接受西方來的故事框架的前提下，把自己國家民族命運從該故事框架裡面給定的輸家角色，給改換為未來階段的贏家角色。如何用外來的意義設定來講好自己的故事並且啟動新的設定？——這是引人入勝的關於民族文化意義問題的學術、媒體、思想「連續劇」，持續更新中⋯⋯

不多說了。

再把思路收緊回來，點題一下。

「那麼誰來設定敘事？——語言符號。」

敘事是對意義的設定。語言符號是對敘事的設定。

於是大致上有了這樣一個圖解：語言符號→敘事→意義

4　編注：中國近代啟蒙思想家，翻譯家。

的不斷生成。

「意義的不斷生成」又需要借助「語言符號的新運用」來做出新的表述，於是就成為：語言符號的運用→敘事→意義的不斷生成→語言符號的（再）運用→……，這就成了一個雞生蛋蛋生雞，無限迴圈的圓圈。

對於非敘事性或弱敘事性的文學，即不太需要在時間順序中來展開的語言符號運作，比如詩歌，這個圓圈則是：語言符號的運用→隱喻或象徵→意義的不斷生成→語言符號的（再）運用→……。

這兩個圓圈，往往又交錯在同一張文化符號之網的裡面，無限地自行迴圈、繁衍下去。

人類文明，就如同可愛的倉鼠在它的可愛的旋轉籠子裡面，自己的奔跑帶動了籠子的旋轉，樂不可支，或者如同孫大聖無論怎樣生龍活虎，也跳不出如來佛的手掌心。

那麼是誰最先劃出這個圈圈，編出這個網的最初「design」呢？——誰是在幕後的「攻城獅」或「程式猿」？

如果一定要有一個邏輯上的起點，如同牛頓物理學的第一推動力的話，那麼就需要從類似於「如來佛」或「程式猿」的角度來考慮問題，而不能從我們人類、孫大聖、倉鼠這種類似於用戶體驗的角度來考慮。在這個意義上，文學、社會學、人類學、歷史學等等學科的多數研究領域都屬於被「蒙在鼓裡」。其實這很正常。我說這話，表示我也是被蒙在意義設定的鼓裡，來揣測如來佛、阿拉或者耶和華或者別的總「攻城獅」或「程式猿」到底是什麼意義。當然，前提是如果真有這樣一位總設計師的話。

　　對於基督教神學來說，「Word」和「God」是一回事兒。

　　這本書的前面也提到了，《新約全書·約翰福音》開篇第一段劈頭就是「In the beginning was the Word, and the Word was with God, and the Word was God.」中譯：「太初有道，道與神同在，道就是神。」很多人（包括我）不滿意將「the Word」比附為「道」，覺得在「道」的過於「燒腦」的中國哲學式內涵裡面不太容易凸出「the Word」所展示的語言屬性。「the Word was God」分明給出了「語言符號表意=上帝自身」這樣一個等式的意味。在這個意義上，整部聖經就是上帝的「Word」。

　　另一個以「In the beginning」作為重量級開頭的則是猶太教希伯來《聖經·創世紀》以及基督教《舊約全書·創世紀》：

　　（1:1）起初，神創造天地。/ In the beginning God created the heavens and the earth.

　　（1:2）地是空虛混沌，淵面黑暗，神的靈運行在水面上。/ Now the earth was formless and empty, darkness was over the surface of the deep, and the Spirit of God was hovering over the waters.

　　（1:3）神說：「要有光」，就有了光。/ And God said, "Let there be light," and there was light.

　　（1:4）神看光是好的，就把光暗分開了。/ God saw that the light was good, and he separated the light from the darkness.

（1:5）神稱光為晝，稱暗為夜，有晚上，有早晨，這是頭一日。/ God called the light 「day,」 and the darkness he called "night." And there was evening, and there was morning—the first day.

（1:6）神說：「諸水之間要有空氣，將水分為上下。」/ And God said, "Let there be an expanse between the waters to separate water from water."

（1:7）神就造出空氣，將空氣以下的水、空氣以上的水分開了。事就這樣成了。/ So God made the expanse and separated the water under the expanse from the water above it. And it was so.

（1:8）神稱空氣為天。有晚上，有早晨，是第二日。/ God called the expanse "sky." And there was evening, and there was morning--the second day.

（1:9）神說：「天下的水要聚在一處，使旱地露出來。」事就這樣成了。/ And God said, "Let the water under the sky be gathered to one place, and let dry ground appear." And it was so.

（1:10）神稱旱地為地，稱水的聚處為海。神看著是好的。/ God called the dry ground "land," and the gathered waters he called "seas." And God saw that it was good.

（1:11）神說：「地要發生青草，和結種子的菜蔬，並結果子的樹木，各從其類，果子都包著核。」事就這樣成了。/ Then God said, "Let the land produce vegetation:

seed-bearing plants and trees on the land that bear fruit with seed in it, according to their various kinds." And it was so.

（1:12）於是地發生了青草，和結種子的菜蔬，各從其類，並結果子的樹木，各從其類，果子都包著核。神看著是好的。/ The land produced vegetation: plants bearing seed according to their kinds and trees bearing fruit with seed in it according to their kinds. And God saw that it was good.

（1:13）有晚上，有早晨，是第三日。/ And there was evening, and there was morning--the third day.

……

這只是「創世」的頭三天，但已經足夠我們進行「細思恐極」的細讀分析了，哪怕我們徹底是基督教經典和神學的外行。——一點兒都不用有這個負擔。

且看神是如何創世的？——神說：「要有光」。——然後呢？——就有了光。

這先是一個語言符號行為，其導致的結果就是該語言符號行為的實現——「就有了光。」再比如，神說：「諸水之間要有空氣，將水分為上下。」神說：「天下的水要聚在一處，使旱地露出來。」神說：「地要發生青草，和結種子的菜蔬，並結果子的樹木，各從其類，果子都包著核。」於是呢？——「事就這樣成了」、「事就這樣成了」、「事就這樣成了」——「神就造出空氣，將空氣以下的水、空氣以上的水分開了。」或「於是……」，總之是一絲一毫不差地描述、

圖解「事就這樣成了」。神自個兒面對其造物的階段性結果，還要進行追加性的語言符號命名：「神稱 XX 為 X」句式。不僅如此，還要表述出被創造物的價值、意義，即神的態度——「神看著是好的」。

你看，上帝的創世，是不是符合：「語言符號的運用→敘事→意義的不斷生成→語言符號的（再）運用→……」這個我前面總結出來的模式？

再回到《新約全書・約翰福音》開篇第一段開頭「In the beginning was the Word, and the Word was with God,and the Word was God.」——完全可以翻譯為「起初，是語言符號，語言符號與神同在，語言符號就是神。」——對不對？

再看看凡間大神巴赫金是怎麼說的：

不是人生體驗構建了表述形式。反過來說才對——表述形式構建了人生體驗。表述形式先是賦予人生體驗以形式，然後賦予體驗以具體的方向。

【原文】It is not experience that organizes expression, but the other way around—expression organizes experience. Expression is what first gives experience its form and specificity of direction. (*Marxism and the Philosophy of Language*.Harvard University Press, 1986, 85.——當初在蘇聯出版的時候，巴赫金相當於「右派」，不敢真實署名，用了學界一個哥們兒的名字，但學界總是覺得至少應該算是哥們兒執筆或者乾脆是巴赫金寫的。……）

什麼是「表述形式」？最主要不就是「Word」嗎？

也就是說，神做出了「要有光」的表述，於是就有了光。並且聖經經文是在做出「神看光是好的」這一表述之後，才輪到亞當夏娃及其子孫即我們，去體驗光到底有啥好，比如光明、溫暖、戰勝黑暗、帶來生命，等等，我們在上帝的 words 之後，進行對於光明、溫暖、戰勝黑暗、帶來生命等的次生性表述，由此又構建了後來人的體驗……

再比如說愛情，再比如說人性，比如審美。

「表述形式」裡面是有「設定」的。

「設定」是可以總結出「套路」，即規律的。

萬事皆有套路，敘事亦然。

對本節「敘事就是對意義的設定」問題進行有效思考、研究的一個角度，就是管窺其「套路」即「規律」的問題。

當然，敘事套路這個問題本身，也是博大精深的，光是專業標籤就分什麼「結構主義敘事學」、「後結構主義敘事學」、「敘事修辭學」等等，不一而足，不僅僅是「what」，還牽涉到「why」和「how」，在這裡總不能用一本書的篇幅來詳細展開。所以這裡只說了要「管窺」即「管中窺豹」或曰「食髓知味」，即精心選取一點點口感鮮美之處來請大家來品嘗。

那就選取兩個有趣的節點，分別是在宏觀層面的關於「虛構作品的一種分類方式」和在微觀層面的關於細部敘事修辭。如果用足球運動來類比，則前者是全域「陣型」，後者是細部「腳法」。

「虛構作品的一種分類方式」取自我們的老朋友弗萊大

師的最重要的成名作——影響力直到今天的《批評的解剖》
（*Anatomy of Criticism*）——的第一篇「散文」的開篇部分：

一、如果主人公在性質上超過凡人及凡人的環境，他便
是個神祇；關於他的故事叫作神話，即通常意義上關於
神的故事。這種故事在文學中佔有重要地位，但通常並
不列入規定的文學類型之內。

二、 如主人公在程度上超過其他人和其他人所處的環
境，那麼他便是傳奇中的典型人物；他的行動雖然出類
拔萃，但他仍被視為人類的一員。在傳奇的主人公出沒
的天地中，一般的自然規律要暫時讓點路：凡對我們常
人說來不可思議的超凡勇氣和忍耐，對傳奇中的英雄說
來卻十分自然；而具有魔力的武器、會說話的動物、可
怕的妖魔和巫婆、具有神奇力量的法寶等等，既然傳奇
的章法已確定下來，它們的出現也就合乎情理了。這
時，我們已從所謂神話轉移到了傳說、民間故事、童話
以及它們所屬或由它們派生的其他文學形式。

三、如果主人公在程度上雖比其他人優越，但並不超越
他所處的自然環境，那麼他便是人間的首領。他所具有
的權威、激情及表達力量都遠遠超過我們，但是他的一
切作為，既受社會批評制約，又得服從自然規律。這便
是大多數史詩和悲劇中那種「高模仿」類型的主人公，
基本上便是亞里斯多德心目中那類主人公。

四、如果既不優越於別人，又不超越自己所處的環境，

這樣的主人公便僅是我們中間的一人：我們感受到主人公身上共同的人性，並要求詩人對可能發生的情節所推行的準則，與我們自己經驗中的情況保持一致。這樣便產生「低模仿」類型的主人公，常見於多數喜劇和現實主義小說。「高」和「低」並不意味著在價值觀上有上下之分，而純粹是概略的提法，正像《聖經》批評家或英國國教徒所做的那樣。在這一層次上，有時作家感到難於再保持「hero」這個詞，因為在前幾種類型中，這個詞的含義更具限定性。例如，薩克萊（Thackeray）便感到不得不稱《浮華世界》（*Vanity Fair*）是一部沒有「hero」的小說。

五、如果主人公論體力和智力都比我們低劣，使我們感到可以睥睨他們受奴役、遭挫折或行為荒唐可笑的境況，他們便屬於「諷刺」類型的人物。即使當讀者感到自己處境與書中主人公相同，或可能淪於同樣的處境，上述感受同樣存在，因為讀者是用更加自由的標準去衡量這種處境的。

回顧一下上述五個階段，我們便會明白：一千五百年以來，歐洲的虛構文學的重心，不斷地按上面的順序往下移動。在中世紀以前的時期，文學緊緊地隸屬於各種神話，包括基督教的、古代希臘羅馬的後期的、凱爾特的或條頓部族的。如是當初基督教神話不傳入歐洲併吞並了與之抗衡的其他神話傳說的話，那麼這一時期的西方文學本可更易於識別。西方文學若就我們所掌握的形式而言，那時已大部分變成傳奇類型了。傳奇的形式主要

有兩種，即世俗形式和宗教形式，前者描寫騎士階層及其豪俠行為，後者專寫關於聖徒的傳說。兩種形式為了提高故事的趣味性，都重墨渲染主人公如何奇蹟般地違反自然規律。虛構的傳奇作品一直統治著西方文學，直到文藝復興時期，對君主和朝臣的崇拜才佔領「高模仿」的顯要地位。這種文學類型的特徵十分明顯地反映在以悲劇為主的戲劇體裁和民族史詩之中。隨後，中產階級的新文化把「低模仿」引進了文學，在英國文學中，這種低模仿從笛福時起，一直主宰到十九世紀末。在法國文學中，它的開端和結束都比在英國早五十年左右。一百年來，大多數嚴肅的虛構文學作品都不斷地趨向於採用諷刺或反諷的模式。（《批評的解剖》，天津，百花文藝出版社，2006，45-46）

弗萊大師給出了這樣一種「歷時性」（即以時間為軸線）的分類方式，說「一千五百年以來，歐洲虛構文學的重心」，呈現了「階段性」的嬗變。這樣精闢的發現，能給優秀的文學史家和文學史論家如虎添翼。但事情還不僅於此。我們作為「受眾」（讀者、觀眾），終日被形形色色的文字和視聽類敘事類文化產品（小說、網路小說、漫畫、動漫、美劇英劇韓劇和電影大片兒……）所圍繞，所煽情，所「五迷三道」。那麼我們如果能夠在「消費」（閱讀、觀賞）這些敘事類文化產品之餘，能夠從「分類」的角度，按照一定的評判標準，對其煽情效果追問一下是怎樣「達成」的

（how），那麼就算是對弗萊大師這樣一個歷時性框架的「共時性」活學活用了。

我不多說了，你自己來試試？比如馬丁大叔寫的《權力遊戲》，班尼狄克・康柏拜區主演的《新世紀福爾摩斯》，還有托爾金寫的《魔戒》、村上春樹的《1Q84》、卡夫卡的《變形記》、韓寒《他的國》、《哈利・波特》，甚至曾經比較火爆的中國網路小說《誅仙》……當然，前面說的框架套路，也可以是交錯混雜，甚至平行使用的。比如在一些「穿越」文學或影視裡，「一般的自然規律要暫時讓點路」給主人公的離奇穿越事件了，但該作品又不能算是典型的「傳奇」，因為主人公「在程度上」並沒有「超過其他人和其他人所處的環境」（如「超人」或「鋼鐵人」那樣），甚至「論體力和智力都比我們低劣」，比如在一些「搞怪」的影片裡。總之，弗萊大師的上述分類標準，不僅具備其自身的學理價值，也為我們對自身文藝接受經驗的表述、定位，提供了宏大的參照系。

點到即可。

下面轉到微觀層面。

我第一個反應是韋恩・布斯（Wayne Booth）的名著《小說修辭學》（*The Rhetoric of Fiction*）。幾十年來，這本《小說修辭學》為美國的英語系、比較文學系學生提供了貨真價實的「工具箱」，打開後是各種「顯微鏡片」和「手術刀」，讓大家得以深入鑽研敘事的奧祕，看看「敘事的煽情和燒腦效果是怎樣煉成的」。限於篇幅，下面我只從原著的第 158 頁（*The Rhetoric of Fiction*, The University of Chicago Press,

1983）選取幾種「透視鏡」來展示一下它們各自的用途，你
會覺得——「工欲善其事必先利其器」這話真是一點兒不
假！

Scene and Summary／場面與概述

所有的敘述者和觀察者，不論用第一人稱還是第三人
稱，都可以把他們的故事作為場面講述給我們，也可以
作為概述講述給我們。

「敘述者」或「敘事者」，是作者所設定的講故事的「託
管人」，比如某個角色。「觀察者」則是作者在文本裡面的
另一種代理人。有的時候，這個敘述者也履行「觀察者」的
文本功能。還有的時候，作者會在某一場景中啟用文中（劇
中）的其他某角色做「觀察者」，讓這個傢伙來描述其所感
受到的場面，傳達給讀者。通過這些設定性裝置，作者在文
本的幕後，時而通過其在文本裡面的代理人，向我們展示場
面，時而則提供概述。你意識到了嗎？

比如，想想《紅樓夢》，你能舉出「場面」與「概述」
的例子嗎？在你舉的例子裡面，「敘述者」和「觀察者」是
誰？……

評論／Commentary

那些既展示又講述的敘述者，不僅依賴用場面和概述來
直接敘述，而且還依賴評論……評論當然能夠涉及人類
經驗的任何方面，而且它能以無數的方式與主要事件聯
繫起來。

　　就是說，在「場面」、「概述」之外，敘述者和觀察者
在有的時候還承擔了「評論」這個任務。也有的時候，藏在
幕後的作者為了評論的效果和需要，也會專門啟用某角色充
當「評論者」。舉一個中國傳統舊小說的例子。中國舊小說
裡面管用的「說書人」，往往身兼場面、概述、評論的多重
使命。從《蔣興哥重會珍珠衫》（見於明代馮夢龍編纂的《喻
世明言》／《古今小說》）的開篇即可看到非常典型的說書
人進行評論的模式：

「仕至千鐘非貴，年過七十常稀，浮名身後有誰知？萬
事空花遊戲。
休逞少年狂蕩，莫貪花酒便宜。脫離煩惱是和非，隨分
安閒得意。」
這首詞名為《西江月》，是勸人安分守己，隨緣作樂，
莫為酒、色、財、氣四字，損卻精神，虧了行止。求快
活時非快活，得便宜處失便宜。

說起那四字中，總到不得那「色」字利害。眼是情媒，心為欲種。起手時，牽腸掛肚；過後去，喪魄銷魂。假如牆花路柳，偶然適興，無損於事；若是生心設計，敗俗傷風，只圖自己一時歡樂，卻不顧他人的百年恩義，假如你有嬌妻愛妾，別人調戲上了，你心下如何？古人有四句道得好——人心或可昧，天道不差移。我不淫人婦，人不淫我妻。——看官，則今日我說《珍珠衫》這套詞話，可見果報不爽，好教少年子弟做個榜樣。

你看，誠如布斯所言，「評論當然能夠涉及人類經驗的任何方面，而且它能以無數的方式與主要事件聯繫起來。」——這裡的評論通過涉及道德勸誡即放縱色欲會為命運招致不測和報應，從而與主要事件，即蔣興哥重會珍珠衫的故事主體、主題，聯繫起來。

自我意識到的敘述者／Self-conscious narrators

有的，能意識到自己是作家。（《湯姆・瓊斯》、《麥田捕手》）

有的則很少討論、甚至不討論寫作的問題。（《頑童歷險記》）

還有一種是那些似乎意識不到他們正在寫作、思考、講述的敘述者和觀察者。（卡繆《異鄉人》）

　　那就以布斯提到的，英國十八世紀小說的典範之一《湯姆・瓊斯》為例。該小說的作者菲爾丁有時候會在小說敘事裡面，直接以作者身份介入並插話，就像這樣：「這一幕我相信有些讀者會感到夠長了，這時突然插進一個性質不大相同的場面，我們還是留待下一章再講吧。」（轉引自英國小說研究名著，伊恩・瓦特（Ian Evatt）《小說的興起：笛福、理查遜、菲爾丁研究》（*Rise of the Novel*，高原、董紅鈞譯，生活・讀書・新知三聯書店 1992，319）。這樣的敘述者設定，與前面剛說過的中國傳統小說裡面「說書人」敘述者的設定和功能，真的有些形似之處了。

　　再看看沙林傑的經典，《麥田捕手》（*The Catcher in the Rye*）英文版的開頭：

If you really want to hear about it, the first thing you'll probably want to know is where I was born, an what my lousy childhood was like, and how my parents were occupied and all before they had me, and all that David Copperfield kind of crap, but I don't feel like going into it, if you want to know the truth.

　　這儼然是一個神氣活現，自我存在感極其強烈的（青春期）「作者」的口吻，並且意識到自己這份「自傳」性質寫作，是「不屑於」與狄更斯的《塊肉餘生錄》模式為伍的。

當然，真正的作者，是退居幕後（到極點）的沙林傑。沙林傑借助霍頓這樣一個敘述者（「能意識到自己是作家」）的口吻設定，講述出了比霍頓自己能明確意識到的複雜性還要複雜、深刻的故事。而沙林傑如此來設定霍頓，自有其複雜、深刻的理由，收到了富於洞察力的語言效果。

（當然，狄更斯筆下《塊肉餘生錄》裡面的大衛・科波菲爾和《遠大前程》裡面的皮普，也是「能意識到自己是作家」的敘述者。狄更斯如此來設定科波菲爾，自有其複雜、深刻的理由，同樣收到了富於洞察力的語言效果，其成功亦無法複製。對於狄更斯敘事特色的精微之處，這本書中前面已經翻譯並展示了大師羅伯特・奧爾特的文本細讀範例——《在閱讀中體會狄更斯的風格》。而且前面也提到過，巴赫金大神在分析「小說的話語」時，對狄更斯小說語言進行了大量的細讀分析。）

同樣地，王朔《動物兇猛》裡面的「我」，也是一個「能意識到自己是作家」的敘述者，講述和思考的也是一個關於自我「成長」的故事，請看該小說的一段：

我像一個有潔癖的女人情不自禁地把一切擦得鋥亮。當我依賴小說這種形式想說真話時，我便犯了一個根本性的錯誤：我想說真話的願望有多強烈，我所受到文字干擾便有多大。我悲哀地發現，從技術上我就無法還原真實。我所使用的每一個詞語含義都超過我想表述的具體感受，即便是最準確的一個形容詞，在為我所用時也保

留了它對其它事物的含義，就像一個帽子，就算是按照你頭的尺寸訂制的，也總在你頭上留下微小的縫隙。這些縫隙積累積起來，便產生了一個巨大的空間，把我和事實本身遠遠隔開，自成一家天地。我從來沒見過像文字這麼喜愛自我表現和撒謊成性的東西！

　　還需要注意的是：「能意識到自己是作家」的「自我意識到的敘述者」，不一定非得是採用第一人稱的主角自傳式設定，（即設定為讓主角自己來寫作自己的故事，如《麥田捕手》、《塊肉餘生錄》、《遠大前程》、《動物兇猛》等，當然我們知道，「馬小軍」不是王朔，皮普也不是狄更斯），也可以是「非當事人」的「隱含作者」（不過多解釋布斯發明的這一概念了）來講故事，如同前面舉例的，《湯姆・瓊斯》的敘述者，就不與故事裡面的角色重合。再以狄更斯為例。狄更斯寫過三部以淪落到社會下層的兒童為主角的成長小說：《塊肉餘生錄》、《遠大前程》，和《孤雛淚》。《孤雛淚》的敘述者不是設定為自述，而是類似于《湯姆・瓊斯》式的「圍觀」性講述。

　　那麼，再來看看布斯所說的，那種「很少討論、甚至不討論寫作的問題」的「自我意識到的敘述者」的敘事會是咋樣呢？──既然布斯說了，馬克・吐溫的《湯姆歷險記》是屬於此類。

　　那我們就看看《湯姆歷險記》，比如它的開頭：

你看，敘述者是主角費恩，那個滿嘴語法錯誤、半文盲而天真、率直、機智的費恩。他明明白白地說了，作者是「馬克・吐溫先生」。也就是說，作者馬克・吐溫讓他小說裡的青少年主角費恩口無遮攔、童言無忌地「口述」他自己的故事，但是這位青少年講述者則在第一段就明說了，作者是馬克・吐溫，並說這位作者先生寫下來的和費恩他自己講出來的並不太一樣，只能算是「基本上講出了實情吧」。這樣的設定，為何特適合這本書？大家可以自己想一想。

再看布斯說的另外一種——「還有一種是那些似乎意識不到他們正在寫作、思考、講述的敘述者和觀察者。（卡繆《異鄉人》）」。——好了，我覺得我不必每一個都講。你們可以自己看看卡繆的《異鄉人》，體會一下。

距離的變化／Variations of distance

在閱讀過程中，總存在著作家、敘述者、其他人物以及讀者之間的隱含對話。四者中的任何一者，與其他任何一者的關係，從認同到完全的反對都可能出現，而且可能在道德的、智力的、關係的、甚至肉體的層面上發生。

1. 敘述者或多或少可能與隱含作家有距離。距離可能是道德的（《大偉人江奈生‧華爾德傳》中的敘述者與菲爾丁）。它也可能是智識的（馬克‧吐溫與湯姆歷險記）。也可能是肉體的或時間的。

2. 敘述者也可能與他講的故事中的人物多少有些距離。他們的不同可能是時間的，道德與智力上的，道德與感情上的。

3. 敘述者可能或多或少與讀者的觀念有距離。例如，肉體與感情上（卡夫卡的《變形記》），道德與感情上。

4. 隱含作家可能或多或少與讀者有距離。

————這是不是精密到了讓你覺得「虐」的地步？但對於真正需要切入文本分析時，或者掩卷深思，想說明白那奇特的效果是怎樣煉成的時候，就會發現這些分類探測方式還是很好使的。

　　我就不一一贅述了，這裡只想「本土化」一些，從本土資源裡面尋找例子，讓你一下子就覺得飛了起來。

就拿魯迅的《孔乙己》開頭幾段就可以，一看便知：

魯鎮的酒店的格局，是和別處不同的：都是當街一個曲尺形的大櫃檯，櫃裡面預備著熱水，可以隨時溫酒。做工的人，傍午傍晚散了工，每每花四文銅錢，買一碗酒，——這是二十多年前的事，現在每碗要漲到十文，——靠櫃外站著，熱熱的喝了休息；倘肯多花一文，便可以買一碟鹽煮筍，或者茴香豆，做下酒物了，如果出到十幾文，那就能買一樣葷菜，但這些顧客，多是短衣幫，大抵沒有這樣闊綽。只有穿長衫的，才踱進店面隔壁的房子裡，要酒要菜，慢慢地坐喝。

我從十二歲起，便在鎮口的咸亨酒店裡當夥計，掌櫃說，我樣子太傻，怕侍候不了長衫主顧，就在外面做點事罷。外面的短衣主顧，雖然容易說話，但嘮嘮叨叨纏夾不清的也很不少。他們往往要親眼看著黃酒從罈子裡舀出，看過壺子底裡有水沒有，又親看將壺子放在熱水裡，然後放心：在這嚴重監督下，羼水也很為難。所以過了幾天，掌櫃又說我幹不了這事。幸虧薦頭的情面大，辭退不得，便改為專管溫酒的一種無聊職務了。

我從此便整天的站在櫃檯裡，專管我的職務。雖然沒有什麼失職，但總覺得有些單調，有些無聊。掌櫃是一副凶臉孔，主顧也沒有好聲氣，教人活潑不得；只有孔乙己到店，才可以笑幾聲，所以至今還記得。

　　魯迅這篇小說裡面的敘述者「我」，是個「不覺悟」的群眾，他與隱含作者魯迅之間的距離直接造成了故事講述裡面的張力，邀請讀者去發揮主體思考，進行判斷。（「1.敘述者或多或少可能與隱含作家有距離。」）再想想魯迅先生的《傷逝》裡面寫「手記」的敘述者涓生，在娓娓道來的細微之處，與隱含作者魯迅先生又會有多麼大的距離！隱含作者在看不見的地方，審視著悔恨但又尋求自我解脫的那位涓生的靈魂。

　　而這個咸亨酒店小夥計作為「孔乙己」故事的敘述者，與「君子固窮」的知識份子孔乙己的距離也是蠻大的。這樣也是直接造成了故事講述裡面的張力，邀請讀者去發揮主體思考，進行判斷。（「2.敘述者也可能與他講的故事中的人物多少有些距離。」）

　　再拿《狂人日記》來說。其白話文部分的日記主體的敘述者，「狂人」，正是因為「狂」得與讀者的觀念有明顯的距離，讀者才會震撼，才會去思考為什麼，才會受到啟迪！（「3.敘述者可能或多或少與讀者的觀念有距離。」）

　　凡事總須研究，才會明白。古來時常吃人，我也還記得，可是不甚清楚。我翻開歷史一查，這歷史沒有年代，歪歪斜斜的每頁上都寫著「仁義道德」幾個字。我橫豎睡不著，仔細看了半夜，才從字縫裡看出字來，滿本都寫著兩個字是「吃人」！

　　再稍微說一下「4.隱含作家可能或多或少與讀者有距離。」——如果魯迅不是比五四時期的讀者更深刻，有這樣

一個距離差，如何啟蒙讀者們？成年的童話作家寫童話給兒童看的時候，中間必然相隔著不露聲色的距離。任何「驚世駭俗」的作品的驚世駭俗，前提必然是與讀者有距離。反面的驚世駭俗也是一樣，比如歐洲臭名昭著的色情虐待小說家薩德侯爵與我們「正常」讀者的觀念，就有很大的距離。

對實用的批評來講，這些距離中最重要的大概是不可靠的敘述者與隱含作家之間的距離。這個隱含作家同讀者一起對敘述者做出判斷。如果敘述者被發現是不可信賴的，那麼，他所展現的作品的全部效果就會改變。

可靠的敘述者和不可靠的敘述者

當敘述者所說所作與作家的觀念（也就是隱含作家的旨意）一致的時候，我稱他為可靠的敘述者，如果不一致，則稱之為不可靠的敘述者。（舉例：像《湯姆歷險記》的敘事者，宣稱他生而邪惡，但作家在他背後卻無言地讚揚他的美德。）

　　你可以把「不可靠的敘述者」理解為「不靠譜的敘述者」。——在日常生活中碰到不靠譜的敘述者怎麼辦？聽眾就得自個兒多長點兒心眼兒吧。——在文學中碰到不可靠的敘述者，則往往是由於（隱含）作者的精心編排所致。也就是說，是作者故意讓敘述者「不靠譜」，讓讀者「多操點兒心」的，於是，操心的回報，可能是獨立判斷，可能是深入

思考，總之讀者的主動性得到了鍛煉。

最後舉一個魯迅《狂人日記》的例子。

號稱現代白話文小說第一篇的《狂人日記》，是一個「文本嵌套」結構，白話文的日記主體，被嵌套在第一段的文言小序裡面。——白話文部分的敘述者「我」是「狂人」，文言文小序的敘述者「餘」則儼然是四平八穩的腐朽舊官僚。在時序上，白話文日記裡面的「發狂」為先，文言小序裡面的「治癒」反而是在後。——從敘述者上看，他倆儼然是互為不可靠的敘述者。（讀者自然會想，我該信賴哪位呢？還是該自個兒拿主意呢？）而偉大的魯迅先生，則儼然深居幕後，用這些精妙的敘事手段來鍛煉、啟迪讀者：

某君昆仲，今隱其名，皆餘昔日在中學時良友；分隔多年，消息漸闕。日前偶聞其一大病；適歸故鄉，迂道往訪，則僅晤一人，言病者其弟也。勞君遠道來視，然已早愈，赴某地候補矣。因大笑，出示日記二冊，謂可見當日病狀，不妨獻諸舊友。持歸閱一過，知所患蓋「迫害狂」之類。語頗錯雜無倫次，又多荒唐之言；亦不著月日，惟墨色字體不一，知非一時所書。間亦有略具聯絡者，今撮錄一篇，以供醫家研究。記中語誤，一字不易；惟人名雖皆村人，不為世間所知，無關大體，然亦悉易去。至於書名，則本人愈後所題，不復改也。七年四月二日識。

一

今天晚上，很好的月光。

我不見他，已是三十多年；今天見了，精神分外爽快。

才知道以前的三十多年，全是發昏；然而須十分小心。

不然，那趙家的狗，何以看我兩眼呢？

我怕得有理。

讀者諸君，加油呀！解讀就是發揮主體性的正經事業。通過解讀文本、打開文學，才不會讓魯迅先生和我失望。

柒
課後甜點：從今以後少往「坑」裡跳

回顧這本書在最開頭說了些什麼：

設想一下，如果只是確認或想像自己被文學作品感動了，卻不會打開之，無能力去解讀之，那將會是個什麼狀況？……那將會是這樣的一段對話：

你：「天哪，這小說寫得太好了，太讓我感動了，你們也都去看看吧！」

別人：「是嘛，寫得怎麼好？」

你：「就是好，我也說不出來，就是 really（真的）good, really really good, really really really good, really really really really……」

別人：「感動你的是哪兒？」

你：「就是被感動了，我也說不出來是哪兒，太感動了！我 really 被感動了，really really really really……」

你，肯定也不想這樣，或者說，早已厭倦了這樣的沒有存在感的被動尷尬了吧？——千百遍的「really」，也比不上一句話言傳出「how」（怎樣好）和「why」（為什麼好）的問題，更給你帶來成就感的乾貨。而且，在別人的眼裡，也不是你的情迷「意會」，而是你

的清晰「言傳」，印證了你的思維素養和深度。

你的感動，需要「言說」。你的「言說」，就是你的「解讀」，就是你對文學的「打開」。

別人根據你的「解讀」，來鑒定你的思考深度、感受程度，和人文素養。

所以在這本書的解讀路數裡，我們不是來亂感動的。我們是來分析，「為什麼」，我們就被感動了，以及我們是「怎樣」被感動的。

這一講裡面講了關於敘事的那麼多精微深遠的設定、結構、功能，都是伺候你去「解讀」、「打開」敘事性文學／文化的要緊之處，看看你是「為什麼」被感動了以及「怎樣」被感動的。

至此，我所承諾的「三講」已經講完。分別是：

1. 第一講 解讀啥？ ——符號，或「老天創造了人，人創造了符號」
2. 第二講 如何走起？ ——文本細讀
3. 第三講 聚焦於解讀敘事——我們為什麼非要故事不可？

通過這「三講」，我覺得自己兌現了在《打開文學的方式》這本書一開頭所作出的承諾——要教給你對「為什麼」（why）和「怎樣」（how）這兩者的分析，打開我們所遭遇

的感動，看看它到底是怎麼回事兒。

你們是能看懂這本書的。而對於作者我本人的兒子而言，還不夠看這本書的年齡，雖然他經常看到我在他媽媽的梳粧檯上伏案疾書。（是的，華北之大，是安放不下兩張安靜的書桌的——安靜的書桌給我兒子了。）——確切地講，他看到的是我「伏梳粧檯—慢敲—Surface Pro 3 鍵盤」。是的，我敲得很慢。——雖然沒有慢到張衡寫《二京賦》「精思傅會、十年乃成」或左思寫《三都賦》構思十年的節奏，但在備課、家務、科研、教學、家事、煩擾、生計、人事、走神之外，也時斷時續地寫了兩年。

（為啥他不能像你一樣看這本書，難道是「十八禁」嗎？——不是的。我這就來說一說。現在是二〇一六年九月三十日下午，我剛剛把兒子從小學接了回家——明天是國慶日，所以今天小學也想省事兒，上午開「運動會」，中午吃完飯就放人了。他得到我的允許，打開電視點播電影，看一部叫《穿越火線》的俄國電影，使得我得以繼續「伏梳粧檯慢敲」出後面的話，關於符號化生存、棲居的「坑」，以及學會「解讀」作為「解藥」的重要性。）

人是「符號動物」，這是人與其他動物的本質區別之一。人形「幼獸」個體，以在兩歲左右粗通語言聽說和交流為臨界點，得以飛躍為開始嘗試表達意義的幼小人類學徒，繼續一步步「粗通文墨」，直至夠格成為具備複雜符號交流能力的「衣冠」中人。這是人類個體進化發展的自然規律，在此路途上一路進化下去，即是不可避免地陷入我所說的「文化符號之網」或文化這件看不見的「珍珠衫」的全過程。

但這件「珍珠衫」，一旦穿上，就脫不下來了。所以前面也說了：

盧梭說：「人生而自由，但無時無刻不在枷鎖中」。這個「枷鎖」，如同豬八戒的「珍珠衫」，孫悟空的「緊箍咒」，其實可以被理解為兩層意思。其一是那些由國家機器做後盾的有形的社會限制，和網路監控、媒體審查等。其二則可以引申為無形的不間斷地不知不覺地塑造著你的言語行為的「話語之網」，小者如教你瘦身、時尚消費的商業廣告，大者如指導你「三觀」的集團、身份、性別，乃至國家政權的「意識形態」。這後者的威力，更是天網恢恢疏而不漏。你想：《祝福》裡的祥林嫂，不是被具體某個有形的枷鎖所害死，而主要是被精神上的無形枷鎖摧殘致死。在魯迅先生的短篇小說裡面，充滿了所謂「近乎無事的悲劇」。為了反抗封建文化的「天羅地網」，魯迅等新文化運動的奠基者，也編織出「啟蒙」、「革命」、「救亡」等新的文化構想。可見文學文化領域是一個戰場，不同的文化「編碼」相互廝殺，都在爭著去佔據我們心靈裡面的一個個節點。

在某種程度上，我們一生都是「很傻很天真」地生活在符號表意之網中無法自拔，只是程度不同，五十步笑百步而已，如同「朝三暮四」這個典故裡面的猴子一般。

　　故事是這樣的：宋國有一個養猴子的傢伙，因為大家的食物不夠吃了，他就要讓猴子們少吃，但又怕猴子們不幹，就在「聽證」環節搞出了語言表述上的「連環計」。他先對猴子們說：「諸位以後呢，早上吃三顆橡實晚上吃四顆，夠嗎？」猴子們果然都火了，覺得縮減得太無理了。於是這個養猴子的精明人類按照原計劃換了口風：「好好好有道理！那麼以後早上吃四個——早上四個！晚上三個，夠了吧？」猴子們果然都非常高興了，就和諧了。（為節省篇幅，就不贅述原文了。典故出自《列子》。）

　　你看，那個養猴子的傢伙只不過在說法上變化了些，其實對猴子們的實際待遇沒有任何改善，不過從早上給吃三個栗子晚上給吃四個，變成早上吃四個晚上吃三個，但猴子們已經鼓起掌來了。看到了嗎？——憑藉說辭本身，不用做什麼別的，就能夠取得截然不同的受眾效果，這不是很神奇麼？故事的結尾還來了這麼一句：「聖人以智籠群愚，亦猶狙公之以智籠眾狙也。名實不虧，使其喜怒哉！」——聖人用智力來把一群「傻缺」老百姓給關到語言的籠子裡面，就如同養猴子的那個機智的人類傢伙用智力把猴子們給關到語言的籠子裡面。聖人或者養猴子人的裡子和面子都不會吃虧，可是卻能夠做到讓一幫「傻缺」老百姓或者「傻缺」猴子們高興或者發怒。）……這真的很無語，難道不是嗎？

　　所以，你看，不論是從機智的養猴子傢伙／「聖人」角度來看，還是從猴子／「傻缺」的角度來看，研究研究言辭符號裡面的奧祕——解讀問題——不是很有用嗎？——這關係到是否能夠知道自己到底是站在籠子的裡面還是外面。

解讀新聞、解讀別人話裡有話微妙之意所需要的解讀能力，與解讀詩歌、小說的那種解讀能力是一種能力。一個人如果缺乏這個能力，就約等於「很傻很天真」。這意味著：

一、自己就是易輕信，易被騙的「不明真相」的群眾之一，如同「朝三暮四」這個典故原典裡面的猴子一般。──是的，談戀愛，不能「很傻很天真」，參加社團、融入大學生活、當班幹，乃至於以後找工作、混職場，均不能「圖樣圖森破」。不能當了「圖樣圖森破」的傻子而不自知。

二、有眼無珠。也發現不了真的好東西。分辨不出真正有內涵、用心良苦、和美妙的表述。也就是說，沒有獨立的判斷力，只能在別人說好之後，跟著去讀。如果別人說壞，也只好跟著說壞。但我們知道，很多我們現在認為是經典的東西，在當時，被人們認為是狗屎，而狗屎，卻在當時被奉為圭臬……

我兒子年紀小，就如同當年的我，純粹往坑裡跳啊！

他年紀小，需要這樣一個過程來「內化」符號之網的各種設定，也就是說「入坑」也是一種學習。

你則不必。因為該「出坑」了。

這本書，限於篇幅要求，暫且在這裡結束一下吧。（所以期待續集。）

國家圖書館出版品預行編目 (CIP) 資料

打開文學的方式：練習當個「細讀者」你也是世界文
學業餘分析師 / 王敦著. 初版.臺北市：大寫出版：大雁
文化發行, 2018.11
368面 ;14.8*20.9公分 . (古典復筆新；HD0001)
ISBN 978-957-9689-27-4(平裝)

1.國文科 2.讀本

836　　　　　　　　　　　　　　107019735

打開文學的方式
練習當個「細讀者」，你也是世界文學業餘分析師

©王敦 2017
本書中文簡體版原書名：《打開文學的方式》中文繁體版通過成都天鳶文化傳播有限公
司代理，經廈門大學出版社有限責任公司授予大雁文化事業股份有限公司 大寫出版事業
部獨家出版發行，非經書面同意，不得以任何形式，任意重制轉載。
ALL RIGHTS RESERVED

大寫出版｜書系古典復筆新｜書號HD0001｜著者－王敦｜設計－張巖｜行銷企畫－
郭其彬、王綬晨、邱紹溢、張瓊瑜、余一霞、陳雅雯、汪佳穎｜大寫出版－鄭俊平、
沈依靜、李明瑾｜發行人－蘇拾平｜出版者－大寫出版Briefing Press｜地址－台北市
復興北路333號11樓之4｜電話－（02）27182001、傳真－（02）27181258｜發行－
大雁文化事業股份有限公司、地址－台北復興北路333號11樓之4｜24小時傳真服務
（02）27181258、讀者服務信箱 E-mail－andbooks@andbooks.com.tw、劃撥帳號－
19983379、戶名－大雁文化事業股份有限公司｜初版一刷－2018年12月｜定價－450
元｜ISBN－978-957-9689-27-4｜版權所有‧翻印必究｜本書如遇缺頁、購買時即破損
等瑕疵，請寄回本社更換｜大雁出版基地官網：www.andbooks.com.tw